双葉文庫

TENGU

柴田哲孝

目　次

TENGU

プロローグ

大気が動き出した。

雲が割れて、月が冷たい光を放った。

それまでの漆黒《しっこく》の闇が溶けて、周囲に青白い森の輪郭が浮かび上がる。

狛久峰男《こまくみねお》は涸《か》れた用水路に身を潜《ひそ》ませながら、軍手の指先に温かい息を吹きかけた。その手で一ミリ口径の村田銃のボルトを少し引き、薬室に実包が装塡《そうてん》されていることを確かめ、また元に戻した。先程から幾度となく、同じことを繰り返している。

落ち着け――。

自分に言い聞かせた。腹の底にたまった重い息を、一度大きく吐いた。銃床を両手に握りなおし、周囲に視線を這《は》わせた。白いリンゴの樹の幹が幾重《せ》にも重なりあい、絡《から》みあって、白骨のような影を投げかけていた。時折、その影が蠢《うごめ》きながら迫り寄り、狛久を呑み込もうとするような錯覚があった。

落ち着け――。

もう一度、言い聞かせた。

五感を研ぎ澄ませ、肌に触れるかすかな感覚の中に気配を探った。風にゆれる梢《こずえ》の囁《ささや》き。岩をつたう水の流れ。枯れ草の下では無数の野ネズミが冬支度のために走り回っている。何も変わらない。平穏な気配、だ。

だが……。

〝奴〟は、やってくる。今夜もまた、ここにやってくる……。

狛久は、リンゴ樹林が途切れたあたりの斜面に目を据《す》えた。折り重なる大木が月光を遮り、そこに深遠の闇が口を開けている。奥に、渓《たに》が続いている。

〝奴〟がくるとすれば、あそこしかない。

長年のマタギとしての勘《かん》だった。狛久には、それがわかっていた。ゆっくりと村田銃を肩に構え、闇の中に照準を合わせ、降ろした。そしてまた、大きく息を吐いた。

いったい、〝奴〟は何者なのか。

怪物？

まさか。動物だ。

サルか、シカか。いや、違う。イタチ（ツキノワグマ）だ。それしか考えられない。

狛久は猟に馴《な》れていた。だが、なぜか不安が消えない。

日没後の猟は、狩猟法で禁止されている。深夜の、しかも単独での熊猟は初めてだ。それが理由だろう。

いずれにしても、一発で殺《や》らなくてはならない。村田銃は、単発だ。外せば、自分が殺られる。

長い時間が過ぎた。すでに狛久の体内からは酒のいきおいも醒《さ》め、冷気に体温を奪われはじめていた。指先に息を吹きかけた。だが、感覚が戻らない。

時計を見た。午前二時を回っていた。

〝奴〟は、こないのか……。

ふと、そう思った。張りつめていたものが、急に途切れたような気がした。タバコが吸いたかった。酒と、嫁の信子の肌の温もりを思い出した。

今夜は、待っても無駄だ。そろそろ引き上げるか……。

そう思った時だった。唐突に、風向きが変わった。同時に、あたりを埋めつくしていた野ネズミの気配が一斉に消えた。

なにかがくる。〝奴〟、だ……。

狛久は膝を立て、銃床を肩に当てた。闇の中に気配を探り、狙《ねら》いを定めた。

音が、聞こえる。梢のすれる音。枝の折れる音。足音。低く重い息吹。気配が、向かってくる。

近い。〝奴〟が、そこにいる——。

狛久は、親指で銃の安全装置を外した。息を半分吐き、自分の気配を殺した。

待った。一瞬だった。クマザサの群生が割れ、中に巨大な影が立った。大物だ。引きつけろ。一発で仕留めてやる。

〝奴〟は、気が付いていない。近づいてくる。動きに照準を合わせ、冷静に追った。間もなく影が、月光の中に躍《おど》り出た。その時、狛久は見た。

まさか……。

なんだ、これは。イタチじゃない。〝奴〟は、人間……。

躊躇《ちゅうちょ》した。それが、隙《すき》を生んだ。次の瞬間、〝男〟に銃身を摑《つか》まれ銃を奪い取られた。

「待て。おれは……」

〝男〟が銃を横にはらった。銃床が、鈍い音を立てて狛久の肋骨を砕いた。

体が飛ばされた。血を吐きながら、地面を転がった。〝男〟が銃を投げ捨て、向かってくる。狛久は起き上がり、もつれる足で逃げた。

「助け、て……」

〝男〟の咆哮《ほうこう》が、闇を裂いた。追ってくる。逃げ切れない。

狛久は、リンゴ園の中を家に向かって走った。足が思うように動かない。なにが起こったのか、理解できなかった。

夢なのか。現実なのか。自分が小便を漏らしていることにも気がつかなかった。

背後で、また〝男〟が咆哮を放った。腰が抜けて、ころんだ。

捉《つか》まった。左腕を摑まれ、力まかせに振られた。肩と、肘が、音を立てて不快な角度にねじ曲がった。体が大きく弧を描き、地面にたたきつけられて腰の骨が砕けた。

不思議と痛みは感じなかった。体中の息が吐き出されて、止まった。それでも狛久は、虫のように地を這った。

た・す・け・て……。

声にならない叫びを上げた。家が、見えている。もうそれほどの距離はない。だが、いまの狛久には家までの距離が永遠と思えるほど遠く感じられた。

体が、動かない。

〝男〟が、ゆっくりと迫ってくる。死にかけた獲物の断末魔《だんまつま》を楽しむように。殺される。そう思った。耳のすぐ近くで、おぞましい息吹が低く響いた。

家の前で、また捉まった。今度は右手を取って、投げられた。肩から落ちて、首の骨が折れた。

や・め・て……。

狛久は地面にころがったまま、潰《つぶ》れたように動かなかった。だが、まだ意識だけがはっきりしていた。

息ができない。無理に肺を動かそうとするたびに、口から音をたてて血が溢れ出た。自分の臓物を喰っているような、嫌な味がした。

狛久は仰向けになったまま、〝男〟の顔を見上げた。山のようにそびえる影の中で、双眸《そうぼう》だけが月光を受け、狂暴な意思が燻《いぶ》っていた。その視界を、〝男〟の巨大な掌《て》が塞いだ。狛久は、目を閉じた。太い指先が、とてつもない圧力で顔面に喰い込みはじめた。

い・た・い・よう……。

狛久はただひたすらに、意識が早く失せてくれることだけを祈った。だがその苦痛も、それほど長くは続かなかった。

やがて狛久は、自分の頭蓋骨が破裂する奇妙な音を聞いた。

◇

昭和四九年秋、群馬県の寒村で凄惨な殺人事件が起きた。

後に事件は連続大量殺人事件に発展するが、日本国内に駐留する米陸軍の政治的介入により、被疑者不詳のまま迷宮入りとなった。

事件の解明は二一世紀を迎えた二〇〇一年九月一一日、米国を襲う同時多発テロの勃発を待つことになる。

第一章　再会

1

二六年――。

長い年月だ。

その間には人も、風景も、ほとんどのものが跡形もないほどに変わってしまう。

だが、中には変わらないものもある。谷川岳の山颪《やまおろし》にさらされる沼田市馬喰町《ばくろちょう》の風景は、その変わらないもののひとつだった。

中央通信の記者、道平慶一《みちひらけいいち》は、須賀《すが》神社の大欅《けやき》の前でタクシーを降りた。しばらく樹齢数百年の巨木を見上げ、大きく息を吐くと、夜道を歩き出した。まだ一二月も初旬だというのに、暗い空に雪が舞っていた。

最初は方向を見失い、少し戸惑った。だがうろ覚えで曲がった路地の奥の気配に、記憶が蘇《よみがえ》ってきた。

どこかの店からもれてくる笑い声。辺りにただよう焼き物と酒の匂い。薄暗く、狭い空間に折り重なる赤提灯《ちょうちん》やスナックの看板のほのかな光。子供の頃に遊んだ玩具《おもちゃ》を引き出しの中で見つけたような、温もりのある風景だった。

華車《はなぐるま》という名の小料理屋は、すぐに見つかった。ひび割れた入口のガラス戸は白木の格子戸に入れ替えられ、破れた赤提灯はアクリルの白い看板に替わっていた。だが店構えには、どことなく以前の面影が残っていた。

時間は、まだ早い。道平は頭と肩の雪を払い、長身をかがめるように暖簾《のれん》をくぐった。右手に六人か七人の客が座れるカウンターがあって、その奥が調理場になっている。左手の座敷には四人掛けの座卓が三つ並び、正面に襖《ふすま》で仕切られた小さな個室がある。店内の配置も、当時とほとんど変わっていなかった。

座敷の一番奥の席で、会社員風の男が二人で酒を交わしていた。客はそれだけだった。大貫《おおぬき》はまだ来ていない。道平はくたびれたバーバリーのコートを脱ぎ、カウンターの隅の席に座った。

「いらっしゃいませ。お飲み物、なににします?」

カウンターの中から、和服を着た小柄な女が言った。

「ビールを」

三〇代の前半だろうか。女はおしぼりと箸《はし》休めを道平の前に置くと、焼き台の上の串物を気にしながらビールの栓を抜き、グラスに注いだ。遠い過去の記憶を呼び覚ますような風景だった。たすき掛けした袖《そで》からのぞく白い肌に、確かに見覚えがあるような気がした。

以前にこの店を切り盛りしていた久美子という女将《おかみ》に、どこか面影が重なった。いや、まったく同じといってもいい。まだ若かった道平が密かに憧《あこが》れたふくよかな唇や黒く大きな瞳、和服の襟《えり》にのぞく細い項《うなじ》の線まで変わらない。

記憶と一致しないのは、年齢だけだ。当時、久美子はすでに四〇を過ぎていたはずだ。

「君は、千鶴《ちづる》ちゃん、かい？」

ビールを注ぐ女の手が一瞬止まり、笑顔が怪訝《けげん》そうな表情に変わった。

「そうですけど……。お客さん、前にもこの店にいらしたことありましたっけ……」

「もうだいぶ昔だよ。最後に来てから二五年、いや、二六年になるかな。お母さんは、元気かい」

「いえ、母は四年前に亡くなりました。お酒で体をこわしちゃって……」

「そうだったのか……。いや、あんまりお母さんと似ていたものでね。最初は、ちょっと驚いた……」

女が、記憶の糸をほぐすような目で道平を見つめた。そしてしばらくすると、かすかに笑みを浮かべた。

「もしかして、新聞記者のお兄さん？　私に着せ替え人形をくれた人。そうですよね」

その時、失った時空の隔《へだ》たりが霧が晴れるように消えはじめた。

そうだ。確かにそんなことがあった。

木枯らしの吹く晩秋の寒い日の夕方だった。行くあてもなく沼田の街を歩いていた時、道平は何気なく小さなオモチャ屋の前で足を止めた。薄汚れたショーウィンドウの中に、色あせた人形があるのが目に止まった。

なぜその人形を買ったのか、いまはよく思い出せない。人形がその時の自分の心を映す鏡に見えたのか。それとも光を失いかけた青い目に、外の世界を見せてやりたいとでも思ったのか……。

人形の箱を手にしたまま、道平はまたあてもなく街をさまよった。あの時、自分は何を考えていたのだろうか。須賀神社のあたりまで来た時に、そこで偶然に大貫と出会った。あの大欅の下だった。目を伏せて通り過ぎようと思った時に声を掛けられ、飲みに行こうと誘われた。その店が、華車だった。

「人形か。なんとなく覚えてるよ。君はまだ七つか八つだった……」

「そう。たぶん、そのくらい……。でも私、ませてたのかしら。お店に若い男の人が来ると、はずかしくてね。だからお客さん……」

「道平、です」

「思い出した。道平さんだ。道平さんにお人形もらった時、下向いてなにも言えなかったの。うちには男の人が、一人もいなかったから……」

当時、久美子は寡婦《かふ》だった。店の客は警察関係者が多かった。亡くなった亭主が、沼田署の刑事だったと聞いたことがある。

久美子は亭主の忘れ形見の千鶴と二人で、店の二階で暮らしていた。千鶴はいつも奥の部屋で、一人で遊びながら母親の仕事が終わるのを待っていた。

箱からマルボロを一本抜き、火を点《つ》けた。その時、背後にふと小さな視線を感じた。振り返った。店の奥の襖が少し開き、そこに二六年前の千鶴が立っていた。

「私の、娘……」

千鶴が言った。

「名前は？」

「広子っていうの。私はこの歳まで、沼田しか知らないで来ちゃったから。この子には、もっと広い世界を知ってもらいたくて……」

千鶴は、私の娘、だと言った。うちの娘、とは言わなかった。あの時の千鶴と同じ目で道平を見つめる少女の表情に、やはり父親の影は感じられなかった。

だが道平は、それ以上は深く訊《き》かなかった。誰にでも、他人に触れられたくない過去はある。人間が生きていくこととは、そういうものだ。

「警察の人達は、まだよく来るのかい？」

道平が訊いた。

「ううん。もう、全然。いまでも来てくれてるのは、大貫さんくらいかな」

千鶴が、焼き上がった串物を皿に盛り付けながら言った。

沼田署の鑑識、大貫俊一《しゅんいち》。警察関係者や記者仲間は、ムジナの愛称で呼んでいた。当時はまだ、三〇代の半ばくらいだったろうか。中背だが、広い肩と厚みのある背中をしていた。

まだ駆け出しの記者だった道平に、酒と仕事に対する姿勢を教えた男でもあった。

一週間前、その大貫から社に突然、電話がかかってきた。二六年振りだった。会いたいという。日時と場所だけを指定して電話は切れた。穏やかだが、有無を言わせない口調だった。

「ムジナさんは、まだ現役なのかな」

「ええ。でも今年いっぱいで、停年になるみたい」

なぜか千鶴は、道平から目を逸《そ》らした。なにかを言おうとして、思い止《とど》まったようにも見えた。道平はグラスのビールを飲み干し、熱燗《あつかん》を注文した。

時計を見た。約束の七時を回っていた。道平はまたタバコに火を点けた。三分の一ほど吸って、灰皿でもみ消した。

格子戸が開き、外から冷たい風が流れ込んだ。視線を向けると、降りしきる雪の中に初老の小柄な男が立っていた。

違う。最初は、そう思った。だが男は、道平を見て小さく頷《うなず》いた。

「久し振りだな」男が言った。「おれの顔、忘れちまったのか」

瘠《や》せていた。見る影もないほどに肉が落ち、当時は角刈りにしていた頭髪も白く薄くなっていた。だが、少年のようないたずらっぽい目に、かすかな面影があった。

「ムジナさん?」

「そうだよ。やっと思い出したか」

大貫が笑みを浮かべ、道平の横に座った。千鶴が、その前に吉四六《きっちょむ》のボトルを置いた。

「なんだ。大貫さんと待ち合わせだったんだ。道平さん、言ってくれないんだもん」

薄い水割りを作りながら、千鶴が言った。

「もう自己紹介はすんじまったのか。驚ろかしてやろうと思ったのに。面白くねえ。ところでお前、いくつになるんだ」

「来年で、もう五〇ですよ」

「そうか。もうそんなになるのか。お互いに歳をとるわけだな。結婚は？」

「いえ、まだ……」

「そうだろうな」

大貫は千鶴の目を盗むようにグラスに焼酎を足し、半分ほど一気に喉《のど》に流し込んだ。

しばらくは、三人で思い出話がはずんだ。また昔の人形の話になった。大貫は、人形のことをまったく覚えていなかった。そのうち千鶴がほんの一瞬姿を消すと、二階から古い人形を手にして戻ってきた。人形は手垢で汚れ、片手がなくなっていたが、広い世界を夢見るような青く大きな目はそのままだった。

やがて亡くなった久美子の話になり、大貫の家族の近況に話題が移った。長女が数年前に嫁に行き、いまは孫が二人いるという。以前、道平は一度か二度、大貫の家に泊まったことがあった。長女のことは、かすかに覚えている。

九時近くになると座敷の二人連れが帰り、客は道平と大貫だけになった。千鶴が暖簾をしまい、娘の広子を寝かしつけるために二階に上がった。

「ところで、どうしたんですか。急に電話をくれて。まさか昔話をするために呼び出したわけではないでしょう」

「わかってるだろう。例の件さ。そのうち電話しようと思ってるうちに、気が付いたらおれはこんなに老いぼれになっていた」

「鹿又《しかまた》村、ですか」

「そうだ。村には、行ったのか」

「ええ、今日、ここに来る前に見てきました」

鹿又村――。

忘れもしない。沼田市の迦《か》葉《しよう》山《ざん》の麓《ふもと》に位置する小さな集落だった。周囲を深い山と森に囲まれた渓《たに》に、総戸数七戸ばかりの粗末な家が肩を寄せるようにしがみついていた。

「どうだった?」

「別に……。廃屋《はいおく》が、二軒だけ残ってましたね。あとの家は、もう原型も止《とど》めていなかった。それ以外は荒れ果てたリンゴ畑の跡と、大きな樟《くすのき》が一本。あの木は、焼け残ったんですね……」

そうだ。あの村にもやはり、天を覆うような巨木があった。

道平の脳裏を、一瞬、夜空を焦がす業火の光景が過《よぎ》った。

「もうあの村が廃村になって二〇年以上になるからな。無理もない。おれはいまでも一年に一度は行ってみるんだ。毎年、少しずつ森に呑み込まれていくようだ。あと五年もしたら、人が住んでいた痕跡もなくなっちまうんだろうな……」

大貫はグラスを空け、氷を足して焼酎を注いだ。水はほとんど入れなかった。

「たったひとつ、不思議なものを見ました。ムジナさんは気が付きませんでしたか」

「なんだい」

「林道から村に下っていく道に、かすかに轍《わだち》のようなものが残っていた。それに……杵柄《きねつか》彩恵子《さえこ》を覚えていますか。彼女の家の畑の一部に、誰かが耕したような跡があった……」

「おれも見たよ。二年前の夏だったかな。気が向いて、あの村に行ってみたことがある。畑に、菜っ葉が植わっていた……」

「誰でしょうね」

「わからんね。あの村で生き残った、誰かだろう」

そう言うと大貫は、またグラスの半分ほどを一息に空けた。

不思議な飲み方だ。料理にはほとんど箸をつけずに、酒のことなど忘れているかのように話し続ける。そのうち思い出したようにグラスに手を伸ばすと、しばらくそれを見つめ、一度に半分近くを飲み下す。

まるで毒でも飲むように。顔をしかめながら。それが自分に科せられた運命であるかのごとく。人生をあきらめた酒飲みの、独特の飲み方だ。

「なあ、道平よ。なぜお前、あの村に行ってみる気になった」

「別に。二六年振りに沼田に来て、ついでに寄ってみただけですよ」

「本当にそうかな。お前はあの事件のことを、いまでも引きずってるんじゃないのか」

「まさか……」

「それとも彩恵子のことかな。忘れようったって、忘れられるわけがない」

彩恵子――いまでもその名前を思い浮かべるだけで、胃の中が鉛のように重くなる。彼女はどこかで生きているのか。それともすでにこの世にはいないのか。それすらもわからない。

道平は、なにも言わなかった。ただ黙ってグラスに燗酒を注ぎ、口をつけた。

「おれは忘れられないね。あの事件以来、時間が止まってしまっている」

「私に話があるというのは、それですか」

大貫はグラスを手にしたまま、しばらくそれを見つめていた。そして、言った。

「もう一度、あの事件を洗いなおしてみようと思っている」

「本気なんですか」

「本気だよ。あの事件では、何人もの人間が死んでいるんだ。しかも犯人は、まだ捕まっていない。おれだけじゃない。警察の人間は、特に現場の人間は誰一人として納得していないんだ」

「無理ですよ。もう四半世紀も経ってるんです。証人も、証拠も残ってはいない」

「いや、そんなことはない。あの頃には無理でも、いまならば可能なこともある。お前、例のもの、まだ持ってるんだろう」

例のもの。事件の唯一の物証となり得る犯人の体毛だ。道平の指の中に残っていた、あの〝男〟の——。

「あの事件は終わったはずです。警察は、犯人を特定することもできなかった」

「今回のことは、警察とは関係ない。おれが、個人的に調べるんだ。DNA解析をやってみたいんだよ。あの頃はそんな技術はなかった。しかし、いまならばそれができる。奴が本当は何者だったのか。その正体だけでも知りたいんだよ。いまあれを持っているのは、お前だけだ。警察にあった分は、どさくさでどこかにいっちまった。彩恵子の家は、証拠もろともすべて燃えちまった。もしいまでもあれが残っているなら、おれに預けてくれないか」

「ムジナさん、私には関係ない。本当に、もうあの事件のことは忘れたいんですよ」

しばらくして千鶴が二階から降りてきた。千鶴は二人の話に口を出さずに、離れた洗い場で鍋を流していた。大貫が自分のグラスに濃い水割りを作ると、その様子を心配そうな顔で窺《うかが》っていた。

大貫が酒を飲み、そして言った。

「道平よ。お前は、やさしいな。もうわかってるんだろう。おれの体のことを。いま黙っておれに酒を飲ませてくれるのは、お前と千鶴だけだよ」

道平はなにも言わず、タバコに火を点けた。

「おれ、癌なんだ。もうあまり時間がないんだよ。もっても、あと半年。余計なものを引きずっていきたくないんだ……」

大貫のグラスの中で、氷が小さな音をたてた。

2

体が、闇の中を浮遊している。

道平はまとわりつく熱に息を詰まらせながら、時間の観念が存在しない空間で苦悶《くもん》に身をまかせていた。

曖昧《あいまい》な意識の中に、透明な白い影がただよっている。影は、消えなかった。やがて影は少しずつ一定の意志を持ちはじめ、形状を変化させていく。

間もなく影の一端が大きく割れ、しなやかな曲線を描きながら闇の中に踊った。一方からは二本の細い枝が分かれて伸び、風に揺れるように道平を誘う。

道平は、その正体を知っている。女、だ。

胸のあたりに丸みを帯びた豊かなふくらみが息づいている。その上で長い髪を振り乱しながら、美しい顔が微笑《ほほえ》む。

彩恵子……。

おそらくそう書くのだろう。道平には、それ以外の字が思い浮かばない。

影に、手を伸ばした。だが、届かない。

気が付くと、もうひとつの影が迫っていた。道平の意識を覆うほど巨大な、黒い影だ。

黒い影も、意志を持っている。長く、太い腕が白い影を捉《とら》える。

白い影は、抗《あらが》う。だが、逃れることはできない。

二つの影が絡まり、蠢《うごめ》く。

やめろ……。

白い影が顔をゆがめ、嗚咽《おえつ》をもらす。

やめろ……。

その時、黒い顔がゆっくりと振り向き、双眸《そうぼう》が光った。

道平は、声にならない叫びを絞り出した。

目を覚ました。電話のベルが鳴っていた。枕元の受話器を手に取り、耳に押し当てた。大貫からだった。

——起きてるか、道平——

「ああ……。いま、起きたよ……」

——用件は二つだ。まず例の男、小林正治がお前に会うといっている——

きわめて事務的な口調だった。電話で話す時の大貫には、警察官としての長年の習性が染み付いている。

「時間と場所は?」

——突然で悪いが、時間は今日の午後三時。場所は沼田のシルバーシティーホテルのロビーだ。行けるか——

時計を見た。午前十時半。道平は東京の石神井《しやくじい》公園に住んでいる。関越自動車道の練馬インターに近い。十分に間に合う。それに今日は土曜日だ。仕事はない。

「だいじょうぶだ。行けるよ」

――もう一件。今日はおれ、これから入院するんでいそがしいんだ。もし明日まで沼田にいられるんだったら、午前中に家に寄ってくれないか。渡したいものがある。もうおれが持っていても用はない。女房か娘がいるから、受け取ってくれ。できたら車の方がいい――

「今回は車で行くよ。そのつもりだ」

それだけを確認して、電話は切れた。大貫が何を渡したいのか、道平にはわかっていた。ただ、それが車でなくては運べない量になっていたことは意外だった。それに大貫は、やはり昔気質《かたぎ》の警察官の典型だった。いかに日本の物流が信頼できるとはいっても、事件の鍵を握る大切な資料を他人の手に託したりはしない。

カーテンを開けると、空はよく晴れていた。これならば雪も心配いらないだろう。道平はシャワーで汗を流し、ドリップで落としたコーヒーを一杯飲むと、小さなバッグに二日分の旅仕度を詰め込み駐車場に向かった。

すでに一〇万キロを走行している一九九五年型のジープ・チェロキーは、三週間ぶりにもかかわらず一発でエンジンが掛かった。ジープは雑な車だが、必要最小限度の機能はすべて備えている。嗜好品としての価値は皆無だが、道具としては頼りになる。

駅前の雑踏を走り抜け、十二時ちょうどに関越に乗った。食事は途中のサービスエリアでとるつもりだ。

大貫との再会から、一週間が過ぎていた。あの日、道平は、結局大貫に押し切られた。その結果、いくつかの協力に同意した。

ひとつは道平の手元にある犯人の体毛を、大貫に渡すことだった。体毛は、古いフィルムケースに入れたまま、自宅のデスクの奥に仕舞われていた。ケースには小さな紙が貼られ、道平の字で『TENGU・体毛・一九七四年一二月』と書かれていた。

そうだ。〝天狗〟だ。あの男は村人から、天狗と呼ばれて恐れられていた。

もうひとつの約束が、今日の三時に会うことになった小林正治から話を訊くことだった。二六年前、小林は沼田署の交通警邏《けいら》隊に白バイ隊員として勤務していた。当時まだ二七歳だった。昭和四九年九月二六日の未明に、沼田市内で一件の交通事故があった。その現場に、最初に居合わせたのが小林だった。小林は、何かを見ている可能性がある。

大貫は言った。

――あの年、九月の末頃に、奇妙な交通事故があった。おれはいまでもあの事故が、すべての発端に思えて仕方がないんだ――

道平もその事故に関しては耳にした覚えがあった。東京に帰ってから、当時の取材ノートを出してきて調べてみた。取材のメモは、一九七四年の一〇月四日から始まっている。その三ページ目に、次のような記述があった。

〈――九月二六日午前二時ごろ、玉原《たんばら》で交通事故。米軍車輌。運転手は逃走――事件に関連

か？——〉

ノートは黄ばんでいた。二六年ぶりに開いてみると、ひとつひとつの文字の羅列《られつ》も、自分の書いたものでありながらほとんど記憶に残っていない。だが繰り返して読んでいるうちに、いつの間にか二六年の時間が圧縮され、何かに思い当たる瞬間がある。道平もまた、その交通事故を、事件と関連付けて考えようとしていたことがわかる。

小林は七年程前に警察をやめ、沼田市内で家業の衣料店を継いでいた。だが、元警察官の小林に、現職の警察官である大貫が直接話を訊くわけにはいかない。警察関係者が時効が成立した事件を嗅ぎ回っているという噂でも立てば、面倒なことになりかねない。それでも道平が取材するのであれば、変わり者の記者の物好きな遊びとして片付けることができる。

最後の約束は、きわめて個人的なことだった。すでにあの時、大貫は一週間後に抗癌剤治療のために再入院することが決まっていた。

——おれが入院しても、絶対に見舞いには来るなよ。もし来たら、もうお前とは付き合わんからな——

大貫は、笑いながらそう言った。病床に就《つ》いている自分の姿を、家族以外には見せたくなかったのだろう。それが、大貫俊一という男の、最後のダンディズムなのかもしれない。

三時一五分前に、ホテルに着いた。喫茶室に入り、ロビーの見える席でコーヒーを注文して小林を待った。

道平は小林という男についてまったく記憶がない。しかし小林の方では、なんとなく道平を憶えているという。交通課の警官にまで名前を知られていたのだから、当時の道平は沼田署にとって、相当に厄介《やっかい》な存在だったに違いない。

道平は、記者仲間の間でマムシの名で通っている。取材の相手に対し、一度嚙み付いたら、怒らせようが泣かせようがなにかを訊き出すまでは絶対に離さない。行き過ぎた取材のために訴訟を起こされたり、逆に脅迫されたことも一度や二度ではない。

マムシとムジナ、か……。

考えてみるとなかなか似合いの取り合わせだ。

小林は約束の時間に少し遅れてやってきた。

取材の相手が元警察官ということもあって、道平はある程度腹をくくっていた。だが、道平の杞憂《きゆう》にすぎなかった。

相手は、最初から笑顔だった。いかにも商店街の顔役といった風情で、派手なジャンパーの前を開けて丸い腹を突き出し、安物のサンダルをつっ掛けている。とても元白バイ隊員には見えなかった。顔見知りらしいウェイトレスを軽口でからかいながらコーヒーを注文し、いきなり話しはじめた。

「二六年も前の事故のこと、調べてるんだってな。物好きだな、あんたも」

道平は、肩をすかされたように気が抜けた。

「ええ。全国の米軍関係の事故の細かい統計をとってるもので……」

口から出まかせだった。それを聞いて、小林が笑った。

「よせやい。そんな話、信じるわけないだろう。あんた例の天狗の件、調べてんだろ。大貫さんの口利《き》きで来たっていうだけで、ピンと来るさ。だいじょうぶだよ。おれも、もう警察官じゃないんだ。知ってることは何でも話してやるよ」

小林は運ばれてきたコーヒーに砂糖とミルクをたっぷりと入れ、一口すると、まるで講談師のような口調で一気に語りだした。

3

昭和四九年九月二五日深夜――。

警察の記録によると、自称アメリカ陸軍曹長ケント・リグビーは、交通量の少ない国道一七号線を東京方面から湯沢町方面に向けて、薄灰色のダッジバンを走らせていた。

当時のリグビーの年齢は三六歳ということになっているが、いまとなってはそれを確認する手だてはない。それ以前に、名前が本名かどうか、何の目的で深夜の国道を走っていたのかどうかすらわからない。当日のリグビーは、すべてが順調だったはずだ。少なくとも〇時少し前に沼田市街に差し掛かるまでは。

もしリグビーに不運があったとするならば、二五日の夕刻、沼田市内で一件の銀行強盗が発生したことだろう。犯人は銀行の裏口から侵入し、刃物をちらつかせて手近にあった約二〇万円の札束を握り締め、そのまま逃走していた。

事件は再三テレビやラジオのニュースで放送された。だが日本語のわからないリグビーは、その事件のことをまったく知らなかった。

沼田市街の入口で、リグビーは最初の検問を目にしていたはずである。しかし検問はリグビーとは反対側、つまり市街から東京に向かう上り車線で行われていた。リグビーのバンは、その前をまったく不審に思われることもなく、難なく通過することができた。

その夜、沼田署は、市街から外に向かうすべての主要道路を閉鎖して検問を行っていた。対象は銀行強盗の犯人が乗っていると思われる白い軽自動車だった。

小林は、数人の同僚と共に国道一七号線の湯沢側出口の検問所に詰めていた。午後六時から検問を張り、すでに六時間が経過していた。検問所にはパトカーが一台とパイロンなどの運搬用車輌が一台、白バイが二台用意されていた。

検問を張っていても、自分の前に犯人が現れるような幸運は滅多に訪れない。小林は、交通違反以外の逮捕劇の現場に、まだ一度も立ち合った経験がなかった。その夜も、無駄骨になることはわかりきっていた。小林は眠い目をこすりながら、すでに七万キロ以上走行しているホンダCB750の白バイの横に立ち、検問で速度を落としては走り去っていく車の流れをぼんやりと見守っていた。

だがその時、不審な動きをする車が目に止まった。最初はトラックのように見えた。その車は検問の前方三〇メートルほどのところで、路肩に寄せて停まった。パトカーの前にいた二人の警官が、赤く光る信号灯を手に、車の方へ向かった。

それがケント・リグビーの車だった。検問に差し掛かったのは、二六日の〇時一五分過ぎ頃である。もしリグビーが銀行強盗の件を知っていて、ごく普通に検問に向かっていたとしたら、何事も起こらなかったかもしれない。リグビーのバンには、アメリカ陸軍のナンバープレートが付いていた。日本の警察は、よほどの根拠がないかぎり、米軍関係車輌には手を出さない。

だがリグビーは、検問は自分のためだと勘違いしたのだろう。思わず、車を停めてしまった。どうするべきかと迷っているうちに、二人の警官が自分の方へ向かって歩いてきた。

リグビーはギアをリバースに入れ、アクセルを踏み込んだ。徐行していた後ろの大型トラックに激しくぶつかった。そのままステアリングを右に切り、ギアをドライブに戻して国道一七号線を逆に走りはじめた。

小林はその一部始終を見ていた。白バイに飛び乗り、サイレンを鳴らしてバンの後を追った。後方から若い志村という隊員の白バイと、パトカーも続いた。

ダッジバンは大柄な車だが、五・七リッターのV8エンジンを載せている。その気になれば、かなりの速度が出る。リグビーは、深夜の国道で前を行く車をがむしゃらに追い越しながら、時速一五〇キロ以上で突っ走った。

小林は、追跡隊の先頭を走っていた。バンの後部の観音開きのドアの一枚が外れかかっていた。その下に、米軍のナンバープレートが見えた。だがこれだけ不審な車を黙って見過ごすわけにはいかない。

深夜の路面の荒れた国道を一五〇キロ以上で追跡するとなると、さすがの白バイ隊員も少なからず恐怖を覚える。小林は見失わない程度の距離をおいてついていった。

「しかし、不思議だな。なぜリグビーは逃げたんだろう。米軍関係者なら日本の警察が自分達に手を出さないことくらい、わかっていたはずだが……」

道平が言った。

「さあね。よほど見られちゃ具合の悪いものでも積んでたんだろうよ」

「警察は軍の車の中までは見ないだろう。当時はまだ、米軍は治外法権という不文律が生きていたはずだ。それともリグビーが、米軍が日本の警察まで巻き込む可能性のある〝何か〟に関わっていたか……」

「わからんね、今となっては」

小林は話を続けた。

国道一七号線を東京に向けて暴走しているうちに、リグビーは最初の検問のことを思い出したのだろう。そこで目の前に迫った信号で急ブレーキを掛け、道を左折した。それが県道二六五号線だった。道はやがて細くなり、曲がりくねりながら山へと向かっていく。

それを見て、小林はしめたと思った。県道二六五号線は最初のうち武尊《ほたか》山に向かって北上するが、しばらくすると西へと迂回し、また元の国道一七号線に合流する。左右に何本か逸れる道はあるが、いずれも迦葉山の山頂か、玉原湖畔の周回道路に合流して行き止まりになる。袋のネズミだ。

そうとは知らないリグビーは、白バイを振り切ろうと山道をダッヂバンの尻を振りながら飛ばしていく。小林は無理はしなかった。アクセルをゆるめると、バンとの距離が少しずつ離れていった。

やがてテールランプの赤い光が、前方の山影に消えた。その直後だった。闇の中に激突音が響き渡った。

やった、と思った。小林はサイレンを止め、山影を回った。その先の右コーナーの路肩の下に、ライトを付けたまま腹を見せているバンが見えた。

バンのライトの光芒《こうぼう》の中を、白人の男が森の中へと逃げていく。だが、小林は男を追わなかった。米軍関係者であるとすれば、銃を所持している可能性もある。小林はホルスターからニューナンブの三八口径を抜き、実包が装塡《そうてん》されていることを確かめ、後続を待った。二〇年以上にもわたる警察官としての生活の中で唯一の、最も緊張した数分間だった。

「結局、リグビーは捕まったんでしたよね」

道平が訊いた。コーヒーは、すでにお互いに二杯目になっていた。

「ああ。その日の朝七時頃にね。身分証明書も持っていなかったし、名前も言わなかった。仕方なく、外務省を通じて車のナンバーを米軍に照会したのさ。それでケント・リグビーという名前と、陸軍の脱走兵だったことがわかった。二日前に、横田基地から車をかっぱらって、夜中だけ走って逃げてきたらしい。アメリカさんの言うことだから、本当のところはわからんけどね。その日の夕方には米軍のＭＰ（ミリタリーポリス）が来て、リグビーを連れていっちまった。まあ、事件性はなかったしな」

警察官は、よく米政府機関の人間を「アメリカさん」と呼ぶ。大貫もそうだった。そこには自分たちが手をつけられない人間という皮肉がこめられている。

「彼は、どこに行こうとしてたんですかね」

「わからんな。奴は、何も言わなかった」

そのまま国道一七号線を北上しても、沿線に米軍施設は存在しない。ケント・リグビーがどこに行こうとしていたのか、いまとなっては調べようもない。

「だけど、ひとつ不思議なことがあるんだ」

小林がさらに続けた。

「あのリグビーという男、どうも軍人には見えなかった。小柄だし、髪も刈り込んでいなかった。それに脱走兵というのは重罪のはずだ。それなのに、事故の一〇日ほど後におれは奴を沼田市街で見かけてるんだよ」

確かに、それはおかしい。あの頃はベトナム戦争から米軍が撤退してまだ間もなかった。軍からの脱走はきわめて厳しく罰せられた。軍法会議にかけられ、数年は出てこられないはずだ。

「すると、リグビーは脱走兵じゃなかったということになりますね」

「それはわからんね。しかし奴は、連行される時にMPに手錠をかけられていた。泣きそうな顔だったよ。あの表情は、絶対に芝居じゃない。実際に奴はMPの車を盗んでるんだ。それだけで一〇日やそこらで出て来られるわけがないんだ」

「MPの車だったんですか」

「そうだよ。知らなかったのか。ドアに大きく青い字でMPと書いてあったよ。それに、なぜあんな車で逃げたのかね。あのバンは、普通の車じゃなかった」

「と言うと……」

「後部の荷台には小さな窓しかない。しかもそれに鉄格子がはまっていた。ドアの鍵は中からは開かないようになっていたんだ。トラックにぶつけて後部のドアが一枚外れていたけどな。あの車は、軍の囚人護送車だよ」

「そのバンはどうなったんです?」

「米軍が回収したよ。その日のうちに、積載車に積み込んでね」

話は三時間近くにも及んだ。小林が帰る頃には、外はすっかり暗くなっていた。

「何かわかったらおれにも教えてくれよ」

小林はそう言って去っていった。

それにしても、奇妙な話だ。もしリグビーが軍の脱走兵だったとしたら、いったい何者だったのだろうか。

当時、事件のあった鹿又村の周辺には、米軍の関係者のような男達が何人か出入りしていた。その中に、金髪の、小柄な男が一人いたことを道平も憶えている。彩恵子の家の近くでその男を見かけたこともあった。

そして、車だ。もしリグビーが乗っていた車が囚人護送車だとしたら、彼は誰かを運んでいたのではないか。しかも事故現場と彩恵子の住む鹿又村とは、直線距離で二キロも離れていなかったのだ。

4

もし一連の事件の舞台が沼田でなかったとしたら、誰もあの男のことを〝天狗〟とは呼ばなかっただろう。

沼田は天狗の町である。駅周辺や、市内のいたる所に天狗の文字やその図柄が描かれ、この町を訪れる者を伝説の世界へと誘ってやまない。北関東随一の荒祭として名を誇った祇園《ぎおん》祭は、いまも沼田の天狗祭として面影を残し、巨大な天狗面の神輿《みこし》が市内を練り歩く姿が夏の風物詩となっている。

嘉祥《かしょう》元年（八四八）に時の高僧、比叡山の第三祖円仁《えんにん》慈覚大師《じかくだいし》により開山された弥勒《みろく》寺は、沼田の天狗伝説発祥の地として知られている。天狗伝説は、鎮守中峰堂に祀《まつ》られる迦葉尊者の化身、鎮守中峰尊者に由来する。数々の奇跡を成し遂げた中峰尊者が、当時の住職の両禅師に別れを告げて昇天すると、その後に天狗の面が残されていたという。以来、沼田周辺の村々には、天狗にまつわる民話や伝承が絶えたことはない。

いくら二六年前とはいえ、天狗の実在をまともに信じるような者はいなかったろう。だがケント・リグビーの事故の直後から、鹿又村の周辺では天狗の仕業《しわざ》としか思えないような怪異現象が頻発しはじめたのである。

まず、収穫直前のリンゴが何者かに大量に食い荒らされるようになった。もちろん鹿又周辺の山には、サルが棲《す》んでいる。それまでにも毎年のようにリンゴは食われていた。だがその年の荒れ方は、量においても食べ方においてもそれまでのサルの被害とはまったく様相を異にしていた。食べ残しの歯型が、明らかにサルではなかった。

何人もの村人が、深夜に不気味な咆哮を聞いていた。重く、悲し気で、背筋に悪寒《おかん》が奔《はし》るような咆哮だった。鹿又は元来マタギの集落であり、村人は周辺の動物の生態には精通していた。だがその咆哮は、村人の知識の範囲を超えていた。

前後して、村の犬が二頭続けて神隠しにあっている。深夜、外につないであった犬が悲鳴を上げたが、家の者は恐ろしさのあまり誰も見にはいけなかった。朝、外に出てみると、鎖と首輪を残して犬の姿は消えていた。

その二日後、犬の一頭が村の近くの森で見付かった。犬は体を裂かれ、生のまま肉と内臓を食われていた。

村の誰からともなく、天狗の仕業ではないかと噂がささやかれるようになった。そしてついに、天狗を実際に目撃したという人間が現れたのである。

杵柄サダはケント・リグビーの事故があった五日後の一〇月一日、一人で村の裏山に入っていった。その姿を、誰も見ていない。腰には竹で編んだ籠《かご》を提げていた。

村には七軒の家があった。そのうち、廃屋が二軒。残る五軒のうち三軒が杵柄の姓を名乗っていた。

当時、サダは八七歳。村の長老だった。すでに耳が遠く、天狗の噂のこともまったく知らなかったという。

ほとんどの老人がそうであるように、サダもまた自分が家族の足手まといになることを最も恐れていた。そのサダが、唯一家族の信望を回復できたのが春の山菜と秋のキノコの季節だった。特にキノコに関しては、サダは村一番の目利きとの評判だった。

その日、サダが一人で山に入ったのも、シメジやシシタケなどのキノコが目的だった。運が良ければ、マイタケも見付かるかもしれない。息子夫婦から、山には行くなと言われたことは忘れていた。

天狗さわぎでここ数日間、誰も山に入っていなかったこともあって、まったく荒れた様子はない。そうとは知らずシメジの群生を見つけたサダは、夢中でそれを採った。大きな籠が、見る間にシメジでいっぱいになっていった。

しばらくして、サダは不思議な気配に気が付いた。シメジを探る手元に、暗い影が落ちている。

振り向いた。そこに見たこともない巨大な男が立ち、サダを見下ろしていた。

〝青い着物〟を着て、頭に烏帽子《えぼし》のようなものを被《かぶ》っていたという。瞬間、天狗だと思った。

サダは腰を抜かし、男を見上げたまま動けなくなった。

男は、しばらくサダを見つめていた。そのうちサダに歩み寄ると、籠に手を伸ばしてシメジを口の中に入れた。噛んでいたが、味が気に入らなかったのか、それを足元に吐き出した。

サダはあまりの恐ろしさに地面にひれ伏した。男の異相を、とてもではないが正視していられなかった。そのままただひたすらに、思いつく限りの経を唱え続けた。

半時ばかりそうしていただろうか。そのうち一陣の風が巻き起こり、おそるおそる顔を上げてみると、天狗の姿は消えていたという。

村人達はあの時、リグビーの事故についてはくわしく知らされてはいなかった。天狗とリグビーの事故を関連させて考える者は一人もいなかったのだ。

そしてサダが天狗と出会った三日後――。

あの凄惨な最初の殺人事件が起きた。

5

昭和四九年一〇月四日、早朝――。

沼田市上発知町《かみほっちまち》佐山の駐在、田代健吉《たしろけんきち》は、朝食の最中に沼田署の防犯課から電話を受けた。

時間は午前七時一〇分前だった。田代はＮＨＫのニュース番組の音量を絞り、味噌汁をあわてて飲み下しながら受話器を手に取った。

ついいましがた、署に近隣の鹿又村から一一〇番通報があったという。村人がクマに襲われたらしい。四〇代の男性が一人死亡。わかっているのはいまのところそれだけで、とりあえず様子を見に行ってほしいという要請だった。

田代は妻の静江に留守を頼むと、タクアンを一枚口にくわえたままバイクで村に向かった。佐山から鹿又までは、一〇分ほどの距離である。

鹿又は、地元でも謎の多い村として知られていた。上発知町の佐山と玉原《たんばら》のちょうど中間に位置する村で、五世帯の家に計一四人の村人しか住んでいない。近隣ではマタギの村として知られるが、平家の落人村だという噂もある。住居表示が制定されたのも昭和三〇年代になってからで、それまでは郵便物すら届かない隠れ里だった。

交番の所轄も、佐山の管轄なのか玉原の管轄なのかいまだにはっきりしていない。だが、二年前に鹿又で猟銃による誤射事件が発生し、たまたま田代が最初に現場に出向いたことから、暗黙のうちに佐山の駐在所の管轄ということになってしまった。

田代は、鹿又の村人が苦手だった。平家の落人村という噂を信じたくなるほど閉鎖的で、駐在の田代に敵意を持っているかのように何も語ろうとしない。時にはどこの方言かもわからないような独特のマタギ言葉を使い、話をはぐらかそうとする。二年前の誤射事件も、結局村人達の口裏合わせに屈し、迷宮入りになっている。

だが、村人の様子は以前とはまったく違っていた。田代が村に着くと、住人のほとんどが狛久峰男の家の庭に集まっていた。村人の表情に、明らかに恐怖の色が浮かんでいた。

家は入口の戸が開き、敷居の上に筵《むしろ》が被せられていた。その下に、赤黒くぬめる血溜りが見えた。

「峰男、さんだ……」

誰かが言った。田代は歩み寄り、筵を持ち上げてみた。息を呑んだ。その下にあるものは、ボロ布をまとった単なる肉の塊《かたまり》だった。頭部がつぶれ、眼球がこぼれ落ちていた。

田代は食べたばかりの朝食が咽元《のどもと》にこみ上げてくるのを必死にこらえながら、筵を元に戻した。狛久峰男のことを、田代は憶えていた。二年前の誤射事件の折、何回か話を訊いたことがある。

「中でも二人、死んでる……」

後ろで村長の杵柄邦男が言った。その声にうながされて、田代は狛久峰男の遺体をよけて家の中に入った。足がすくんでいた。

暗い室内に目が慣れてくると、中の様子が少しずつ見えてきた。襖がめちゃくちゃにこわされ、家具が倒れている。障子や漆喰《しっくい》の壁に、赤黒いペンキを撒《ま》き散らしたように血飛沫《しぶき》が飛んでいた。土間から上がってすぐの八畳間に、寝間着をはだけた女がほとんど素裸で大の字に倒れていた。峰男の嫁の信子だろう。やはり、頭と顔がひどく出血して人相がわからない。その奥の部屋の倒れた襖の下からも、人の足が見えている。

これは、クマの仕業なんかじゃない……。

田代はよろめきながら外に出て、村人に言った。

「誰か、電話を貸してくれんかね……」

田代が沼田署に応援を要請してから三〇分後に、二台のパトカーに分乗した四人の捜査課の刑事が村に駆けつけた。その後も検視医や鑑識、応援の警察官らが大挙して押し寄せ、普段もの静かな山村は一気に騒然とした雰囲気に包まれた。その中に当時沼田署の鑑識を事実上取り仕切っていた大貫俊一の姿もあった。

事件は即時『鹿又村一家三人殺人事件』として沼田署に捜査本部が開設された。被害者は狛久峰男四二歳、妻信子四三歳、さらに峰男の父武文七六歳。武文は一年ほど前に卒中で倒れ、寝たきりだった。峰男には他に一七歳になる長男がいたが、就職で前橋に出ていて無事だった。

三人は同じ凶器——重い鉄パイプかそれに類するもの——による撲殺《ぼくさつ》と推定された。この検死報告は後に沼田署の正式見解として報道陣にも発表されている。だが、現場から凶器は発見されなかった。

最も有力な遺留品のひとつに、狛久の自宅裏のリンゴ畑に落ちていた古い一一ミリ口径の村田銃があった。これは、後に村人の証言から狛久のものであることが確認された。

銃の落ちていた場所は、狛久の家から直線で二〇〇メートルも離れていた。銃は銃身が曲がり、頑丈な胡桃《くるみ》材でできた銃床はばらばらに砕けていた。薬室には一一ミリ口径のライフル弾が一発こめられていたが、発射されていない。おそらく狛久は引き金を引く前に犯人に銃を奪われ、家まで逃げ帰り、そこで殺害されたものと推察された。

銃身には、犯人のものと思われる指紋が残っていた。またリンゴ畑の周辺と狛久の家の庭、さらに裏山にかけて数多くの足跡が発見されたが、これについて警察は何らくわしいことを発表していない。足跡はすぐに警察犬を導入して追跡されたが、北の迦葉山の方角に向かい、人がとても登れないような岩場の急斜面の下で途絶えていた。

村人の全員に対し、事情聴取が行われた。何人かの村人が、夜明け前に狛久の悲鳴を聞いていた。その証言と被害者の検死結果から、犯行時刻は四日の午前三時頃と推定された。

だが、それ以外の村人の証言は、まったく支離滅裂《しりめつれつ》で要領を得なかった。誰も、何も見ていない。にもかかわらず犯人について口々に荒唐無稽《こうとうむけい》な自説を主張した。

ミナグロ（ツキノワの消えた老獪《ろうかい》なクマ）の仕業だという者。二年前の誤射事件で死んだ杵柄慎一《しんいち》という男の祟《たた》りだという者。さらに、犯人は天狗だという大人の見識とは思えない説まで飛び出す始末だった。

事情聴取に対して唯一まともな受け答えをしたのが、狛久の隣に住む杵柄邦男だった。隣とはいっても、家は三〇メートル以上離れている。邦男は長年鹿又の村長を務め、五〇代半ばという分別のつく年齢に差しかかっていた。母親のサダが天狗を見たと言っていることは知っていたが、まさかその実在を信じているわけではない。

杵柄邦男によると、事件の前日の夜、村の主だった男連中が顔を揃えたちょっとした寄り合いがあったという。場所は、いつものように邦男の家で行われた。集まったのは邦男の他に死んだ狛久峰男、その奥に住む甥の狛久清郎《せいろう》、そして邦男の弟の杵柄誠二《せいじ》の四人である。村の一番外れの家からは誰も参加していない。二年前に主の杵柄慎一が事故で亡くなり、当時は彩恵子という後家が一人で家を守っていた。

寄り合いの主題は、収穫期が近づいているリンゴの食害だった。元来、鹿又はマタギの村である。その頃も近隣の山や森で鹿やイノシシの巻き狩りをよく行っていた。だが、毛皮や肉を売るだけでは生活はできない。リンゴは村にほとんど唯一といってもいい安定した現金収入をもたらす生活の糧《かて》だった。

そのリンゴが、ここ一週間ばかり、例年では考えられないほど大量の食害にあっていた。リンゴ畑は一応個々の世帯で管理しているが、事実上は村の共有財産のようなものである。このままでは村全体の、年に一度の現金収入が半減してしまう。その解決方法を模索しようというのが、寄り合いの目的だった。

普通、収穫期のリンゴの食害は、カラスなどの野鳥やサルの仕業である場合が多い。シカやクマの可能性もあるが、当時は動物の個体数そのものが少なく、食害も限定的だ。

さらにこの年の場合、食害の量も食べ方も例年とは明らかに違っていた。一晩で数十個、時には太い枝ごと折り取られて食い荒らされていることもあった。食害は毎晩深夜から明け方にかけて起こるので、犯人を見た者もいなかった。酒を回しながらの寄り合いだったために、誰かが天狗の話を持ち出す一幕もあったが、場に笑いをもたらしただけで話は立ち消えになった。だが村で犬が殺され、天狗の噂が出はじめてからというもの、男達は暗黙のうちにその話題を避けていたことも事実だった。

その中で唯一強硬だったのが、村一番の射撃の名手を自認する狛久峰男だった。峰男は、リンゴの食害の犯人はツキノワグマだと主張した。そのうち酒のいきおいを借りて、夜中にクマを待ち伏せしようと言い出した。

誰も狛久の意見に賛同はしなかった。まだ猟期に入っていないというのが他の男達の言い分だったが、実のところは天狗の噂を恐れていたのかもしれない。そしておそらく狛久峰男は、夜中に銃を持ち出し、一人で待ち伏せを決行したのだろう。

道平の勤務する中央通信に事件の第一報が届いたのは、同日の午前一〇時頃だった。当時、通信社の有力な記者は、ほとんどがベトナムやその近隣諸国に出張していた。さらに午前中ともなると、出社しているのは新米の若手記者かデスクと呼ばれる役職者のどちらかに限られる。その日も編集部にいたのはデスクの菅原晴彦と、道平を含む数名の若手記者だけだった。

電話を受けたのが、道平だった。道平はそれを菅原に報告した。

「まずいな。みんな出払っている時に……」

メモを見ながら菅原が言った。窓から差し込む陽光の中で、コーヒーが湯気を立てていた。

道平は菅原の前に立ったまま、何も言わずに待った。

「一家三人惨殺か。誰も行かせんわけにはいかんしな」

おそるおそる、道平は言ってみた。

「あの……。とりあえず私が行くというのはいかがでしょうか。その後で誰かに替わってもらってもかまいませんし……」

菅原が、睨《にら》んだ。

「お前、単独で取材を担当したことあるのか」

「いえ、まだありません……」

道平は、大卒で入社してまだ二年目だった。

「カメラはどうするんだ。そうか、お前、カメラできるんだったよな」

「はい」

道平は、日大芸術学部の写真学科出身だった。写真を始めたのも、フォト・ジャーナリストを目指していたからだ。

「犯人はまだつかまっていない。長くかかるかもしれんぞ」

「はい。わかってます」

「血なまぐさい場面を見るかもしれんぞ」

「はい」

「車が必要だ。持ってるのか」

「はい。持ってます」

道平は大学時代から車と山が好きで、古いジムニーSJ10を持っていた。三六〇ccの軽の4WD車である。

「わかった。行ってこい。経理に寄って取材費を受け取っていけ」

菅原はその場で一〇万円の取材費伝票を切って道平に渡した。

道平はカメラを持って社を飛び出した。有楽町から山手線に乗り、池袋で西武線に乗り換え、石神井公園駅で降りた。一度アパートに戻り、五分で旅支度を整え、ジムニーを走らせて練馬インターから関越自動車道に乗った。

当時関越自動車道は、まだ川越《かわごえ》までしか開通していなかった。道平は川越から国道二五四号線、国道一七号線と抜けてひたすら沼田を目指した。白い煙を吐くツーストロークのエンジンは、アクセルを床が抜けるほど踏み込んでも時速七〇キロしか出ない。国道の速い流れについていくのがやっとだった。だがそれでも午後三時には沼田に着き、沼田署で第一報の電話を入れてくれた日刊群馬の記者松井正明と落ち合うことができた。

三時三〇分から沼田署の捜査本部前で、第一回目の記者会見が開かれた。道平は、そこで初めて事件の概要を知った。

だが会見の内容は、いかにも中途半端で釈然としないものだった。鑑識は、すでに現場で犯人の指紋と足跡を採取しているという。にもかかわらず警察は、殺人とクマ、もしくはその他の動物による事故の二つの線で捜査を進めているという。捜査本部長は署長の渡辺智之、広報は副署長の厚田拓也という男だった。道平は、会見の席でさっそくその疑問を厚田にぶつけてみた。

「指紋が残っているのに犯人が人間かクマかわからないというのは、どういうことなんでしょうか」

「指紋が犯人のものかどうかは現在確認中。そういうことだ」

はたしてクマに指紋があるものなのか……。

「しかし、足跡も見つかっているんですよね。人間のものなら靴を履《は》いているはずです。クマならば……」

「君は、知らないのか。この辺のクマはな、靴を履いてるんだ」

厚田は穏やかな口調でそう言った。だが、それは、明らかに若い道平に対する恫喝《どうかつ》だった。

会見の後で、道平は同じ質問を日刊群馬の松井に向けてみた。松井は白髪交じりの三〇代中頃の、もの静かな男だった。

「日本の本州にはツキノワグマしかいません。ツキノワグマは、小型の草食性のクマですよね。ヒグマならまだしも、ツキノワグマがあんな事件を起こすでしょうか」

松井は、道平の横を歩きながら、慎重に道平の言葉に答えた。

「そうだな。私もそう思う。ツキノワグマということは、あり得ないな」

「しかも警察は、他の動物の可能性もあると言っている。その動物って、いったい何なんでしょうね」

松井はしばらく無言で考えていた。言うべきか、迷っている様子だった。

「そういえば鑑識の大貫っていう男から面白いことを聞いたな。彼は、どこからかゴリラかオランウータンでも逃げたんじゃないかと、そう言っていた」

「ゴリラ、ですか……」

いずれにしても、道平には荒唐無稽の話にしか思えなかった。確かに何年か前に、千葉県の鹿野山《かのうざん》の山中に寺で飼われていたトラが逃げて大騒ぎになったことがある。ゴリラもまた、草食ではあるが猛獣だ。だが、ゴリラやオランウータンが三人もの人間を殺すなどということがあり得るだろうか。

警察は、何かを隠している。それがまだ若かった道平の、直感だった。

6

いま、道平の前にパンドラの箱がある。

窓から忍び込む黄昏《たそがれ》の薄明かりの中で、道平はジムビームを満たしたグラスを片手にそれを眺めていた。左手の指の間から、音もなくマルボロの灰がテーブルの上に落ちた。

古いリンゴの段ボール箱は、厚手のガムテープで厳重に閉ざされていた。箱もテープも日に焼けて色あせている。

もう何年も、封じられたままなのだろう。箱の上には、赤いマジックで『鹿又村事件資料』と書かれている。大貫の字だ。道平は沼田から石神井公園のワンルームマンションに戻ってからすでに一時間あまり、静かにその箱を前に酒を飲み続けていた。

――自分は刑事だから正面からしか物が見えんけど、道平君は新聞記者だから。これを見たら何かわかるかもしれんって、お父さんがそう言ってたよ――

道平にパンドラの箱を手渡す時、大貫の妻の菱子《りょうこ》はそう言った。年相応に老いてはいたが、天性の明るさやはきはきした物言いは昔のままだった。道平がキノコの煮付けが好物だったことや、朝はなかなか目を覚まさずに手を焼いたことを菱子はよく覚えていた。

大貫は、道平に何を期待しているのだろうか。確かに大貫の資料を見れば、道平は新たな事実を知ることになる。だが、それはあくまでも道平個人の知識の範疇《はんちゅう》であって、事件の真相が明らかになるわけではない。

道平は燃えつきようとしているマルボロを灰皿でもみ消し、バカラのロックグラスの中身を半分ほど喉に流し込んだ。

――二六年経ったからこそ、わかることもある――

あの日、大貫は、華車で道平にそう言った。その言葉は一方の真実でありながら、反面、単なる気休めのようにも聞こえた。

わからない。大貫が何を考えているのか。自分に何を期待しているのか。それがわからない……。

一滴の水は山をころがりはじめた。確実に。やがて水は水を集め、流れを成し、流れは数多《あまた》の流れを伴って激流と化す。道平は、その中に運命を投ずるまでもなく押し流されていくことになる。だとすれば、機は熟したということか。

気が付くと黄昏《たそがれ》もすでに幕を閉じ、道平はただ闇に視線を漂わせていた。我に返り、明かりを点けた。ポケットからビクトリノックスのアーミーナイフを取り出し、刃を起こした。

そして蛍光灯の下で鈍い光を放つその刃先を、パンドラの箱に当てた。

中には何冊もの黄ばんだノートや、茶封筒、地図や書類の束《たば》が折り重なるように眠っていた。外気に触れると同時に風化するのではないかと思われたその古紙の山は、しかしひとつひとつを手にとってみると、二六年の時空の重みを無言のうちに伝えてくる。

ノートを開いてみた。各ページには、一字が二行にわたる大きく力強い字が隙間なく並んでいる。達筆だが、決して読みやすくはない。道平はそれを見て、事件後何年かはやりとりをしていた大貫の年賀状の文字を思い出した。

茶封筒の中には、膨大な数のモノクロームの写真が入っていた。封筒の上には、それぞれの被害者の名前が書かれている。道平は、狛久峰男と書かれた封筒の中身を取り出し、テーブルの上に広げた。グラスのジムビームを飲み干し、ボトルから新たに満たした。

キャビネ版の写真が、五〇枚ほど入っていた。警察では、証拠写真を引き伸ばす時にほとんどキャビネは使わない。八×一〇などの、もっと大きな印画紙を使う。おそらく写真は、ネガを持ち出すかなどして大貫が自分で焼き付けたものだろう。

レンズは冷酷に、だが正確さを欠くことなく狛久峰男の遺体をあらゆる角度からとらえていた。特に粉砕された頭部と顔面の写真が多かった。

普通の人間ならば目をそむけたくなるような写真だが、長年ジャーナリズムの世界にいると神経がどこかで麻痺《まひ》してくる。道平もまた、若い頃には中東やアフリカ中部の戦地で特派員として何年かを過ごした経験があった。人間の肉体が、命を失えば物質としてどのように変化するかを肌で知っている。狛久峰男の頭部も、横に落ちている眼球と白い歯があるあたりが顎《あご》だとわからなければ、単なる肉の塊にすぎない。

その中に、奇妙な写真が一枚あった。その写真だけが八×一〇に大きく引き伸ばされ、上からトレーシングペーパーが被されていた。トレーシングペーパーには薄い鉛筆で地図の等高線のような紋様が描かれている。その下に『ノート1、6P参照』の文字がある。トレーシングペーパーをめくってみると、下は狛久峰男の顔面をほぼ正面からとらえたアップの写真だった。

道平は表紙に『狛久一家三人殺害事件1』と書かれたノートを手にし、六ページ目を開いてみた。そこに、次のような記述があった。

〈――峰男の頭部の損壊は、凶器を使用した打撃によるものとは思えない。圧迫による破裂か。検死の田所氏も同意見。頭骨の亀裂と皮下出血の他、筋肉組織の損傷は人間の巨大な手形に一致する。信じられないことだが。極秘――〉

まさか……。いや、やはりというべきか……。

常識的に考えればあり得ないことだ。大貫は、狛久峰男の頭部が何者かに握り潰されたものだと考えていたのだ。もう一度写真に目を移すと、トレーシングペーパーに描かれた図は確かに人間の手形に見える。しかも顔の大きさと比較して、きわめて巨大な。

警察が、何かを隠そうとしていた理由が理解できる。もしこのような検死報告を発表すれば、静かな山村は周辺の市町村を巻き込んで大騒ぎになるだろう。警察の見識すら疑われかねない。

怪力の相撲《すもう》取りが、リンゴを握り潰すという話は聞いたことがある。だが人間が、人間の頭部を、いかに体格差があったとしても握り潰せるものなのだろうか。

道平の体には、あの男の感触が残っている。奴ならば、それが可能だったのか……。

それ以外にも峰男の遺体の損傷は、各部にわたりきわめて激しいものであったことがわかる。頸骨《けいこつ》骨折。左右の肩の脱臼。左肘脱臼。肋骨六本骨折。腰骨粉砕。大貫はこれらの遺体の損傷について、大貫は〈――まるでダンプカーに轢《ひ》かれたようだ――〉とノートに記している。

妻の信子はさらに悲惨だった。死因は頸骨骨折だが、鼻と上唇の周囲の肉が完全に損失し、歯と歯茎が露出していた。写真は、顔と共に性器周辺の接写が多い。膣と肛門の周辺に、おびただしい出血がある。大貫は、ノート1の一〇ページ目に次のように書いている。

〈――顔面中央の欠損は、食いちぎられたものか。欠損部は発見されていない。膣から肛門にかけて、裂傷。股関節脱臼。姦淫の痕跡が認められる――〉

さらに次のページに、以下のような加筆があった。

〈――検死解剖の折に、膣内から精液を採取。血液型はB型。後にこの精液は、昭和五〇年八月二一日の時点で紛失と判明。極秘――〉

大貫の文字は極力脚色をまじえず、事実だけを淡々と伝えている。それだけに、出来事の異常性が重々しく道平の胸にのしかかってくる。

ノートによると、信子は身長一四六センチ、体重三八キロと小柄だった。奴は、その信子を股関節が外れるほど激しく犯しながら、鼻と上唇を食い千切ったのだ。それにしても、物証の精液を紛失とはいったいどういうことなのか。警察の内部で重要証拠品がなくなるなどということが、あり得るのだろうか。

父の武文は明らかに撲殺だった。ただし、右側頭部の損傷があまりにもひどい。頭骨が完全に粉砕され、脳の大部分を損失していた。

〈――頭蓋骨粉砕骨折。頭骨骨折。右大腿骨骨折。脳は遺体から約三メートル離れた壁際で発見。当初は角材のようなもので強く側頭部を殴打されたものと思われたが、後に床高一・八メートルの位置にある鴨居《かもい》が凶器と判明。右足首に、強く握られたと見られる皮下出血痕あり。犯人は、狛久武文の足首を握って振り回し、側頭部を鴨居に激突させて死に至らしめたものと思われる。検死の田所氏とも意見が一致。極秘――〉

なんということだ。さすがの道平も、一連の殺害現場を脳裏に再現させるだけで胃から苦いものがこみ上げてきた。

とても普通の人間に成せる業《わざ》ではない。ならば、他の動物なのか。いや、それも考えられない。大貫の資料から伝わってくる犯人像は、むしろこの世に存在するはずのない怪物を暗示させる。

ノート2の最初のページに、遺留品の表があった。

〈――信子の爪から微量の皮膚を採取。村人の何人《なんびと》とも一致しない。信子の指間から頭髪を

採取。村人の何人とも一致しない――〉

これは当時の情報として、道平や他の報道関係者にも知らされていた。しかし末尾に、次のような一文が書き加えられている。

〈――昭和五〇年八月二一日の時点で紛失。極秘――〉

またしても、だ。これは偶然ではない。何者か――おそらく警察機構内部の強大な力による――意図的なものだ。

三ページ後に、足跡に関するくわしい記述があった。

〈――リンゴ畑、狛久家の庭、裏山の斜面に無数の足跡を発見。長さ約三八センチ。最大幅約二〇センチ。靴は履いていない。足に布のようなものを巻き付けてあったと見られる。雑感として、これがもし犯人の足跡だとすれば、その男は少なくとも身長二メートル以上、体重二百キロ以上ということになるが――〉

道平は、ノートを閉じた。背筋に悪寒が奔《はし》り、それが止まらない。

天狗、か……。

事件翌日の早朝に初めて鹿又村を訪れた道平は、村の天狗伝説の渦中に巻き込まれることになった。

そしてあの彩恵子と出会ったのも、その日が最初だった。

第二章　記憶

1

二六年前のあの日、空には灰色の雲が低くたれこめ、山はかすんでいた。

車を降りると、氷雨《ひさめ》が道平の頬を濡らした。村を見下ろす林道の上に立つと、いたるところに警察車輌や報道関係者の車が並んでいた。初めて目にする村の風景は、安物のモノクローム映画のセットのように見えた。

道平はジムニーの荷台からビニールのカッパを取り出し、それを着込んだ。荷台にはその他に寝袋やテント、ランタンなどのキャンプ道具一式が積み込まれていた。その気にさえなれば、どこでも寝泊まりすることができた。あの頃はまだ、記者が個人の車を取材に使うことが許されていた。臨機応変という言葉が生きていた、いい時代だった。

道平は林道の上で学生時代から使っていたキヤノンのF1をかまえ、村の風景に向けて数回シャッターを切った。そしてカメラが濡れないように首からカッパの中に吊るし、村に下る道を歩いた。

村の入口で警察のテントを見つけ、そこで通信社のプレスカードを提示し、報道の腕章を受け取った。村の中で出会う人間は、すべて警察関係者か報道の腕章を付けていた。村人らしき人間は、一人も見かけなかった。彼らは、おそらく、家の中で息をひそめていたのだろう。

村には、七軒の家が建っていた。道の右側の山沿いに四軒、左側に二軒、さらに村の奥の竹林の陰にも一軒見える。家と家との間隔がかなり離れていて、その間に畑やリンゴ樹林があった。

道平は、前日に松井から村は五世帯だと聞いていた。だが家はどれも古く、荒涼としていて、離れた場所から見ているだけではどれが廃屋《はいおく》なのか区別がつかなかった。

殺された狛久峰男の家は、右側の二軒目だった。家の窓や入口はすべて青いビニールシートで覆《おお》われ、周囲にはロープが張られていた。入口に何人かの警察官が立ち、ビニールシートの陰から出入りしている。道平はその光景にカメラを向けたが、警察官の一人に睨まれただけで、何も言われなかった。

道に戻ったところで、松井と出会った。

「よう、道平君。早いじゃないか」

道平は、軽く頭を下げた。前日、道平は松井に連れられて日刊群馬の沼田支局に立ち寄った。そこでファクシミリを使わせてもらい、会見の原稿を社の菅原あてに送った。記者になって二年、馴れない原稿に苦闘する道平を、松井は夜九時過ぎまで待っていてくれた。その後、二人で市内の中華料理屋で食事をし、松井の紹介で安い旅館に部屋をとった。だが道平は、ほとんど眠れない夜を過ごした。

松井は、顔見知りの記者と立ち話をしていた。その記者はしばらくして松井に別れを告げ、村の出口に向かって歩き去った。

「知り合い、ですか」

「ああ。同じ社の奴なんだけどね。張り番をやってもらってた。迦葉山の麓の民宿村に、社で部屋を取ってあるんだ。そこに寝に帰った。松下旅館ていう汚い宿だけどね。現場も近いし、何かと便利なんだ。道平君もよかったらそこに移るといい」

「ありがとうございます」

「朝飯、まだなんだろう」

そう言うと松井は、バッグの中から紙包みを取り出して道平に手渡した。包みを開けると中に握り飯が入っていた。

松井は警察のテントに気軽に入っていき、空いているパイプ椅子に腰を下ろした。道平もその横に座り、握り飯を食った。松井はのんびりとタバコをふかし、考え事をしていた。

普通、新聞記者は、自分の社の情報は他社の記者には絶対もらさないものと聞いていた。だが松井は、なぜか道平に仲間の記者から聞いた情報を気軽に話し始めた。

「朝六時から、山狩りが始まってるらしい。どうやら佐山や玉原の方からも山に入っているようだな」

「沼田署には、そんなに人がいるんですか」

村に残っている警察官だけでも、二〇人は下らない。

「そうじゃないさ。県警や消防からかなりの数の応援が駆けつけている。迦葉山の山頂も固めているらしい。それにしても大掛かりだな」

「本当に、犯人は人間なんでしょうか……」

「さてね。わからんな。しかしさっきの男が……斉藤っていうんだけどね。彼が奇妙なことを言っていたな……」

松井はそこで一度言葉を切った。次の一言を、口に出していいものなのかどうか迷っている様子だった。だが、意を決したように話しはじめた。

「天狗、だとさ」

「天狗ですか。天狗って、あの伝説の怪物の天狗ですよね。まさか……」

「笑っちゃうよな。だけど村人達は、なぜか天狗がやったって信じてるらしい。村の年寄りが一人、事件の二日前に天狗を見てるんだとさ」

それが、杵柄サダだった。

松井はさすがに地元の記者だけあって顔が広い。話しながらも警察関係者が近くを通ると、気軽に挨拶を交わしている。そのうち鑑識の腕章を付けた男が、湯呑みを片手に松井の横に座った。上背はないが、肩幅の広いがっしりとした男だった。松井はその男を、〃ムジナさん〃と呼んでいた。道平は握り飯を食いながら、しばらく二人の会話に耳を傾けた。

「だいぶ、ひどかったらしいじゃないか」

松井がタバコをふかしながら言った。

「ああ。なにしろ仏さん、頭がミンチみたいにグシャグシャだったからな」

その言葉に、道平は呑み込みかけた握り飯を一瞬喉に詰まらせた。

「ゴリラはまだ捕まらないのかい」

「松井さん、それはあれだよ。ゴリラみたいな奴じゃないかっていう話さ」

「それとも、天狗かな」

「それ、どこで聞いたんだい」

「やっぱりな。なに、そんな噂、もう誰だって知ってるさ」

握り飯を食べ終わった時、道平は松井からムジナを紹介された。名刺を渡すと、ムジナは鑑識の大貫だと名乗った。そして道平に言った。

「お前さんかい。昨日、会見で厚田に嚙みついたのは。あの男はやめときな。睨まれるだけ損だ。今度何かあったら、おれに訊けばいい。まあ、怒らせたらおれの方が恐いかもしれんがね」

そう言って大貫は現場に戻っていった。

道平は、松井と連れ立って村を回ってみた。時間は午前八時を過ぎている。本来ならば、村人達はとっくに目を覚ましている時刻だった。

だがどの家も戸を閉めたままで、村人の気配すらない。一軒ずつ戸をたたいてみたが反応もなかった。唯一、人が出てきたのは村の入口にある家だけだった。この村の家の中では、比較的大きな家だ。表札には杵柄と書かれていた。

松井が戸をたたくと、中から初老の男が顔を出した。だが男は松井と道平の顔を見ると、何も言わずにまた戸を閉めてしまった。

「取り付く島もなし、だな」松井が言った。「杵柄邦男。ここの村長みたいな男なんだがね。前にも一度、話したことがあるんだが……」

それからも村の中を歩いてみたが、村人は誰一人として見かけなかった。残っているのは、村の奥に離れて建つ土壁の小さな家だけになった。だが松井はその家には向かおうともせず、道を村の入口の方に戻りはじめた。

道平は、松井を呼び止めた。

「松井さん、あの家、誰も住んでないんですか」

そう言って村の奥の家を指さした。

「いや、住んでるんだがね。行っても無駄だよ」

「しかし……」

「あそこには、後家さんが一人で住んでるんだよ。二年前に亭主が猟銃の誤射事故で死んでね。それ以来、ちょっと頭がおかしくなっちまったらしい。それに、彼女は何も見ていない。まあ、行ってみればわかるさ。私はさっきのテントの辺りにいるよ」

道平は松井と別れ、軽自動車がやっと一台通れるほどの細い道を土壁の家に向かった。村の中心から家までは、二〇〇メートル以上は離れている。道は深い竹林に向かい、やがてそれを迂回して、畑の先の家へと続いている。

竹林の前に警察官が二人立っていたが、そこから先は誰にも出会わなかった。近づくと、その家は廃墟と見間違うほどに荒れ果てていた。土壁がところどころ剝《は》げ落ち、茅《かや》で葺《ふ》かれた屋根には錆《さ》びたトタンが貼られていた。だが庭先の畑や家の前に置かれた農具などに、かすかに生活の匂いが残っていた。

家の西側に、樟《くすのき》の老木がそびえていた。樹齢は数百年か。それとも千年を超えるのだろうか。太い幹の樹皮が波のようにうねりながら天に昇り、広く厚い枝が家全体に影を投げかけるように張り出していた。

かつて、これほどの巨木を見たことがなかった。風が吹くと、辺りを覆いつくすほどの枯れ葉が大気の中に舞った。道平はしばし巨木を見上げながら、その雄壮な光景に見とれていた。

我に返り、道平は家の戸をたたいた。中に、人の気配があった。この家の表札にもやはり、杵柄と書かれていた。その文字を眺めながら、道平は人が出てくるのを待った。

松井から後家と聞かされていたので、最初は老婆が現れるものと思い込んでいた。だが戸が開き、中から不安そうな表情で顔を出したのは、和服を着た髪の長い若い女だった。

道平は、一瞬声を詰まらせた。それほどにその女は美しかった。白く透《す》けるような肌をしていた。鬱蒼《うっそう》とした森を抜けた時に、そこに一面咲き乱れる花園の風景を見たかのような驚きを覚えた。人は予期せぬ場所で予期せぬ美に出会った時、謂《いわ》れのない不安に気圧《けお》されることがある。

「誰？」

女が訊いた。道平はその時、初めて女の様子に奇妙な点があることに気が付いた。女は、日本人とは思えないような淡く青い目をしていた。その視線が――もし女に視線というものがあるとすればだが――氷雨にけむる宙をただよっている。

松井が、女は何も見ていないと言った理由がわかった。彼女は、盲目なのだ。

「道平といいます」

声を聞くと、女はその方角を探るように手を伸ばした。白く細い指先が、道平の唇に触れた。その瞬間、彼女は小さく驚いたように指を引っこめ、頬にはにかみともとれる笑みを浮かべた。

「若い人ね。でも私、あなたのこと知らないよ」

子供のような、舌っ足らずな話し方をする。道平は戸惑った。その表情を彼女に見られていないことに気が付いて、少し安堵した。

「中央通信の道平といいます。記者をやってます。今回の狛久さんの事件について取材をしてるんですが……」

「私、何も見てないよ。だって、見えないもん」

「わかってます……。いや、その何か聞いてるか、知ってることでもあるんじゃないかと思って。よろしければ、お話を聞かせていただきたいんですが……」

彼女はなぜか楽しそうに笑った。道平は、村に来てから初めて、明るいものに触れたような気がした。

「変な人。私に話を聞きたいなんていう人、いないのに。いいよ。でもここじゃ寒いから、家に入ろう」

彼女は道平の手を取り、家の中へと後ずさっていく。道平はあらがう術《すべ》もなく、土間に足を踏み入れた。彼女はそこで手を離し、体の位置を入れ替えると入口の戸を閉めた。頭の芯で眠っていたものが覚醒するような甘い香りが、道平の鼻をかすめた。

「私、彩恵子っていうの」

女が言った。

家の中は暗かった。奥の茶の間で燃える石油の炎と、北側の台所の小さな窓から差し込むわずかな光がなければ、日中でもほとんど闇に等しかった。そうだ。彼女には光が必要ないのだ。

道平はうながされるままに茶の間に上がり、炬燵《こたつ》に足を入れた。掘り炬燵だった。彼女は闇の中でも目が見えるように立ち振る舞い、ガスストーブの上からヤカンを取って茶を入れた。

和服の胸元が崩れ、白い肌の丸みがのぞいている。薄明かりの中に浮かぶその光景が、妙になまめかしいものに見えた。だが彼女は、道平の視線に気付いていない。

「話って、天狗さんのこと?」

道平は虚を突かれ、我に返った。

「知ってるんですか、天狗のこと……」

「知ってるよ。だって、ばっちゃんが見たと言ってたもん。村の人は、みんな知ってる」

「恐くないんですか」

我ながら、間の抜けた質問だった。

「恐いよ。犬が二匹も喰われとるし。二年前にうちの人が神隠しにあったのも、みんなが天狗さんだって言ってる」

道平は、彩恵子の亭主は事故で死んだと聞いたばかりだった。なぜ彩恵子がそれを神隠しだと言ったのか、不思議だった。

「昨日の明け方、何か聞きませんでしたか。その……人の声とか、物音とか……」

「聞いたよ。峰男さんの悲鳴。それに、天狗さんの声も」

「天狗の声、ですか」

「そうだよ。大きな声だった。天狗さんはね、山に強い風が吹くみたいな声で啼《な》くんだよ。私、聞いたもの」

「しかし、それにしてもなぜ狛久さんの一家が襲われたんでしょう」

「悪いことしたからだよ。峰男さんは、悪い人だったんだよ。天狗は、悪い人しか殺さない。でも、なぜ慎ちゃんは神隠しにあったんだろう。とってもいい人だったのに……」

柱の時計が、九時の時報を打った。心臓を鷲摑《わしづか》みにするような音だった。デスクの菅原がそろそろ出社する頃だ。社に電話を入れておかなくてはならない。

「そろそろ行かないと。また来ます」

彩恵子は炬燵に座ったまま、何も言わなかった。道平は、土間に降りて戸口に向かった。暗さに目が馴れてきて、家の中が少しずつ見えるようになっていた。土間の中央に、古いダルマストーブがある。火は入っていない。右手の部屋の奥には、一組の布団が敷いてある。枕は、二つ置いてあった。

板戸を開け、外に出ると、雨が止んで薄日が差しはじめていた。道平は足早に、細い道を村に向かった。

心に、かすかな蟠《わだかま》りがあった。松井が言うように、彩恵子は確かに変わっている。だが、彩恵子の言葉には常人には理解できない暗示が隠されているような気がしてならなかった。彼女は、まだ警察も気が付いていない〝何か〟を知っているのではないか。道平の思考の中に小さな疑問が浮かび、それが消えなかった。

彩恵子は「天狗は山に強い風が吹くみたいな声で啼く」と言った。道平はその日、群馬県の気象庁に問い合わせてみた。事件当日の朝、沼田周辺はほとんど無風だった。

2

クリスマス・イヴの夜、道平は有楽町の本社でデスクとしての仕事に追われていた。

目の前に、アンカーが書き上げた原稿が次から次へと積み上げられていく。以前は記者の書く原稿といえば二〇〇字ペラの手書きと相場は決まっていたが、今はほとんどがワープロ原稿だ。

だが道平は、ワープロもパソコンも使わない。使えないわけではなく、性に合わないのだ。プリントアウトされた原稿にペンで直接赤を入れ、アシスタントの志水利子に手渡す。志水はそれを人間業《わざ》とは思えないほどの速度で最終原稿に仕上げ、契約している各新聞社に記事を配信していく。

道平はデスクの上の原稿が途切れたところで席を立った。間もなく午後八時になろうとしている。一四時間時差のあるニューヨークは、午前六時ということになる。APのマンハッタン支局で早番のデスクを務めるジム・ザ・ジープ・ハーヴェイがそろそろオフィスに出社する頃だ。

ジムとは以前、湾岸戦争の取材の折に、特派員仲間として行動を共にした仲だ。ジープという愛称のとおり、どこにでも突っ込んでいく名物記者だった。「奴と付き合えば命がない」とほかの記者からは敬遠されていたが、道平とは妙に気が合った。湾岸戦争以来一度も顔を合わせていないが、いまもお互いに情報交換は欠かさない。三〇年近くも通信社の記者をやっていると、いつの間にか世界中に記者仲間のネットワークが築かれてくるものだ。

道平は誰もいない資料室に入り、APのマンハッタン支局の直通番号に電話を掛けた。コンピューター・ボイスの受付につながる。いやな時代だ。無機質な女性の声が終わり、信号音が鳴り終わるのを待って、ジムの内線のオフィスの番号を押した。ベルが二度呼び出し、ジムが直接、電話口に出た。

「やあ、ジム。ジャック・ダニエルのビンテージはまだ手に入らないのか」

——その牛のクソみたいな英語は、ケイだな。あれはアメリカでも貴重品なんだ。手に入ったら送るよ。それよりコシノカンバイはどうした。早くしないとジュディが他の男と駆け落ちしちまうんだがね——

ジムの妻のジュディは、日本での生活が長かったこともあって日本酒党だ。

「だいじょうぶ。送ったよ。明日のクリスマスには着くだろう。それまでジュディを鎖につないどくんだな」

電話口からジムの豪快な笑い声が聞こえてきた。

——元気か——

「ああ、元気だ。そっちは」

——もちろん。しかし、こんな朝早くに珍しいな。そうか。そっちは夜だったな。一杯付き合えと言われても無理だぜ。おれはこれから仕事なんだ——

「実は頼みがあって電話したんだ。そっちで調べてもらいたい人間がいる。名前は、ケント・リグビー。一九七四年当時、アメリカ陸軍に在籍していたことになっている。その男の簡単なデータがほしい。できれば、いまどうしてるのか」

——ちょっと待ってくれ。いったいお前さん、何をやらかそうとしてるんだ。まあ訊いたって理由は言わないんだろうが――

「調べられるか」

――そりゃ調べられるが……。いまどうしてるのか知りたけりゃ、軍に直接アクセスするよりも恩給リストを当たった方が早いだろう。しかし、最近はこっちも個人情報の保護にはうるさいんだよ――

「もう一本、久保田を送るよ」

――それでも割に合わんな。まあいい。残りは、貸しだ――

「恩に着る」

――ニュースソースは絶対に秘密だ。いいな――

「わかってる」

――二〇分待ってくれ――

ジムはそう言って電話を切った。道平が仕事に戻ると、ちょうど二〇分後に手元のパソコンがEメールを受信した。一連のデータの下に、「クボタはマンジュにしてくれ」と書いてあった。

当時、米陸軍にケント・リグビーという男は二人在籍していた。一人は一九五五年ミズーリの生まれで、当時十九歳。これは違う。

もう一人は一九三八年アリゾナ州の生まれで、当時三六歳ということになる。あり得るとしたら、こちらだ。リグビーはベトナム戦争の終わった一九七五年に、軍を除隊していた。

最終軍歴は曹長。不思議なことに――いや思っていたとおりというべきか――脱走などの不祥事の記録は存在しない。もし脱走歴があれば、当然のことながら軍の恩給リストにも載っていないことになる。

だが、その下に意外なデータが記されていた。除隊から間もない一九七五年八月、ケント・リグビーはアリゾナ州フラッグスタッフ近郊の自宅で死亡。死因は、銃による自殺。ケント・リグビーは、死んでいた。

これでせっかく摑みかけた糸口も、途切れてしまったことになる。だが道平は、ここで奇妙な符合に気が付いた。リグビーが死んだ一九七五年八月は、日本の年号でいえば昭和五〇年八月に当たる。大貫の資料に書かれていた、精液や毛髪などの証拠物件の紛失の時期と、ぴったり一致している。

これは偶然なのだろうか――。

3

道平は、自分のデスクの上に積まれていく原稿の山をぼんやりと眺めていた。

その時、ポケットの中で携帯電話が鳴った。知らない番号だった。電話に出ると、相手はセイレーン遺伝子研究所の米田と名乗った。

米田の名は大貫から聞いていた。例の体毛のDNA解析を大貫が頼んだ相手である。

――道平さん、いまどちらですか――

「有楽町の仕事場にいます」

――西新宿までいまから来られませんか。例の件、解析の結果が出たんですが、電話でお話しできるような内容ではないもので――

道平の前にまた原稿が積まれた。だが、それを無視するかのように言った。

「だいじょうぶです。行けます」

米田から住所を聞き、電話を切った。

「悪いけど、出かけてくる」

道平は目の前でワープロを打つ志水利子に言うと、ショルダーバッグを手にして席を立った。

「出掛けるって、デスク。原稿どうするんですか」

「藤井君に頼んでくれ。社内にいるはずだ。とにかく、急用なんだ」

「ちょっと待って下さい、デスク」

だが道平は、利子の声を振り切って社外に飛び出し、タクシーを拾った。

クリスマス・イヴということもあって道は渋滞がひどかった。有楽町から西新宿まで、一時間近くかかった。しかし米田は、小野田という若い助手と共に研究所で待っていた。

米田が差し出した手を、道平は握った。

「米田です。道平さんのことは大貫さんから伺ってます。しかし、我々は秘密の保持にはきわめて神経質な業種です。申し訳ありませんが、身分を照会できるものを何かお持ちでしょうか」

「これでよろしいですか」

道平は社のプレスカードと免許証を米田に呈示した。

「けっこうです。こちらにいらして下さい。担当の小野田君です」

道平は米田と共に、小野田の後ろに立った。

「まずDNA解析について簡単に説明しておきましょう。わが社ではコンピューターの自動解析機を用いてミトコンドリアDNAをPCR法、もうひとつ核DNA法によって解析しています。これは現在、最も一般的な方法です。今回は二万塩基長の領域を指定してDNAを解析し、他のサンプルと照合してみました。これはきわめて精度の高い照合方法です。普通はこれで個人を一〇〇%確定できるだけでなく、親か兄弟かまで九九・九%以上の確率で判別できます」

道平は、デスクトップパソコンの画面に見入った。そこには一面にA、G、C、Tのアルファベットが並んでいるだけで、道平が見ても何もわからない。米田が続けた。

「今回の大貫さんの依頼は、きわめて簡単なものでした。我々は、大貫氏からある〝動物〟の体毛をお預かりした。道平さんが持っていたものと聞いております。そうですね」

「間違いありません」

「大貫さんはその体毛を、ゴリラかチンパンジーかオランウータンか、もしくは人間のものと考えていた。その特定を依頼されたわけです。そこで我々は、まず体毛の毛根からDNA

を抽出して自動塩基解析機にかけてみました。その結果が、いま画面に出ているものです。そしてこれに、ゴリラやオランウータンのサンプルを照合してみました」

小野田がパソコンの画面に、他のDNAの塩基配列を次々と重ねていく。ごく一部だが、明らかに違いがあることが道平にもわかった。米田が言った。

「違いがわかりますか」

「わかります」

「つまり、こういうわけです。この体毛はゴリラのものでもオランウータンのものでも、そしてチンパンジーのものでもない」

「では、人間ですか」

「それが奇妙なんです。小野田君、やってみてくれ」

画面に他の塩基配列のサンプルが重なった。いままでとはまったく別の箇所に、やはり明らかな差異がある。米田が続けた。

「問題はこの塩基配列なんです。道平さんは、ミトコンドリア・イヴ説というのをご存知ですか」

「ええ、一応は知っています。人類はすべてアフリカのイヴという一人の女性の子孫から進化したという……」

ミトコンドリアDNAは、母親からしか受け継がれない。ここに注目したのがカリフォルニア大学の分子人類学者レベッカ・キャンだった。キャンは一九八七年、現代人は二〇万年前にアフリカに住んでいた一人の女性から派生したという論文を『ネイチャー』誌に発表。これが現代の人類学の定説になっている。それが、ミトコンドリア・イヴ説だ。

「そうです。つまり、現代人はイヴと共通のミトコンドリアDNAを持っていなくてはならない。それがこの部分です」

「明らかに違いますね。ということは……」

「現代の人類学の基準からいえば、このサンプルの持ち主はホモ・サピエンスではない、つまり人間ではないということになる」

道平は、いつの間にかマルボロを一本指の間にはさみ、玩《もてあそ》んでいた。だが、研究所内はすべて禁煙だ。

「他の猿ということは考えられませんか」

道平が言った。

「あり得ませんね。ましてその他の動物という可能性は限りなくゼロに近い」

その時、道平は、かつて自分が思いついた突飛な発想を頭に浮かべた。

「混血、という可能性はありませんか。例えば人間と、オランウータンとの……」

「我々もその可能性は考えてみました。例えば家畜のウマとシマウマの間にホーブラという混血が生まれることはよく知られています。人間とオランウータンとの遺伝的な距離は、ウマとシマウマの違いと大差はありません。人間とオランウータンに混血が生まれたとしても可能性としては不思議はない。まさか実験してみるわけにはいきませんけどね。しかし、画面三行目の七番目の配列を見てください。この体毛の持ち主は、ここがTになっている。人間はすべてC。オランウータンはAです。もしこれが人間とオランウータンの混血だとしたら、この部分は遺伝の法則によりCかAにならなくてはならない。つまり、Tという可能性はゼロなんです。同じことが、ゴリラやチンパンジーのサンプルでも確認できます」

「いったいこれは、どういうことなんでしょうか……」

「それを知りたいのはむしろ、我々ですよ、道平さん。あの体毛の持ち主は、いったい何者なんですか」

道平は米田と共にパソコンの前を離れ、応接セットのソファに腰を下ろした。

「道平さん。あの体毛を、いつ、どこで手に入れたんですか。それだけでも教えていただけませんか」

米田が言った。

「申し訳ない。いまは言えないんです」

「しかしそれでは、報告書を書こうにも書きようがない。長年この仕事をしていますが、こんなことは初めてです。我々は、地球上に存在し得ないものを見せられているような、そんな気がしている……」

「他に、調べる方法はないんでしょうか」

「ありませんね。PCR法のDNA解析よりも精度の高い方法は、いまのところは存在しない。いや、ひとつだけ可能性がないわけではない。今年の六月に、三〇億のヒトゲノムがすべて解析されたことはご存知ですよね」

「はい、知っています」

「間もなく年が明ければ、その全貌が明らかにされます。私は職業柄、日本のヒトゲノムの研究の中枢の国立遺伝学研究所をよく知っています。再解析をお望みなら、私の方から依頼してもいい。種の特定は難しいかもしれませんが、何かがわかるかもしれない」

「おまかせします。このままでは、こちらもどうにもならない。やってみて下さい」

「もう一度お訊ねします。あの体毛の主は、いったい何者なんですか。私も職業柄、秘密は厳守します。知っていることだけでも教えていただけませんか」

道平は、考えた。米田は、すがるような目で道平を見据えている。

ジャーナリストは、元来自分の秘密は絶対に人にはもらさないものだ。だが、この場合は仕方がない。米田は、ある意味で、道平や大貫と共に同じ謎を解き明かそうとする同志なのだ。

「わかりました。あの体毛は、二六年前、群馬県のある山村で私自身が採取したものです。村人達は、その男のことを、天狗だと信じていました」

「天狗、ですか……」

米田は惚《ほう》けたように口を開けた。どこからか、場違いなジングル・ベルが聞こえてきた。

4

翌朝九時、道平はデスク補佐の藤井智史に電話を入れた。

朝刊番の記者にとって、この時間は真夜中に等しい。ベルが一〇回呼び出したところで、冬眠中の熊が水を掛けられたような声が聞こえてきた。

——どうしたんです、デスク。こんな時間に。何か事件ですか……——

「いや、別に事件じゃない。今日は休みたいんだ。記事の校正を引き受けてくれ」

——わかりました……。風邪でもひいたんですか——

「いや、そうじゃない。今日は、クリスマスだろう」

——はあ、そうですね。クリスマスでした……——

道平は藤井が寝ぼけているうちに携帯電話を切り、スイッチをオフにした。

藤井はもう何年も道平の下でデスクのサブを務めている。おっとりとした話し方をするが、物事の本質を見抜く鋭い目を持っている。仕事も、もはや道平よりもできるかもしれない。まだ三五歳だが、そろそろデスクをまかせてもいい頃だ。

道平はすでにジープの車中にいた。関越自動車道に乗り、沼田に向けてひた走った。昼前に、沼田中央病院に着いた。ナースステーションで大貫の病室を訊《たず》ね、B号棟の二階に上がった。大貫は入口を入ってすぐの左側のベッドに横たわっていた。すでに昼食が配膳されていたが、手をつけた様子はない。

「なんだ、お前か……」大貫が体を起こした。「見舞いには来るなと言ったろうが……」

意外に元気そうだった。しかし前に会った時よりも、さらに頬の肉が落ちていた。

「見舞いに来たわけじゃない。連絡事項が二件。確認事項が一件。仕事だよ」

「そうか。それなら仕方がないな」

大貫がそう言って、いかにも楽しそうに笑った。

「まず最初に、例の体毛の件だ。昨日の夜、セイレーン遺伝子研究所の米田さんに会ってきたよ。DNAの解析結果が出た」

「ほう。けっこう早かったな……」

道平は、昨夜の経緯をかいつまんで話した。夜八時を過ぎて、米田からあわてた様子で電話が掛かってきたこと。すぐに会いたいと言われ、西新宿の研究所に向かったこと。なんとも奇妙な解析結果。そして米田が、体毛を国立遺伝学研究所に持ち込み再解析してみたいと申し出たこと。

「ムジナさんの予想、外れたな。奴はゴリラでもチンパンジーでもオランウータンでもなかった」

「別に本気でそう信じてたわけじゃないさ。ただ、その可能性も捨て切れなかった。ひとつずつ可能性を消していこうとするのが、警察官の習性なんだ。おかげですっきりしたよ。でも、奴が人間でもないとしたら……」

「米田さんはこんな言い方をしていたよ。もしこの解析結果をオランウータンか人間かのどちらかに決めろと言われたら、自分はそのどちらでもないと判断すると」

「なんとも微妙だな。するといったい奴は、何者だったんだ……。やっぱり、天狗か……」

「そうだな。天狗様だ」

「だけど道平よ。お前、本当にあの夜のことを憶えてないのか」

「夜？」

「そうさ……お前が奴から体毛をむしり取った、あの夜さ……。奴の顔を見たのは、お前だけなんだ……」

「暗かったんだ……。影になっていて、顔は見えなかった……」

そうだ。顔は、見ていない。

いや、それとも自分は見たのだろうか。奴の顔を。だが、それを思い出そうとすると、心が扉を閉ざしてしまう。頭が割れるように痛みだす。

「次に、小林さんの件だ。いろいろ面白い話を聞いたよ」

「何かわかったか。どうもおれは、あの米軍の事故が一連の事件のきっかけだったような気がしてならないんだがね」

「私もそう思う。事故を起こしたのはケント・リグビーという米軍の関係者だった。奴はMPの囚人護送車に乗っていたらしい。後部の荷台に頑丈な鉄格子がはまっていた」

「なるほど。それは初めて聞いたな。あの事故以来、どうも交通課におかしな動きがあってな。小林だけじゃなく、誰も、何も話さなかった。上から緘口令《かんこうれい》が敷かれていたらしい。あの車も署の裏の駐車場に運び込まれて、すぐにカバーが掛けられちまった。おれたちも、近付けなかった。その夜には米軍がトラックで運び出した。するとリグビーという男は、その護送車で何かを運んでいたんだろうか」

「そうだと思う。だとすれば、時間的にすべてに辻褄《つじつま》が合う。それよりもリグビーは、国道一七号線を東京方面から新潟方面に向かっていたらしい。行き先について、何か聞いてないかな」

「ないね。まったく。あの時リグビーは、何も話さなかったそうだ。それに沼田署には英語を話せるような奴はほとんどいなかったしな。なぜかわからないが、取り調べは副署長の厚田が担当したらしい。もしリグビーが軍の身分証を持っていなかったら、名前もわからなかったろう。ところでリグビーは、あれからどうなったのかな。お前さんの方で調べられないのか」

「もう調べてみた。ケント・リグビーは、実在したよ。一九七五年に、軍を除隊している。不思議なのはそこなんだ。奴の名が、軍の恩給リストに載っていたんだ。つまり、脱走兵じゃなかったということになる。そこで、訊きたいことがあるんだ。ムジナさんから預かった捜査資料のことなんだけどね」

そう言って、道平はショルダーバッグの中からノートを取り出した。

「これがどうかしたのか。おれはその資料の中に、リグビーの事故のことなんか何も書いた覚えがないぞ」

「そうじゃない。ここだよ」道平はノートを開き、続けた。「昭和五〇年八月二一日の時点で、犯人の精液を紛失、極秘。同じ日に犯人の毛髪と皮膚も紛失、極秘。いったいこれはどういうことなんだ」

「それか……。それについてはおれもよくわからないんだ……。前の週には、確かに証拠保管室にあったんだよ。おれが自分の目で確認してるんだから、間違いない。しかし盆休みが明けて、次の週に行って見たら、きれいさっぱり消えていた。しかもさらに不思議なことに、あれだけの重要証拠が紛失したのにもかかわらず、鑑識の誰にもお咎《とが》めはなしさ。何か上の方で大きな力が動いたとしか考えられない。あの頃の警察にはよくあったんだよ、そんなことが。下山事件だって、三億円事件だって、重要証拠はなぜか紛失してるんだ。しかしそれとリグビーと、どういう関係があるんだ」

「リグビーは、除隊の年に死んでるんだ。アリゾナの自宅でね。自殺だった。その日付が、ちょうど昭和五〇年の八月なんだよ」

二人は考えた。だが、考えるだけ無駄だった。

リグビーは死んでいる。当時の警察機構の中枢が何を考えていたかなど、いまさら調べようがない。事件からすでに二六年も経っているのだ。いま、沼田の病院でこうして事件について二人で話し合っていることさえ、滑稽《こっけい》に思えてくる。

「しかし、面白いな」

大貫が言った。

「ああ、確かに面白い」

「もしうちの上の方が動いたんだとしたら、やはりそのバックにはアメリカさんがいたんだろうな。そういえば、あの証拠がなくなった週にも、署で外国人を見た者がいたよ。厚田の客だったらしい。なんだかこれは、ただの山村の殺人事件じゃないような気がしてきたな。おれたちが知らないところで、何かとてつもなく巨大なものが動いてたんだ。鹿又の事件なんて、ことの全体像から見ればほんの氷山の一角なのかもしれない。わくわくしてくるな。この事件について、もっと知りたくなってきた……」

大貫は、そこで一度言葉を途切らせた。大きく息を吸い込み、そして言った。

「だけどおれには、もう時間がない……」

道平は、何も言わなかった。いや、何も言えなかった。ただ無言で、考え込む大貫を見守った。

確かに、大貫には時間がなかった。絶対的ともいえる人生の締め切りが、近付いているのだ。だがその時、大貫が明るい声で言った。

「なあ、道平よ。お前、本を書けよ」

「本、ですか」

「そうだよ。本さ。何年か前に、お前の書いた本を読んだことがあるんだ。たまたま本屋で一冊見つけてね。湾岸戦争のルポだったな。それまでおれは、イラクのフセインてのはとんでもない悪い奴だと思ってたのさ。ところがお前の書いたあの本を読んで、考え方が変わった。フセインは確かに悪い奴だけど、アメリカだって悪いじゃないかって。あの戦争を仕掛けたのは、本当はアメリカじゃないかって気がしてきたんだよ。本って、凄いよな。読むと新しい事実がわかるだけじゃなくて、新しい考え方ができるようになるんだ。なあ、道平よ。この事件を題材にして、本を書けよ」

「大貫さん、それは難しい……」

「そんなこと言うなよ。あんなにいい本を書いたんだからさ。お前なら、きっと書ける。おれに、その、間に合わなくてもいいんだ。もし書き上げたら、一冊おれの墓に供えてくれよ。そうじゃないとおれ、死に切れないいんだ」

返事ができなかった。ただ、小さく、戸惑いながらも頷くしか術《すべ》がなかった。

「大貫さん、そろそろ失礼するよ」

道平はショルダーバッグを持って立ち上がった。

「もう、見舞いに来なくていいぞ」

「わかってるよ。見舞いには来ない。だけど用があれば、また来るかもしれないぜ」

道平は、大貫の肩に手を置いた。あの逞しかった肩の面影はない。骨と皮だけの、朽《く》ちかけた肩だった。

「なあ、本を書けよ」

「考えてみるよ」

道平は目に滲み出す涙を隠すために大貫に背を向け、病室を後にした。

5

クリスマスだというのに、華車は混み合っていた。カウンターはほとんど埋まり、座敷にも二組の客が入っていた。

道平は奥の部屋の戸を開けて広子にプレゼントの絵本を手渡し、たった一つ空いていたカウンターの隅に座った。

二六年振りに大貫と再会した夜以来、道平は沼田に来るたびに華車に通うようになっていた。千鶴が道平の前にワイルドターキーのボトルを置いた。客は、男ばかりだった。温かい家庭を持たない者。理解し合える友人のいない者。愛を失った者。そのような男達にとって、クリスマスは年に一度、自分の立場を再確認するための鎮魂の記念日なのかもしれない。

孤独にいたたまれなくなって、飲みに出る。彼らにとってこの店の千鶴のような女は、おそらく恋人であり、妻であり、時には母親なのだ。決して彼女が、自分の魂を救ってくれることはないと知りながら。

千鶴はいそがしく立ち振る舞い、客の話に応じ、天使のように笑う。彼女もまた、鎮魂の歌を心の中で聞いているにもかかわらず。

本を書け、か……。

いかにも大貫らしい発想だった。大貫は、いつも真正面からぶつかっていく。だが、現実的には難しい。確かにこれまでの取材や、大貫の資料があればある程度までは書けるかもしれない。DNA解析を軸に、リグビーの話で肉付けをすれば、自然と物語は一人歩きを始めるだろう。ただし、この物語は絶対に完結しない。それに二六年も前の殺人事件の本など、いったいどこの出版社が食指を動かすだろうか。

だが一方で、道平は物を書くことの意味と大切さを知っている。こちらがアクションを起こせば、社会は必ず何らかのリアクションを返してくる。新たな変化が起こる。そして変化は、希望と同時に危険を伴うことも知っている。

大貫や小林は、二六年前には心に閉じ込めていたことを、いまだからこそ道平に打ち明けた。本来人間は、沈黙を守り通すことに苦痛を覚える。誰かに話すことによって、楽になりたいと願っている。そのような人間が、他にもいるはずなのだ。

もし道平が何かを書けば、いままで二六年の時空に埋もれてしまった者達が名乗り出るきっかけになるかもしれない。もちろん異論反論はあるだろう。道平に、圧力を掛けようとする者もいるだろう。長いこと記者をやっていれば、そのようなことも幾度となく経験している。だが、それはそれで、新たな発想と取材の方向性が生まれる突破口となる。

あの時もそうだった。

昭和四九年一〇月七日。

狛久一家殺害事件から四日目になると、村人達は少しずつ様子をうかがうように姿を見せはじめた。ものものしい村の喧騒に脅えながら。またある者は警察官や報道関係者に怒りを露《あらわ》にしながら。

沈黙は破られ、何かが動きはじめた。そのきっかけが新聞やテレビ、ラジオの報道にあったことは明らかだった。警察や報道関係者が事実を知りたいのと同じように、むしろそれ以上に村人達もまた真実を知りたがっていた。

道平は、初めての単独取材をまかされて暗中模索の状態だった。村人と同じように不安に戸惑っていた。事件の二日後に、道平はデスクの菅原から新たな社の方針を電話で伝えられた。今回の事件に関しては、今後は基本的に地元の日刊群馬から記事の配信を受けることになった。中央通信は、その記事を他の地方新聞に配信する。

だが道平は、沼田に残ることを許された。菅原は、今回の事件は長引くだろうと先を読んでいた。そうなれば、通信社としては様々な角度から見た記事を配信する必要性が生じてくる。菅原は、道平に「他の記者と違う目線の記事」を書くことを要求した。その記事を一日に一度、翌日の朝刊に間に合うように社に入れなければならない。

事件の翌日に道平が注目したのは、警察犬だった。この日も終日山狩りが行われていたにもかかわらず、三頭用意された警察犬は一頭も出動していない。夕刻の記者会見で道平はその疑問を捜査本部広報の厚田にぶつけてみたが、「犯人の臭いが残っていない」の一言《いっ》で一蹴《しゅう》されてしまった。

ならば、なぜ警察犬を動員したのか。初日には捜査に犬を使っていたことを、道平は知っていた。

だがその疑問も、二六年後のいまになって明らかになった。大貫の資料に、次のようなメモがあった。

〈――犬が犯人を追おうとしない。不思議だ。犬は、何かを恐れている。犯人が犬を食ったことを知っているのか――〉

当時、道平は犬に対する疑問を軸に記事を書き、社に送った。菅原は着眼点の良さは認めてくれたが、結局その記事はどの新聞社にも配信されることもなく終わった。

どこかの記者が天狗に出会ったというサダの噂を聞きつけてきた。各社の報道陣が一気にサダの家に押し寄せて、八七歳の年寄りを追い回しはじめた。

この暴虐に怒りを露にしたのが長男の邦男だった。だが、いくら追い払っても、死肉に群がるハエのように家を取り囲む報道関係者は後を絶たない。仕方なく邦男は、たった一回、三〇分だけという約束で、報道陣を自宅に上げて会見を行った。現場に入って間もない道平も、その中にいた。

最初はサダが一方的に、ところどころで経のようなものを唱えながら、その日のことを語り出した。方言が強くてわかりにくい部分は長男の邦男が通訳を入れた。その日の会見の内容は、当時の道平の取材ノートに克明に残っている。

話の途中で大手の新聞社の記者の一人が口をはさんだ。

「おばあちゃんさ。その天狗って顔が赤くてさ。鼻が高かったのかな、こんな風に」

そう言ってその記者は両手を丸めて筒を作り、鼻の上に突き出して見せた。まるで幼児をからかうような口調だった。サダは、その記者の言葉に首を振った。

「いんやあ、くろがっただよ。ナスビみてえによ。真っ黒だっただよ」

「そりゃおかしいな、おばあちゃん。天狗ってのはさ、顔が赤いんだよ。本当に見たの。サルかなんかと見間違えたんじゃないの。あ、そうか。サルも顔は赤かったっけ」

周囲から嘲笑が洩れた。サダは、また首を振った。邦男が怒って立ち上がり、会見はそこで幕が引かれた。

あの時のサダは、愚劣なエリート意識の未必の故意の中で、さらし者になっていた。それでもサダは、真剣だった。

道平はとても他の記者のように笑う気にはなれず、その場を逃げ出したいような衝動と戦っていた。しかも、あれだけ騒ぎ立てておきながら、翌日の各紙の紙面にはサダの証言を元にした記事はまったく載らなかった。

サダは、本当に天狗を見たのだろうか。

あの会見からしばらくして、道平はサダと話したことがある。サダは、家の前の縁台に座り、一人でキノコを干していた。その頃にはすでに、サダの天狗の話などは誰も相手にしなくなっていた。

サダの世間話にひとしきり耳を傾けた後で、道平はそっと訊いてみた。

「ねえ、おばあちゃんが山で見た天狗、なんで顔が黒かったんだろう」

「そりゃそうだ」

サダはキノコを新聞紙の上に広げながら、さも当たり前のように言った。

「だってあれは、烏《からす》天狗だったんだもの」

もしサダが嘘をついていたとするならば、先入観が先に立って「顔は赤かった」と言ったはずだ。しかしサダは、沼田の天狗伝説とはまったく無関係の「烏天狗だった」と言った。それにサダは、人をだますような人間ではない。

もうひとつ、道平は気に掛かっていることがあった。狛久一家殺害事件の二年前、正確に言うと一年と九カ月前の昭和四八年一月に起きた、彩恵子の亭主の誤射事件である。当時報道関係者は、警察から慎一の事件に関して何も聞かされていなかった。道平ももし事件のことを松井に聞き、彩恵子と知り合っていなければ特に関心を持つことはなかったろう。だがあの時点では、二つの事件を結びつけるほどの根拠は存在しなかった。

道平は彩恵子の家に向かった。彩恵子は秋の日溜りの中で、物思いにふける様子で縁側に座っていた。庭先に立ち止まったまま、道平はしばらくその姿に見とれていた。

家の北側に広がるリンゴ畑の近くに、まだ少年の面影を残すような若者がいた。若者は、リンゴの段ボール箱をリヤカーに積み込んでいた。積み終わると彩恵子の元に行き、一言二言話をすると、リヤカーに戻ってそれを引きはじめた。その時、庭先に立つ道平と目が合った。若者の視線には、猜疑《さいぎ》と敵意が含まれていた。

若者が村に向かう道を遠ざかるのを待って、道平は彩恵子に歩み寄った。

「誰？」

彩恵子が言った。

「道平です。一昨日の……」

「ああ、記者のお兄さんね。座りなよ、ここに。天気が良くて、気持ちいいね」

道平は、縁側の彩恵子の横に腰を下ろした。彩恵子が、もいだばかりのリンゴをひとつ手渡した。そのリンゴを噛むと、甘酸っぱい果汁と共に花のような香りが口の中に広がった。

彩恵子は、一昨日と違って洋服を着ていた。安物の灰色のスカートに、灰色のセーター。その上に黄ばんだ白いカーディガンを羽織っていた。だが、それでも彩恵子は、美しかった。

「いまの人、誰ですか」

道平が訊いた。

「良介君……。誠二さんとこの長男。私、一人じゃ何もできないから、畑のことやってもらってるの……」

その時道平は、異様なものを見た。彩恵子の首の襟元から、影のようなものが覗いている。最初、道平は、セーターの下から下着でも出ているのだと思った。だがよく見ると、違った。それは彩恵子の白い肌に直接つけられた、赤黒い痣《あざ》だった。しかも襟から出ている部分だけを見てもかなりの大きさがある。

一昨日、彩恵子は、和服を着ていた。胸のふくらみがわかるほど着崩していたが、そのような痣には気が付かなかった。

「どうかしたの？」

彩恵子が訊いた。

「いや、別に……。あの、また話を聞かせてほしいんですけど。彩恵子さんのご主人、二年前に事故で亡くなったと聞いてるんですが。違いますか」

「ううん。違うよ。この前も言ったでしょ。神隠しにあっただけだよ。慎ちゃんは死んでない。いつか帰ってくるんだよ……」

摑みどころのない話し方は、以前と同じだった。だが、どこかがおかしい。あの屈託のない子供のような笑顔が見られない。

「ねえ、記者のお兄さん。自動車持ってる?」

「ええ、持っています。ポンコツですけど」

「いま、ここにあるの?」

「林道に停めてありますけど……」

「乗せて。私、自動車好きなの。どこかに行きたい」

車に乗ると、彩恵子に少し笑顔が戻ってきた。彩恵子は、ジムニーの幌の窓を開け放った。走り出すと、顔に冷たい風を受けているだけで満足そうだった。

どこに行く当てもないドライブだった。道平は佐山を抜けて沼田に下り、さらに玉原を通って鹿又村に戻った。周辺の道路には至る所に警察官が立ち、ものものしい警戒が続いていた。今日もまた、山狩りが行われている。

「いまどこ」

彩恵子が訊いた。

「もうすぐ村に着きますよ」

「私、まだ帰りたくない。ねえ、迦葉山に行こうよ」

迦葉山に天狗を祭る弥勒寺があることは知っていた。道平は、まだ行ったことはなかった。取材のためにも一度、見ておけば無駄にならないだろう。

道平の三六〇ccのジムニーは、あえぎながらもなんとか迦葉山の険しい山道を登り切った。車を駐車場に停め、彩恵子の手を引いて鎮守中峰堂に向かう石段を登った。寺にも数人の警官と消防団員らしき男達が立っていた。深い杉の大樹の森に囲まれた弥勒寺は、身が引き締まるような霊気を漂わせていた。

「慶ちゃん、天狗みたことある？」

彩恵子が石段を登りながら訊いた。車に乗ってからしばらくして、彩恵子は道平のことを慶ちゃんと呼ぶようになっていた。

「絵や、お面ならば……」

「私もある。まだ子供の頃、目が見える時に。でも、もう忘れちゃった。お寺に天狗のお面あるかしら。私、触ってみたい」

「あると思うけど……」

中峰堂に入ると、左手に二体の巨大な天狗の面があった。これはあまりにも大きすぎて、彩恵子に触らせても何もわからないだろう。道平はその様子を、できるだけ細かく言葉で彩恵子に説明した。赤い顔、高い鼻、大きな目、そしてその恐ろしげな表情に至るまで。

その他にも、賽銭箱《さいせん》の両側に、小さな天狗面が山のように積まれていた。弥勒寺には、〝お借り面〟と呼ばれる独特の風習が残っている。寺が小さな天狗面を無料で貸し出し、拝観者がそれを家に持ち帰る。一年後に寺を再訪する時、その面に別の天狗面を一枚添えて寺に返却する。お借り面を返した者は、願いごとがひとつかなうと信じられている。道平はお借り面の山の中から手頃なものをひとつ選び出し、その上に彩恵子の手を触れさせた。

「これが、天狗の顔……」

「そう。天狗だ。いま触ってるところが目だ。そしてそこが、鼻だよ……」

「天狗って、こんな顔をしてるんだ……」

彩恵子はいつまでも、天狗の顔をすべて自分の記憶に刻みつけておこうとでもするように、触り続けていた。面をなぞる白く細い指先が、なぜか性的なものを思い起こさせた。だが、その指先がかすかに震えている。

いつの間にか、また彩恵子の表情から明るさが消えていた。彩恵子は、何かを恐れているようにも見えた。

道平は、お借り面について説明した。

「そのお面、持って帰っていいんだ。来年返しにくればいい。そうすると、願いがひとつかなうそうだ」

彩恵子は無言で頷き、天狗の面を胸に抱いた。

帰り道、彩恵子はほとんど何も話さなかった。天狗の面を膝の上に置き、ただ黙って考え込んでいた。そして、いきなり言った。

「停めて。車を停めて」

道平はわけもわからず、車を山道の路肩に寄せた。その瞬間、彩恵子が道平にしがみついてきた。そして大声で、肩を震わせながら、道平の胸に顔を埋めて泣きはじめた。

道平は、彩恵子の体を胸に抱き寄せるしか術がなかった。理由を訊いても、彩恵子は何も言わない。自分がどうすればいいのかもわからなかった。

あの頃の道平は、まだ若かった。男として、けっして女を知らなかったわけではない。だが、女性としての彩恵子は若い道平にはあまりにも重く、心を惑わされるには十分すぎる存在だった。

村に帰ったのは、午後だった。彩恵子はすでに、冷静さを取り戻していた。

家の前まで送ると、しばらくは無言で戸口に立っていたが、やがて自分の世界へと戻っていった。意を決するように。道平を一度も振り返ることもなく。

道平は村に戻ると、松井の姿を探した。松井はいつものように警察のテントの中でタバコをふかしていた。道平もその横に座り、ハイライトに火を点けた。

「道平君、なかなかやりますね。どうやら取材のきっかけを摑んだようだ」

松井のその言葉に、道平は後ろめたさを覚えた。

「松井さんにお聞きしたいことがあるんです。二年前の事件。杵柄彩恵子の亭主の誤射事件ですが、どんな事件だったか教えていただけませんか」

「ほう……。あの事件ですか。私が担当したわけじゃないけど、地元の記者としてある程度は知ってますよ。彼女はなんて言ってるんですか」

「神隠しにあったと。慎ちゃん……彼女は亭主のことをそう呼んでるんですが……生きていると信じてるようなんです」

「神隠しか。まあ、そう言えなくもないかな。しかしあれは、今回の事件とはまったく無関係だと思いますよ」

そう言いながらも松井は、二年前の事件について話し始めた。

事件が起きたのは、昭和四八年の一月だった。その日、鹿又村の男衆は、近隣の四釜《しかま》川の周辺でシカの巻き狩りを行っていた。

巻き狩りとは、マタギ（東北地方の猟師）独特の組織的な猟法である。数人から数十人が猟隊を組み、役割分担を徹底させて獲物を仕留める。仕留めた獲物は参加した者全員に平等に分けられる決まりになっている。当時、シカならば一頭約一〇万、クマならば一頭約三〇万の金になった。

鹿又は、マタギの村である。この日の巻き狩りにも村の男衆のほぼ全員が参加していた。家から一人でも多く男を出せば、それだけ一家の現金収入が増えることになる。

猟のシカリ（首領）は死んだ狛久峰男が務めていた。他に卒中で倒れる前の父の武文、甥の清郎、村長の杵柄邦男、弟の誠二、その息子の良介、さらに彩恵子の亭主の杵柄慎一の計七人で猟隊を組んだ。

巻き狩りの役割は、〝勢子《せこ》〟と〝待ち〟に大別される。勢子が声を張り上げ、犬を使って獲物を追い上げる。それを待ちと呼ばれる射手が待ち伏せし、銃で仕留める。特に射手は、ブッパと呼ばれることもある。この日の巻き狩りで勢子を務めたのは武文、村長の邦男、良介、慎一の計四名。残りの三名がそれぞれ尾根に入り、待ちについた。

「そうですか。良介もその中にいたんですか……」

「会ったのかい」

「ええ、彩恵子の家の前で」

「当時、良介はまだ一七歳だと思ったな。最初に事件を通報したのも良介だった」

四人の勢子は山中に広がり、獲物を追った。遠くから仲間の「ほうほう」という声や、犬のけたたましい吠え声が聞こえてくる。

良介は、一番西側の渓《たに》から北の尾根に向かって進んだ。シカの足跡や、まだ真新しい糞がいたるところにあった。そのうち、前方右手の尾根から銃声が聞こえた。銃声は、一回の巻き狩りの終幕を意味する。シカが仕留められたのか。良介は胸を躍らせながら銃声の聞こえた方向に走った。

だが、そこで良介が見たものは、仕留められたシカではなかった。雪の中に血まみれで倒れていたのは、彩恵子の亭主の杵柄慎一だった。真一は胸と腹にバックショットと呼ばれるシカ用の九号散弾を受け、口から血を吐きながらうめいていた。

周囲には良介以外に誰もいなかった。良介は、大声を上げながら山を駆け下った。途中で、村長の杵柄邦男に会った。邦男に事故を報告すると、良介はそのまま小一時間ほど山の中を走り、近隣の佐山の駐在所に助けを求めた。駐在の田代健吉が消防に連絡を入れ、良介の案内で現場に到着したのはそれからさらに一時間たってからだった。

現場には、鹿又村の男達全員が集まっていた。雪の上に、おびただしい血痕があった。だが杵柄慎一の死体は、どこにもなかった。

「杵柄邦男が現場に着いた時には、すでに慎一はそこにいなかったそうだ。間もなく他の男達も集まってきたが、誰も慎一を見ていない……」

「不思議な話ですね。村人達が事故の発覚を恐れて、慎一の死体をどこかに埋めてしまったのか」

「もちろんその可能性は否定できないね。しかし死体が見付からない以上、警察もどうにもならなかった。それにもし組織的に事故を隠そうとするなら、邦男は良介を駐在所に走らせたりはしないよ」

「しかし、もし事故があったことが事実だとしたら、誰が撃ったかはすぐにわかるはずですよね。その日、銃を持っていたのは三人だけだったんですから」

「それも厄介な話でね。実は事故があった日は、たまたま土曜日だったんだ。周辺の山には東京の猟友会の猟隊も入っていた。それにもし良介の言うことが正しければ、慎一は九号散弾で撃たれていたらしい。散弾には、ライフルマークはつかない。もし慎一の死体がそこにあったとしても、撃った人間を特定することは無理だっただろうな。警察は結局、死体も犯人も存在しない誤射事件として処理するしかなかった。だいたい猟銃の誤射事故というのは、日本ではそれほど珍しいものでもないんだよ」

「慎一は、どこへ行ったんでしょう。もし自分で歩いていったとしたら、雪の上に足跡くらいは残っていたはずですけどね」

「そんな話も聞いたな。確かあの日は、午後から大雪になったんだよ。もし足跡があったとしても、すぐに消えてしまったろう。結局事故は、杵柄慎一の行方不明として処理された。かわいそうなのは後家さんだよ。行方不明じゃ、保険も出ない」

これで彩恵子が神隠しだと言った理由がわかった。だが、もし杵柄慎一がどこかに生きているとしたら……。

それを察するように、松井が続けた。

「もし慎一が生きていて今回の事件の犯人だって考えてるんなら、それはあり得ないよ。慎一は、小柄だったんだ。身長は彩恵子よりもかなり小さかった。確か一六〇センチもなかったんじゃないかな。今回の犯人像とは、まったく違う」

「なるほど……。しかし彩恵子は何かを知っているようなんです。それを隠している……」

「そうかもしれないけどね。しかし、それを言ったら村人はみんな何かを隠している。それに、あの彩恵子という女には、気を付けた方がいい」

「どうしてですか」

「別に、彼女自身が悪い人間というわけじゃないんだ。むしろ、可哀そうな女だよ」松井は一度溜め息をつき、言いにくそうに言葉を継いだ。「この村にはまだ、夜這《よば》いという風習が残っているんだ。受け入れなければ、目の見えない女が村で生きていけるわけがない。彼女は、村の男たちの共有財産なんだよ……」

道平は胸を締め付けられるような思いで松井の言葉を聞いていた。なぜ彩恵子が突然泣き出したのか。あの首の痣の意味するものは何だったのか。その理由もすべてわかったような気がした。

その日も結局、山狩りは失敗に終わった。これだけものものしい警戒網を潜《くぐ》り抜け、犯人の行方は杳《よう》として知れなかった。夕刻の定例の記者会見は、警察の不手際に関する言い訳に終始した。

だが、道平は思う。もし自分の勘が当たっているとするならば、その時すでに天狗は村に戻っていたのかもしれない、と。

「道平さん、なに考え事してるの」

千鶴の声に、道平は現実に引き戻された。

「いや、別に……」

気が付くと、店の客は疎《まば》らになっていた。カウンターに二人。座敷に二人。それだけしか残っていない。

「何か食べなきゃ体に悪いよ。お酒ばっかりじゃ。はい」

そう言って千鶴が道平の前に小鉢を置いた。里芋と鶏肉の煮物だった。口に含むと、田舎《いなか》の祖母の顔が瞼《まぶた》に浮かぶような懐かしい味がした。

やがて残りの客も勘定をすませ、店を出ていった。時間はまだ早い。男達はさらなる温もりを求めて、近所のスナックにでも繰り出すのだろう。

千鶴が通りに出て、暖簾《のれん》を店に仕舞った。外には雪が降りはじめていた。

「もう閉めちゃうのかい」

「うん。今日、クリスマスやるの。広子と。うちは毎年二五日にやるのよ。その方がケーキもチキンも安いでしょう」

「そうか。それじゃおれも、そろそろ失礼するかな」

立とうとする道平を、千鶴が押し止《とど》めた。

「いいの。道平さんも食べてって。どうせ二人じゃ食べ切れないし……」

千鶴は一瞬、道平から目を逸らし、カウンターの中へ入っていった。

奥の八畳間に座卓が出され、そこに料理が並べられた。売れ残りのケーキとチキン。簡単なサラダとクリームシチュー。広子のためのアルコールの入っていないシャンパンと、二人の大人のためのカルロロッシというカリフォルニアワインが一本。いつの間にか道平も、料理やグラスを運ぶのを手伝っていた。

座卓の上に生まれた小さな、それでいて温もりに満ちた舞台装置は、それまでの道平の人生には無縁の世界だった。だが幼い広子にとっては、一生記憶に残る風景になるのだろう。

クリスマス、か……。

それにしてもクリスマスにチキンやケーキを食べるなんて、何年振りのことだろうか。道平がシャンパンの栓を抜き、ささやかな宴が始まった。千鶴と広子がクリスマスソングを歌い、道平は安物のワイングラスを玩《もてあそ》びながらそれを聞いた。

落ち着かなかった。リリパットの国に迷い込んだ、ガリバーのような気分だった。自分は侵《おか》してはならない領域に足を踏み入れているのではないか。そんな罪悪感があった。だがその一方で、心の奥に長年居座り続けてきた氷のような冷たさが、急速に溶けていくのを感じていた。

広子が二階で寝てしまい、千鶴と二人だけになると、道平は居心地の悪さに耐えられなくなってきた。化粧を落とし、髪をおろして普段着に着替えた千鶴は、いまの道平には眩《まぶ》しすぎるほど若く、美しかった。道平はその姿を正視することもできず、気もそぞろに部屋の中のつまらない風景に視線をさまよわせながら、話す言葉を探すことに懸命になっていた。

いったい自分は、どうしたのだろう。男と女がひとつ部屋に一緒にいる状況に不慣れなわけでもないのだが……。

「どうしたの、道平さん。ワイン、まだあるよ」

千鶴が少し酔ったような口調でそう言った。

「いや、そろそろ一二時過ぎたし、帰らないと……」

道平は、いかにもわざとらしく腕時計を見た。

「帰るって、どこに？　外には雪が降ってるよ。それに、ホテルまだ取ってないんでしょ。ここに布団敷いてあげるから、泊まっていけば？」

ワインを飲みながら、千鶴が言った。まるで年上の女のように、大人びた口調だった。

「しかし、それは……」

「だいじょうぶ。ここに男の人が泊まるの、別に初めてじゃないから」

千鶴のその言葉に、道平は戸惑いを隠すことができなかった。その時、胸の奥に、重く焼けるようなかすかな感情が芽生えた。道平には、その正体がわかっていた。ここ何年もの間、忘れていた感情。それは、明らかに嫉妬《しっと》だった。

察したように千鶴が言った。

「昔、大貫さんがよく泊まっていったの」

「ムジナさんが……」

「そう。こういう時、警察官て便利な仕事よね。多分、奥さんは知らなかったんだと思う。母と、大貫さんのことを。もう時効だよね。最後に大貫さんがここに泊まってくれたのは、母の葬式の夜だった……。私、本当の父を知らないでしょ。だから私にとってのお父さんは、いまも大貫さんなのよ……」

「そうか。そういうことだったのか……。いや、大貫さん……まいったな、これは……」

いつの間にか道平は笑っていた。千鶴も笑った。二人はお互いにワインを注ぎ合い、グラスを合わせ、それを飲み干した。

その夜は明け方まで眠れなかった。天井に浮かぶ豆電球の小さな光を見つめながら、様々なことを考えた。最初はまだ見ぬ千鶴の白い体を思い描き、甘美な苦痛に幾度となく寝返りをうった。やっとのことでその想いを打ち消すと、今度は大貫が現れた。半分夢の中で見るその顔は、道平の知る昔の大貫のままで、照れたように笑っていた。

それにしても、あの堅物の大貫にそんな艶《つや》っぽい過去があったとは。道平は大貫の男の部分を初めて知り、なぜかそれがうれしくて仕方がなかった。

6

部屋の中から、ワーグナーが流れてくる。

いかにも彼らしい。道平がドアをノックすると、「どうぞ」という低い声が聞こえた。ジェネラルマネージャーの菅原晴彦は、オフィスの中央に置かれた革張りの一人掛けのソファーに体を沈めていた。体は小さいが、菅原はいつも背すじを伸ばし、鋭い眼光で相手を見据えながら重厚な声で話す。ベテラン記者と呼ばれるようになったいまも、道平は菅原の前に立つと一八〇センチ近い自分の身長が二割ほど縮んだような錯覚を覚える。

通信社の重役室としては質素なオフィスだ。多少上等なオークのデスクがひとつと、四人掛けの応接セットが一組。小さな冷蔵庫がひとつ。壁には菅原の家族の写真と、各支局を赤いピンで示した世界地図が貼ってある。それだけだ。

菅原はデスクの上のCDプレイヤーに手を伸ばして音量を下げ、道平が向かいのソファーに座るのを待っていた。テーブルの上には三〇年物のバランタインが一本と、グラスが二つ置いてある。菅原のグラスは、すでに琥珀《こはく》色の液体で満たされていた。

「君に話があるといわれた時には、こいつが必要だ。足りるかな」

菅原が、ボトルをテーブルの上に滑らせた。道平が受け取り、光にかざして中身を確かめる。まだ三分の一ほど残っていた。

「足りるでしょう。もし足りなければ、外に飲みに出ればいい」

グラスに半分ほど注ぎ、口をつけた。芳香と穏やかな熱が体の中に広がった。

「さてと。今度はどこに行きたくなったんだ。パレスチナか。それともアフガニスタンか」

「そうですね。パレスチナはいまのところあまり興味はない。クリントンとアラファト議長の思惑は結局徒労に終わるでしょう。むしろ、アフガニスタンの方が興味ありますね。タリバンの目的が、わからない。それに、ウサマ・ビンラディンが絡んでいる。彼らは何かとてつもないことを企んでいるような気がする。しかし、今回はどこかに行きたいという話じゃないんです」

「というと」

「実は、二六年前の事件を掘り起こしてるんです。例の、天狗の一件です」

道平は、これまでの経緯を要約して菅原に話した。久し振りに沼田に行き、大貫と再会したこと。大貫の捜査資料の内容。ケント・リグビーの事故について。そして犯人の体毛をDNA解析にかけてみたこと。その奇妙な結果と新たな謎に関して。

「なるほど。確かに面白いな。しかし、二六年前の事件だぞ。すでに時効になっているし、関係者もほとんど死んでしまっている。そんなものを調べなおして、君はどうしようというんだ」

「記事を書きたいんです。一週間に一本でいい。いま持ってる情報だけでも二〇回はもつでしょう。記事が世に出てくれれば、自然と新しい情報も入ってきます。もしかしたら、謎が完全に解けるかもしれない……」

そう言って道平は、記事の企画案をタイプしたものを菅原の前に置いた。

「それで、いまのデスクの仕事はどうするんだ。本題はそこなんだろう」

「そろそろ身を引いてもいい頃だと思っています」

「いつまでに」

「年内に」

「おい、ちょっと待てよ。今日は一二月の二六日だぞ。年内っていったって、もう業務は二日しか残ってないじゃないか」

「わかってます。勝手を言って、すみません。しかし、藤井君がもう十分にデスクの役割はこなせますよ。私のようなロートルが現場にいつまでも出しゃばる時代じゃない」

「しかし、そんなに昔の事件に記事の買い手がつくかどうか、わからんぞ」

「一社でも配信を受けてくれれば、やる価値はあると思います」

菅原はバランタインを一口含み、グラスをテーブルの上に置いた。

「そうか。君は一度言い出したら聞かないからな。記事の企画案は、今日中に各社に配信しておく。あとは藤井君への引き継ぎだけはきっちりやっといてくれ」

「ありがとうございます」

道平はグラスを空け、席を立った。菅原はワーグナーのボリュームを上げると、目を閉じてソファーに沈み込んだ。


二日後、道平は自らを縛りつけていた鎖を断ち切った。

まず灰色の背広、履き古したローファー、色あせたネクタイとシャツをすべて一カ所に集め、染み込んだドブの臭いと共にゴミ袋に放り込んだ。もうこのようなものを着ることはないだろう。

捨て去った使い古しの甲冑《かっちゅう》のかわりに、道平は自分本来の皮膚を身に着けた。リーバイスのジーンズ、ネルのワークシャツ、ナイキのスニーカー、ゴールデン・フリースのN-3Bジャケット。凍《い》てついた深夜の商店街を歩くと、明かりの消えたショーウィンドウの中にくたびれたドン・キホーテが背を丸めて立っていた。

ジープ・チェロキーをマンションの前に停め、荷物を積み込み、国道四号線を北上した。そろそろ帰省ラッシュが始まる頃だ。家族連れの乗用車の間を、今年最後の荷を乗せた大型トラックが猛スピードで走り抜けていく。だが深夜の国道は特に渋滞することもなく、やがて一列の赤い光の連なりとなって淡々と北へ流れていく。

夜明け前に栃木県那須《なす》町の山小屋に着いた。観光地から少し外れた山中にあるレッドシーダー（アメリカヒノキ）の小さなログハウスは、すでに雪の中に埋もれていた。

月明かりの下で鍵を開け、中に入った。半年ぶりのレッドシーダーの香りが鼻を突いた。スイッチを押すとまるでタイムマシンのように照明がつき、自分の聖域が浮かび上がった。

座り慣れたロッキング・チェア。昼寝をするためのストライプのソファ。奥にはダグラスファーの七〇ミリ厚の一枚板で作った簡素なデスクがある。ダブルハングの窓を少し上げ、空気を入れ換えた。水道の元栓を開いてみたが、水は出なかった。昼頃になったら雪で湯を沸かし、凍《こお》っている配管にかけて溶かさなくてはならない。

とりあえず、火が必要だ。道平はダッチウェストの薪《まき》ストーブのローディングドアとダンパーを開き、中に古新聞を丸めて入れ、細い薪を組んだ。マッチで火を点ける。最初は頼りないほどの小さな火が、やがて新聞紙から薪へと燃え移り、次第に勢いを増していく。炎がストーブ全体に回ったところで、太い薪を何本か加え、ダンパーを閉じる。柔らかく、やさしい熱が、ストーブの厚い鉄を通して室内に広がっていく。

道平は、東京での生活をできるだけ身軽に抑えることを心掛けてきた。まともな家で暮らしていたのは、三〇代の頃に結婚していた八年間、妻のマンションに同居していた時だけだ。それ以外の時期は学生時代から住んでいた石神井公園の周辺で、安いアパートやワンルームマンションを転々として暮らしてきた。

　そのかわり道平は、四〇を過ぎて間もなく那須の山中に雑木林を買った。マンションの頭金にするほどの金額で、約三〇〇坪の土地とログハウス一軒分の材木が買えた。マシンカットのログハウスは、根気と体力さえあれば誰にでも作ることができる。基礎と給排水の設備だけを業者に委託し、あとは二年の月日をかけて、一人だけでログを組み上げた。

　いずれは東京の部屋を引き払い、道平はこの山小屋で暮らすつもりでいた。おそらく、一人で。それとも、犬でも飼うのだろうか。

　山の中で物を書き、静かに歳を重ね、老いていく。そして野生動物と同じように、自分の力で餌《えさ》を捕れなくなった時に人生の幕を閉じる。それでいい。

　ストーブの中で赤々と燃える炎を眺めながら、道平はジムビームのライウイスキーを舐めた。窓の外の、落葉した樹木の向こうで空が白み始めた。

　道平は、考えた。記事を書くためにはまず何をすべきかを。いやその前に、少し眠ったほうがよさそうだ。

　道平はストーブのローディングドアを開き、太い楢《なら》の薪を何本かくべると、ジャケットを体に掛けてソファーの上に横になった。

　どのくらい眠っただろうか。道平は寒さで目を覚ました。左腕の古いタグ・ホイヤーのダイバーズウォッチに目をやると、すでに昼近くになっていた。薪が燃え尽き、ストーブの火が消えかかっていた。

薪を足し、炎が強くなるのを待って、道平はストーブの上にポークビーンズの缶を開けて置き、その横にパンを何枚か並べた。食事が温まるのを待つまでの間、外に出てみた。よく晴れていた。物音ひとつ聞こえてこない。道平はポーチの下からよく乾いた薪を何本か抱え、ストーブの周囲の煉瓦《れんが》の上に積んだ。

間もなく食欲をそそる香りが室内に立ち込めてきた。皮手袋をはめて缶とパンをテーブルに運び、皿に空けた。腹が減っていた。単純だが、充実した食事だった。

さて、何をすべきか。

道平はこれまで、事件を単独の出来事という感覚で捉《とら》えてきた。だが、もしもう一度過去を掘り返し、新たな手掛かりを見つけて記事を書くとするならば、事件そのものをもっと広い視野で見つめなおす必要がある。

例えば、時代背景だ。事件が起きたのは一九七四年の秋から翌七五年にかけてだった。その時代に、世界や日本ではどのようなことが起きていたのか。

道平がすぐに頭に浮かべることができるのは、ベトナム戦争だ。一九四一年のホー・チ・ミンのベトミン（越南独立同盟会）結成に端を発するベトナム戦争は、当初ベトミン軍とフランスによる独立戦争だった。これが第一次インドシナ戦争へと発展。五四年にフランス軍がハノイを撤退し、周辺のラオスなどを巻き込み、戦火はインドシナ半島全域へと広がりを見せた。

アメリカがこの戦争に介入したのは、ケネディ大統領就任翌年の一九六二年、ＭＡＣＶ

（南ベトナム軍事援助司令部）の設置がきっかけだった。三年後の六五年三月七日には米海兵隊がダナンに上陸。以後一〇年近くにわたりアメリカはベトナムの泥沼の中であえぎ続けることになる。そのアメリカがベトナムから全面撤退したのが、一九七三年。一月に北爆停止と共にベトナム和平案に調印。三月に撤退を完了し司令部を解散。その二年後の一九七五年四月二六日に解放勢力がサイゴンに入城した。当時のズオン・バン・ミン南ベトナム大統領の無条件降伏によって、三〇年以上にもわたるベトナム戦争の幕が閉じた。狛久一家殺害事件の起きた一九七四年は、アメリカが撤退した翌年、終戦の前年にあたる。

日本では昭和四九年。時の首相は田中角栄だった。通産大臣時代に「日本列島改造論」を唱え、第一次田中内閣が発足したのが昭和四七年七月。一時は戦後最大の好景気や日中国交正常化に沸いた田中内閣だったが、翌年には第一次オイルショックを経験してその勢いをそがれることとなる。事件のあった昭和四九年一〇月には雑誌「文藝春秋」によって首相の金脈問題が表面化し、一カ月後の一一月二六日に田中角栄は退陣を表明することになる。

人間の記憶力などはきわめてあやふやなものだ。ジャーナリズムの世界で長いこと生きてきた道平でさえ、一九七四年前後の出来事というとその程度のことしか即座に思い浮かばない。その他の事件、事故に関しては細かい年代が思い出せなかったり、事例そのものを完全に忘れてしまっている。

道平はデスクトップパソコンを起動させ、インターネットにアクセスした。一九七〇年代の時事一覧を呼び出す。情報はあくまでも広く浅くに徹したものだが、時代背景を知るという目的には十分なものだった。

前年の一九七三年から、道平は情報を追ってみた。日本の外資審議会が外資進出一〇〇%自由化を決定し、実施されたのがこの年だった。二月には中国人民銀行が一元＝一三〇・二五円の固定レートを決定。四月には中国の訪日代表団五五人が来日した。その他、国交事例としては七月にワシントンで日米首脳会談が行われ、九月にも田中首相は訪ソ、訪欧を実施している。至るところに、田中角栄の精力的な政治手腕が歴史に痕跡を止めていることがわかる。その方法論に対する是非はともかくとして、少なくとも政治家としての田中角栄の手腕は高く評価されるべきだ。

その他、大きな事件としては、韓国新民党の金《キム》大中《デジュン》が東京のホテルから拉致されたのがこの年の八月八日だった。いわゆる金大中事件である。そして一〇月。全世界の経済は産油国の原油一斉値上げに端を発する第一次オイルショックの渦に巻き込まれることになる。

一九七四年は、テロの年だった。二月にはパレスチナゲリラによるクウェートの日本大使館占拠事件があった。八月一五日には韓国の朴《パク》大統領夫人射殺事件。九月一三日には日本赤軍によるハーグのフランス大使館占拠事件が起きている。

アメリカでは劇的な大統領交代劇があった。一九七二年に発覚したアメリカ政界史上最大のスキャンダルといわれるウォーターゲート事件の引責により、七四年八月八日にニクソン大統領が辞任。フォード新大統領が就任した。フォード大統領はこの年の一一月一八日に来日したが、その一週間後の二六日、今度は日本で田中角栄首相が金脈問題により辞任。三木武夫新首相との交代劇が起きている。

そして一九七五年。四月三〇日には、ベトナム戦争がサイゴンで終結した。八月には日本赤軍がクアラルンプールのアメリカ、スウェーデン両大使館を占拠するという事件が起きている。

おおよその時代背景は把握できた。例のTENGUの一件が、この中の事例のいずれかが例の事件に関連している可能性があるのだろうか。もしあるとすれば、ベトナム戦争だろう。しかし米軍は、鹿又村の事件の一年半前の一九七三年三月にベトナムからの完全撤退を完了している。だとすればあの事件とベトナム戦争はまったく無関係ということになる。

いや、違う。ベトナム戦争以外には考えられない。

道平は、ひとつの可能性について考えていた。あの頃、ベトナムで何が行われていたのか。枯葉剤の大量投下。それ以外の化学兵器の使用。中には、核物質が使われていたという噂まであった。

もしそれらの米軍兵器が、一部の人間に遺伝子異常を起こさせたとしたら……。

〝奴〟は、米軍が生み出した突然変異の産物ではなかったのか。事実、当時のベトナムでは、遺伝子に異常を持った子供が大量に生まれていた。

そしてあの事件の裏には確かに米軍の影が見え隠れしていた。ケント・リグビーという細い糸を通じて。彼は何のために、なぜあのような行動を起こしたのか。それをつきとめなくては、事件の本質は見えてこない。

わからない。だが考える時間は、ここにはいくらでもある。

7

昭和四九年一〇月一〇日。

事件から七日目の早朝だった。道平はいつものように朝六時に朝食をすませ、松下旅館を出た。この頃になると報道各社も少しずつ取材の規模を縮小させ、民宿村に出入りする記者の数も事件直後ほどではなくなっていた。

警察の山狩りは、連日空振りに終わっている。事件の展開に大きな動きは期待できなくなっていた。犯人はすでにこの周辺の山中にはいないのではないかという憶測が、報道各社の大勢をしめていた。

道平がジムニーに乗り込みエンジンを掛けようとしている時、一台の乗用車が目の前を通り過ぎていった。横浜ナンバーの黒いセドリックだった。車は、迦葉山の方面に登っていった。

それ自体は特に珍しいことではない。道平が興味を持ったのは、運転していたのが外国人だったからだ。

道平は何気なくその後を追ってみた。特に目的があったわけではなかった。その頃の道平は、事件の裏で米軍関係者が動いていることなど想像すらしていなかった。

単なる観光客なのか。それとも報道関係者なのか。もし報道関係者だとしたら、どこの新聞社なのか。その程度の興味だった。道平もまた、あまりにも進展しない警察の捜査に取材の方向性を見失い、苛立《いらだ》ちを感じはじめていた頃だった。

黒いセドリックは、かなり速度を上げて山頂に向かっていく。道平のジムニーではとてもついていけない。だが迦葉山の登山道は、一本道だ。見失う心配はない。

思ったとおり、登山道の途中の左手の茶店の前にセドリックが停まっていた。車の前に、外国人が三人立っていた。白人が二人に、黒人が一人。白人の一人と黒人は、かなりの巨漢だった。

小柄な白人が、そこで警戒に当たっている警察官の一人と話している。道平は少し離れたところにジムニーを停め、様子を見守った。やがて小柄な白人はポケットから身分証のようなものを取り出すと、警官に提示した。警官は、首を傾げている。周囲に何人か他の警官が集まってきた。間もなく話がついたのか、小柄な白人は身分証を受け取ると、他の二人を連れて徒歩で森の中に入っていった。

道平は車を少し進め、茶店の前まで行った。外国人と話していた警官をつかまえて訊いた。初老の人のよさそうな警官だった。

「いまの外人、何者なんですか」

「英語なんでよくわからないんだけど、新聞記者らしいね。ワシントンなんとかの……」

ワシントンポストだろうか。

「しかし、森は立ち入り禁止だったはずですよね。報道関係者も」

「上から外人の記者はいいって言われてるんだよ。なぜだかはわからないけど……」

道平は鹿又村に戻ると、日刊群馬の松井を探した。松井を村で見つけるのは簡単だ。朝七時から午後三時まで、松井は必ず警察のテントの中にいる。

道平は松井が取材らしい取材をしているところを見たことがない。それでも毎日、ちゃんと記事を書いている。不思議な男だ。その日もやはり、松井はテントの中の一番ストーブに近いいつもの指定席に座ってタバコを吸っていた。道平は松井に、今朝奇妙な外国人の一行に出会ったことを話した。

「ああ知ってますよ。ワシントンポストの記者らしいね。うちの若い記者が昨日、玉原の裏山で見たと言ってました。おそらく同じ奴らでしょう」

松井は、あまり興味はない様子だった。

「彼らは何を調べてるんでしょう。まさかワシントンポストほどの新聞が、日本の山村の殺人事件なんかに興味があるとは思えないし。それにあの三人、どうしても新聞記者には見えなかった……」

「さてなあ。調べてみたらどうでしょう。市内の沼田シティーホテルに泊まってるらしいですよ」

もしあの時、道平が奇妙な外人の三人組について本気で調べる気になっていたら、何かを摑めていたのかもしれない。三人はおそらくワシントンポストの記者などではなく、米軍関係者だった可能性が高い。そして小柄な白人は、ケント・リグビーであったのかもしれない。

大貫の資料にも次のようなメモがある。

〈——事故の直後から、迦葉山周辺の山をアメリカ人の記者がうろついている。ワシントンポストか。否《いな》。彼らは新聞記者ではない。村人から防犯に通報。厚田警部より、一切手を出すなとの指示あり——〉

道平はこのメモを何回か読んでいるうちに、不思議なことに気が付いた。大貫は事件ではなく〝事故の直後から〟と書いている。これは、ケント・リグビーの事故のことだ。つまりあの外人達は、たとえ本物の記者だったとしても、鹿又村の殺人事件を取材していたわけではなかったということになる。

そして、副署長の厚田警部だ。彼は間違いなくあの外人について何かを知っていた。当時、厚田は四〇代の後半といった年頃だった。まだ生きている可能性はある。この二点については、いずれ大貫に確かめてみる必要がある。もし会うことができれば。

だが道平は事件当時、それ以上は外人記者について調べてみようとは思わなかった。彼らが事件の核心に触れる存在であることなど知る由もなかったし、最初から手詰まり感のあった取材のきっかけのひとつくらいにしか考えていなかったのだ。さらにその日、道平に外人記者のことを忘れさせるような出来事があった。原因は、彩恵子だった。

その頃、道平は毎日、昼近くになると彩恵子の家を訪れることが日課になっていた。特に用件があったわけではなかった。ごく自然に、彩恵子の家に足が向いてしまうのである。心の中で取材なのだと言い訳をしながら、一方で、もう一人の冷静な自分が業務を逸脱した行為であることに気が付いていた。

特にあの日、二人で迦葉山に登って以来、道平は彩恵子への感情を抑えられなくなっていた。頭の中に彩恵子の体温が棲み込み、出て行こうとしない。その重みで押しつぶされそうだった。まだ若かった道平にとって、彩恵子の美しさと色香は魔性に等しかった。

そして松井のいった言葉が、毒のように道平の理性を蝕《むしば》み、苦しめた。彼女は、あの美しい体は、村の男達の共有財産なのだ。その一言は、道平の胸でくすぶり始めた炎にかえって油を注ぐ結果をもたらした。

その日、道平はいつもと違って午後になってから彩恵子の家に向かった。午前中は外人記者の一件などで松井と話しこみ、昼食に誘われたのがその理由だった。なぜか道平は、彩恵子が自分を待っているような気がした。村の奥に続く道を歩き始めると、気が急《せ》いて自然と足が早まった。

竹林を廻ると、その向こうに彩恵子の家が見えてきた。胸が高鳴った。だが、その時、道平はすでに見慣れた風景の中に小さな影にも似た違和感を覚えた。原因はすぐにわかった。杵柄誠二の長男の良介だった。

良介は縁側の上に膝をついて上がり、閉じられた雨戸に顔を近付けていた。どうやら節穴から中を覗《のぞ》いているらしい。道平が背後にいることにも気付かず、懸命に見入っている。

道平が庭に落ちていた柴を踏んだ時、その物音に良介が振り向いた。良介はあわてて縁側から飛び降りると、一瞬道平を睨みつけ、村に走り去っていった。

良介は、何を見ていたのだろう。道平は、縁側に歩み寄った。やはり思ったとおり、杉板の雨戸に大きな節穴が空いていた。

中から、人の声が聞こえてくる。彩恵子の声だった。だが、話し声ではなかった。その声は苦痛のうめきのようにも、嗚咽《おえつ》のようにも聞こえた。

道平は、口の中に溜まった苦い唾《つば》を呑んだ。辺りには、誰もいない。胸を締め付けられるような誘惑を抑えることができず、息を殺し、魔界の入口へと目を近づけた。

暗がりに目が馴れると、室内の様子が次第に浮かび上がってきた。東側の窓から差し込むわずかな光の中に、白い影が横たわっていた。彩恵子だった。彩恵子の体だった。

彩恵子は何も着ていない。時折、声をもらしながら、白く、細い体をのけぞらせる。その上に、もうひとつの浅黒い体がのしかかっている。男、だ。

男はその醜い体を、美を蹂躙《じゅうりん》する餓鬼のように蠢《うごめ》かしている。男が良介の父親の誠二であると気が付くまでに、それほど時間はかからなかった。

道平は、しばらくその場から動くことができなかった。体が震えていた。現実とは思えないような光景に、時間の感覚すら失っていた。だがやがて我に返り、その場から逃げるように彩恵子の家を見下ろす丘の上に登った。夢遊病者のように。

タバコを吸った。何本も、吸った。目の前の秋の日溜りの中に、紅葉に染まりかけた一本の樟《くすのき》の巨木がそびえ、その影に彩恵子の住む荒家が佇《たたず》んでいる。

家の中でいま、現実に起きていることを頭に思い描いてみた。やはり、本当だったのだ。

彩恵子は、村の男達の共有財産なのだ。

おそらく、誠二だけではない。村長の杵柄邦男や、狛久清郎、死んだ狛久峰男も。もしかしたら良介もその一人かもしれない。しかも良介は、彩恵子と自分の父親の情交を覗き見ていたのだ。

良介は、敵意を含んだ目で道平を睨んだ。初めて会ったときも。そして今日も。その理由がわかったような気がした。

どのくらいそうしていただろうか。道平は冷たい風に吹かれながら、動くこともできず、立つこともできずに、ただ丘の上から彩恵子の家を眺め続けていた。

夕刻になって、木枯らしが吹き出した。道平は定例の記者会見に少し遅れて入った。やはり、外人の記者の姿などどこにもなかった。厚田副署長の月並みな弁明の後で、道平はどうして外人記者だけを特別扱いするのかと問い詰めた。だが、例のごとく睨み返されただけで納得のいく答えは得られなかった。厚田は、ワシントンポストの記者が現場に来ているという報告は受けていないと言い放った。

車を日刊群馬の沼田支局の駐車場に残したまま、街を歩いた。苛立っていた。宿に帰る気はしなかった。どこかで酔いつぶれるまで酒を飲みたい気分だった。

だが、見知らぬ沼田の町の中に、道平の居場所は見付からなかった。あてもなく、木枯らしに背を丸めながら商店街や路地をさまよった。すべての風景は道平の視界を素通りし、あらゆる音は耳に残らなかった。道平はただ瞼に焼き付いた彩恵子の白い姿態を想い、快楽の嗚咽を耳の奥で聞き続けた。

気が付くと道平は、町外れの小さなオモチャ屋の前に立っていた。ショーウィンドウの中の、自分の視線の先にあるものが色あせた着せ替え人形だとわかるまでに、かなりの時間が経っていたような気がする。

なぜ自分が人形を見つめていたのか。道平にはその理由がわからなかった。世間から忘れ去られた存在でありながら、それでも健気《けなげ》な愛らしさを失わないその表情に、彩恵子の姿を重ね合わせていたのかもしれない。

寂れた店内に入り、道平は人形を買った。店番をしていた初老の男は、怪訝《けげん》そうな表情で人形を紙で包んだ。人形を手に、外に出た。だが道平は、人形を〝買った〟とは思っていなかった。薄汚れたショーウィンドウの中から、外の世界に連れ出したにすぎない。

道平はまた街を歩きはじめた。あてもなく、方角すらもわからないままに。

その時、道平は声を掛けられた。以前に松井から紹介された鑑識の大貫だった。

「よう、何やってんだ、こんな所で」

道平は、立ち止まって小さく頭を下げた。

「お前さん、今日また厚田に噛み付いたらしいじゃないか。だから、あいつはやめとけって言ったろう」

「すみません……」

「別にあやまることはないさ。ところで、どうしたんだその顔。何かあったのか」

「いや、そういうわけじゃ……」

「まあいい。ちょっと付き合え。お前さん、酒はいける口だろう。顔にそう書いてあるぜ」

大貫は道平の肩に手を掛けると、なかば強引に歩きはじめた。

「ところでお前、名前はなんてったっけ」

「道平です」

「そうだったな。まあいい。何があったか知らないが、飲めば少しは軽くなるさ」

道平が華車に行ったのは、その日が最初だった。酔いつぶれるまで、酒を飲んだ。大貫と何を話したのか、道平はほとんど覚えていない。事件のことや、外人記者のことや、もしかしたら彩恵子のことも話したのかもしれない。気が付くとタクシーに乗せられて大貫の家に連れて行かれ、そのまま泥のように眠り込んだ。

だがその頃、鹿又村で、第二の殺人が起きていた。被害者は、杵柄誠二だった。

8

夜は日没と共に睡魔に襲われ、朝は夜明けと共に目を覚ました。都会に棲んでいると夜型の悪癖が抜けない道平だが、山小屋に来ると一日で生活が正常になる。自然と人間らしさが戻ってくる。

やらなければならないことが山ほどあった。まず、薪を割らなくてはならない。ポーチの下に積んである古い薪だけでは、一〇日ももたないだろう。

ベーコンと卵、トーストで簡単な朝食を終え、道平はグリズリーという名の重いアクス（斧《おの》）を手にして外に出た。玉切りにしてあった楢にアクスをたたきつける。楢は乾燥していて硬くなり、割りにくかった。

薪を割り始めて一〇分もしないうちに汗が噴き出してきた。使い方を忘れかけていた筋肉が心地よく存在を主張し、同時に頭の中から潮が引くように雑念が消えていく。人間であることを、自分が男であったことを全身が思い出してくる。

午後からは原稿を書き始めた。道平は、いまでも原稿を書くのにパソコンやワープロを使わない。四〇〇字詰の原稿用紙にペリカンの万年筆、そして三〇年近く使い込んだ広辞苑が一冊。必要なものはそれだけだ。万年筆からほとばしるインクは物書きの血の一滴であるという格言を、信じて疑わない。

どの場面から書き出すべきか。大貫との再会。ケント・リグビーの事故。それとも天狗と呼ばれた男の体毛のDNA解析結果か。しばらく考えた末に、二六年振りに訪れた鹿又村の風景から入ることに意思が固まった。最初の場面が思い浮かぶと、後は自然と全体像が見えてくる。

見えないのは、最後の一行だ。自分は、どこに向かおうとしているのか――。

道平はペンのキャップを取り、真新しい原稿用紙に一行目を書き記した。あとは自然に手が動き、二行目、三行目と書き連ねていく。だが、しばらくは読み返さない。読めば必ずどこかが気に入らなくなり、原稿用紙を丸めて捨てたくなるからだ。

とにかくいまは、ペンを奔《はし》らせることだ。無心に。迷うことなく。ペン先だけを見つめながら。自分や、彩恵子や、大貫がそれぞれの道をそれぞれの意志で歩き出し、原稿用紙の四〇〇字の升目が埋まっていく。傍《かたわ》らで、薪ストーブが赤い熱を放っている。

大晦日《おおみそか》の午後に、千鶴が広子を連れて訪ねてきた。千鶴は車も免許も持っていない。新幹線の時間に合わせ、道平は那須塩原の駅まで迎えに出た。クリスマスの夜から約束していた。二人は店を休む正月の三日まで、道平の山小屋に泊まる予定になっている。

西口のロータリーにジープ・チェロキーを停めていると、駅から降りてきた二人が手を振るのが見えた。古い、灰色のコートを着て歩いてくる千鶴が、一瞬二六年前の彩恵子の姿と重なった。身長は千鶴の方がかなり小柄だが、どこか似た雰囲気を持っている。広子は買ってもらったばかりの赤いダウンパーカーを着ていた。

千鶴と広子は二人並んでジープの後部座席に座った。沼田に住む二人にとって山の冬景色は見慣れているはずなのに、まるで初めて雪を目にするかのようにはしゃいでいた。広子は、泊まりがけの旅行は初めてだという。二人にとって那須の雪は、沼田の雪とは違った色に映るのかもしれなかった。

道平はそのまま那須の観光地に向かい、ありきたりのテーマパークや、人形やぬいぐるみを集めた博物館を回った。見慣れないきらびやかな風景の中を歩く時、広子はほとんど何も言わず、ただひたすら目を輝かせながら、一方で道平の指先を力を込めて握りしめていた。

奇妙な緊張感があった。父親になるということは、おそらく、常にこのような緊張感を保ち続けるということなのだろう。

道平は結婚は一度経験したが、子供はできなかった。五〇年近くも生きていて、道平の子供はこの世に一人も存在しない。おそらく。いや、もしかしたら……。

千鶴と広子が遊びに来たことで、道平は書き始めた原稿を中断することになった。だが物を考えたり原稿を書いたりする静かな時間よりも、もっと大切なものがあることに道平は気が付いていた。いま道平に本当の意味で必要なのは、長年の心の虚空を埋めてくれる人間らしい温もりだった。

夕刻に山小屋に戻り、薪ストーブに火を入れて食事の支度に取りかかった。千鶴の手土産の御節《おせち》料理の他に、道平は二人のために手作りのローストハムを一本と特上の那須牛のリブロースを買っておいた。

道平は、料理が嫌いではない。気が向いた時に、手のかからないものしか作らない典型的な男料理だが、腕には自信がある。

「何を作るの?」

キッチンに立つ道平の横で、千鶴が不思議そうな顔で覗き込む。

「まあ見てろよ。いままで食べたことないほど美味《うま》い物を食わしてやる」

最初の夜は、食材にロースハムを選んだ。使い古したダッチオーブンにオリーブオイルを薄く塗り、キャベツの大きな葉を敷く。その上に五センチほどの厚切りにしたロースハムを並べ、隙間を皮の付いたままのジャガ芋、丸ごとのニンジン、オニオン、パプリカなどで埋めていく。ほんのわずかの岩塩と胡椒《こしょう》、月桂樹の葉を三枚と安物の赤ワインを少々。調味料はそれだけだ。その上にまたキャベツの葉を被せ、鉄の重い蓋《ふた》をして、炎の燃え盛る薪ストーブの上に置けばいい。

あとはひたすらに待つこと二時間。ダッチオーブンの中の適度な気圧と、厚い鋳鉄《ちゅうてつ》から伝わるむらのない熱がそれぞれの食材から味を引き出し、調和させ、絶妙の料理に仕上げてくれる。ダッチオーブンは、比類なき料理の天才だ。

「なんだか未開地の料理みたいね。食べられるのかしら……」

千鶴が腰に手を当てながらそう言った。そのしかめた顔が長年連れ添った古女房のように見えて、道平は思わず苦笑した。

まず地ビールで喉を濡らし、次にオーストラリア産のバロッサバレーの赤ワインを開けた。千鶴の手土産の御節は、さすがに逸品だった。そしてダッチオーブンを開けると、深く、濃厚で、食欲を掻き立ててやまない香りが立ち込めた。道平はシェフとしての優越感を存分に楽しみながらハムを皿に取り、野菜を切り分けて盛り付けた。

「どうだ。食べてみろよ。古い表現だけど、ほっぺたが落ちるぞ」

ハムを一口食べた瞬間に、二人の目が丸くなった。

「何これ？　とろけそう。だって塩しか入れてないのに、何でこんなに味が出るの。美味《おい》しいね、広子」

「うん、おいひい……」

そう言って広子が何度も頷いた。

「どうだ。少しは尊敬するか。ダッチオーブンっていうのは魔法の調理器具なんだ。塩と火さえあれば、どんな食材でも最高の料理に仕上げてくれる。もしよかったら、ハムに蜂蜜をかけてみないか。信じられないような味になるぞ」

蜂蜜をかけたハムを頬張ると、二人の目がさらに丸くなった。

間もなく、あと数時間で二一世紀を迎えるとは思えないほど平穏だった。

あの事件から、二七年目になる……。

それまでの道平の人生の中で、けっしてあり得ないはずの平穏な、何気ない風景の中で、時間が止まってしまったかのようだった。その夜、道平は久し振りにバーボンには手を出さなかった。

ロフトに置いたベッドの上で広子が眠ってしまうと、千鶴は母親から女の顔になった。二階から降りてくるとソファに座る道平の横に体を滑《すべ》り込ませ、広い肩の上に顔を寄せた。二人で薪ストーブの火を眺め、火の爆《は》ぜる音を聞いた。

しばらくして、千鶴が言った。

「なにを考えてるの」

道平は答えなかった。千鶴が続けた。

「彩恵子さんのこと？」

一瞬道平は、心の隙間に冷たいものを差し込まれたような気がした。

「なぜ、知ってる?」

「前にムジナさんから聞いたの。いま道平さんが独身でいるのは、彩恵子さんていう人のせいだって……」

「そんなことはない。もう忘れたよ」

だが道平は、自分の言葉が気休めであることをわかっていた。確かに、そうだ。道平が心から女性を愛せなくなったのも、離婚した本当の理由も、いま独身であることも、すべて彩恵子の影を引きずっているからなのかもしれない。

千鶴は体を起こし、道平の顔を見つめていた。目が憂《うれ》いを含んで濡れているように見えた。

そして、言った。

「私が、忘れさせてあげる。彩恵子さんを、忘れさせてあげる……」

千鶴が櫛《くし》を取り、髪を下ろした。道平を見つめながら、自分の細い指でシャツのボタンを外し、胸を開いた。厚く、小さな唇が道平に重なった。千鶴の乳房は彩恵子よりも小さく、しかし温かかった。


千鶴と広子は年が明け、一月三日の午後に帰っていった。最後に観光客向けのイタリアンレストランで食事をし、その後で輸入雑貨の店に寄った。道平はそこで広子に大きなテディベアのぬいぐるみを買い、千鶴には新しいフリースの上着を買った。そして来た時と同じように、駅まで二人を送っていった。

一人だけの、静かな時間が戻ってきた。だが、孤独ではなかった。千鶴と広子は道平の胸の中に、温もりという大きな置き土産を残していってくれた。

いまは、無性に原稿を書きたくて仕方がなかった。もうバーボンはいらない。そう思った。

9

遺体を発見したのは、数人の警察官だった。

鹿又村周辺の警備は、一日三交替制で行われていた。早朝五時四〇分頃に、交替要員を乗せた二台の警察車輌が玉原方面から林道を登ってきた。杵柄誠二はその林道に、体を丸めて横たわっていた。深い森に囲まれた、村の入口から五〇〇メートルほど北側の地点だった。

遺体は、まるで酒にでも酔って眠っているかのようだった。着衣が多少乱れていることと、鼻と口から微量の出血が認められる以外はほとんど外傷はなかった。だが、後に検死を行った結果、杵柄誠二の上半身の骨格は二〇〇メートルの深海から引き上げられたかのように完全に破壊されていたことがわかった。

大貫の三冊目のノートの中に、次のような所見がある。

〈——害者・杵柄誠二・四〇歳。身長一六一センチ、体重五三キロ。頸骨骨折、肋骨七本骨折、右鎖骨骨折、左右の肩脱臼。死因、窒息死、もしくは圧死か。不明——〉

道平は朝六時に大貫にたたき起こされた。前の日に大貫の家に泊まったことを思い出すまでに、しばらく時間がかかった。

「村でまた事件があったらしい。おれは署に行く。お前もすぐに来い」

道平が着替えて部屋を出ると、大貫はすでに自転車で署に向かった後だった。その後を追って、走った。汗が噴き出し、前夜の酒が一気に抜けた。被害者は誰なのか。その時はまだ殺されたのが杵柄誠二であることを、道平は知らなかった。

日刊群馬の沼田支局でジムニーに飛び乗り、村に向かった。現場に着いたのは、七時ちょうどだった。

林道は封鎖されていた。暗い森の中で、無数の赤色灯が回転していた。救急車はすでに到着していたが、遺体はまだ発見された場所から動かされていなかった。周囲をビニールシートで囲まれ、中で時折フラッシュが光るのが見える。その外で誠二の妻の和子が地面に跪《ひざまず》き、号泣していた。横に、息子の良介が立っている。

道平は現場を取り囲む報道陣の中に松井の姿を見つけ、声を掛けた。

「害者は、杵柄誠二ですか……」

「どうやらそうらしいね。まだ発表はないけれども……」

道平は前日の出来事を思い出していた。彩恵子とのことを。あの杵柄誠二が、殺された。

道平が訊いた。

「犯人は？」

「まだ摑まっていない。おそらく同じ奴でしょう。それにしても大胆だ」

「というと」

「考えてもみて下さい。村にはいま、二〇人以上の警察官が一晩中配備されているんですよ。その中で犯人は人を殺して、ここまで運んできて捨てていった。それを誰も見ていない」

「この場所で殺されたんじゃないんですか」

「さっき顔見知りの警官に聞いたんですがね。害者の靴が発見されていないらしい」


当時、道平が知ることのできなかった様々な事実が、大貫の資料によって明らかになった。誠二は前日の夜九時頃に、一人で家を出た。行き先は家族には告げていない。軽トラックも使わなかった。歩いてどこかに行ったとすれば、村の中に限られている。村から外に出られる道は車道が一本と、北側の森を抜けて林道に出る歩道が一本。あとは西の山を越えて佐山の集落に至る山道が一本あるだけだ。いずれの道も要所には、警察官が配備されていた。だが、誰も誠二の姿を見ていない。ここまでは当時の警察発表と一致している。

興味深いのはその先の、報道関係者には公表されていない部分だった。ひとつが、誠二の行き先だった。もし誠二が村内で誰かの家を訪ねたのだとすれば、兄の杵柄邦男の家か、狛久清郎の家か、もしくは彩恵子の家か。可能性があるのはわずかに三軒だけだ。だが村人の証言によると、その夜、誠二はいずれの家も訪れてはいない。

その中で唯一疑いをかけられたのが、彩恵子だった。警察は犬を使って誠二の足取りを追ってみたが、その行き先が彩恵子の家の裏口だった。さらに誠二のものと思われる足跡が、彩恵子の家と裏のリンゴ畑の周辺に残っていた。

だがこの嫌疑は、息子の良介によって晴らされた。前日の午後、良介は誠二と二人で彩恵子の家に行き、リンゴの摘み入れを手伝ったと証言したのである。これは、彩恵子の証言とも一致した。もっとも彩恵子が誠二をあれほど痛めつけて殺害し、森を抜けて五〇〇メートル以上も死体を運ぶことなど物理的にも不可能なことは明らかだった。

検死の結果、誠二の死亡時刻は前日の午後九時から午前〇時までの間と推定された。つまり誠二は、家を出た直後に殺されたことになる。だが、その頃に村人や警察官の誰一人として、それらしき物音や声を聞いた者はいない。

不思議なのは誠二の遺体が、なぜ翌朝の五時四〇分まで発見されなかったかという点だ。発見場所の林道は当時、午前二時頃と三時頃の二回にわたり警察車輌が通行していた。その時には、誰も誠二の遺体に気が付いていない。

しかも誠二の靴は現場で発見されなかった。つまりこの二つの事実は、誠二がどこか他の場所で殺害され、午前三時以降五時四〇分までの間に林道に運ばれて遺棄されたことを意味している。

捜査の範囲は近隣の玉原や佐山にまで広げられた。犯行現場は誠二の足で歩いて二時間以内。犯人は誠二の知人で、おそらく車をもっている者と推定された。誠二が夜中に訪ねられる人間であることと、遺体発見現場に犯人の足跡がまったく残されていなかったことがその理由である。

足跡が残されていなかった……。

道平は大貫の資料の中のその一文に関して考えを巡らせた。もしこれまでの仮定が正しいとするならば、犯人は体重二〇〇キロ近い大柄な人間、もしくはそれに類する者でなくてはならない。その犯人が、体重五〇キロの杵柄誠二を担いで――おそらくそれ以外にはあり得ない――山の中を歩いたとしたら、かなり明確な足跡が残されていたはずだ。

それとも警察の見解が正しかったのか。

道平は事件当日の記者発表の内容に耳を疑った記憶がある。副署長の厚田は会見の席で、誠二の事件を前回の事件とは「何ら関係のないもの」と言い切ったのである。

「今回の事件は事故であるものと思われる。現在同署交通課が轢《ひ》き逃げ、及び死体遺棄事件として捜査中です。よって本件は狛久峰男一家三人殺害事件とは何ら関連性がないものと判断する。以上」

報道陣から失笑がもれ、ざわついた。あまりにも予想外の警察の見解だった。

夜、道平は一度村に戻ってみた。現場は煌々《こうこう》とライトで照らし出され、その光の中を無数の影が肩を落として徘徊《はいかい》し、まるで野戦キャンプのようだった。

以前にも増して、ものものしい警戒だった。配備される警官の数も明らかに増強されていた。催涙弾や一二番径の散弾銃を持った機動隊員までが動員されていた。

尋常ではない。すなわちそれは、杵柄誠二の一件がけっして交通事故などではなく、前回と同一犯による殺人事件であることを物語っていた。彩恵子の家の前まで行ってみたが、そこにもやはり五人の機動隊員が配備されていた。

道平は彩恵子には会わずに旅館に戻り、翌日の朝刊用の原稿を書き上げ、現場から日刊群馬の沼田支局に向かう連絡員にそれを託した。事故である可能性には一切触れず、あくまでも第二の殺人という見解で記事を押し通した。だが翌日になってわかったことだが、誠二の死を事故と報道した新聞はほとんど皆無だった。すべての新聞がまるで申し合わせたかのように警察の発表を無視し、連続殺人を示唆する報道に終始したのである。

マスコミと警察の関係とはつまりそういうものであることを、道平はこの一件で肝に銘ずることになった。警察の見解はあくまでも事件全体の取材の中において、一方の極論にすぎないのだ。その真偽の判断と結果として生ずる責任は、マスコミの側にある。なにも警察に、自分の考えを認めさせる必要はない。

その夜、もうひとつ意外な出来事があった。定例の朝刊の原稿を書き終え、久し振りに混み合う松下旅館の食堂で夕食をとっているときに、例の外人記者の三人組と出会ったのである。

小柄な金髪の白人と、大柄な赤毛の白人。そして精悍《せいかん》な目つきをした黒人が一人。彼らも今回の事件を機に市内のホテルを引き払い、現場に近いこの旅館に取材の拠点を移したようだ。だが、どうしても三人はワシントンポストの記者には見えなかった。特に大柄な二人は、理論よりも本能、頭脳よりも筋力ですべてを解決するタイプの人間特有の雰囲気を持っていた。

唯一、知性を感じさせたのは、小柄な白人だった。彼は思慮深く、そして穏やかな目をしていた。おそらく彼が一行のリーダーなのだろう。

話の内容はわからないが、彼の物静かな口調に他の二人が絶えず頷いているように見えた。三人は他の報道関係者とは離れた場所に席を取り、特別注文なのだろう肉を主体の料理をフォークで口に運びながら、ビールを飲んでいた。あの男がケント・リグビーだったとすれば、最初から脱走兵などではなかったということになる。

その夜、道平は、旅館の薄い布団の中でなかなか寝付けなかった。深夜、なかば夢を見ながら、襖の向こうで廊下のきしむ重い足音と英語で話すくぐもった声を聞いた。あの三人の外人記者だった。彼らが、どこかに出かけていく。しばらくすると、外で車のエンジンを掛ける音がした。いったいこんな時間に、何をしに行ったのだろうか。

まさか、奴らが犯人では――。

ふと、そんなことを思った。確かにあの大柄な二人の外人が力を合わせれば、あのくらいの犯行はやってのけるかもしれない。

だが、あり得ない。もしあの三人が犯人だとすれば、あまりにも行動が大胆すぎる。いくら殺人を交通事故で押し通そうとする警察だって、奴らを放っておくわけがない。

おそらく、取材なのだろう。報道関係者には警察の発表を無視して独自の見解で記事を書く自由があるのと同時に、好きな時間に取材をする自由もある。それが彼らのやり方なのだ。もしあの三人が、本当にワシントンポストの記者だったとするならば――。

10

一月一〇日、中央通信の菅原から電話があった。

――まずは悪い知らせだ――菅原が言った。

――国内の新聞社や週刊誌を当たってみたんだがね。例の記事の配信を受けてくれたのは日刊群馬だけだった。日曜版でやるらしい――

予想していたとおりだった。四半世紀以上も前の殺人事件の真相を追究するような記事に、現代の殺伐とした時代で鎬《しのぎ》を削《けず》る新聞社がそう簡単に興味を示してくれるわけがない。時代は、絶え間なく激動しているのだ。

「なるほど。まあ予想どおりですね。一社でも食いついてくれれば書く価値はあります。それで、いい知らせというのは」

――日刊群馬では、いま松井さんが編集局長をやっている。彼を憶えているだろう――

「ええ。例の事件の時にいろいろ世話になりました」

――松井さんは、個人的にこの事件に興味を持っているようだ。取材にも協力してくれると言っている。いまは前橋の本社にいる。一度会いに来てほしいそうだ――

道平も、この事件を掘り起こす以上、一度は松井に会わなければならないと思っていた。その松井から協力を申し出てくれたことはありがたい。

「助かりますね。地元の新聞が味方についてくれれば、こちらも動きやすくなる」

——もうひとつ、いい知らせがある。実はこれはまだ海のものとも山のものともわからないんだけどね。海外にも情報を流してみたら、APが興味を示してるんだよ——

道平は、ジム・ハーヴェイの顔を思い出した。おそらく、彼だ。先日、道平はジムにケント・リグビーの身元をあらってもらったばかりだった。彼は、事件とリグビーを関連付けて興味を引かれたのだろう。

「面白いですね。それにしてもAPは、こんな記事をどこに配信するつもりなんでしょう。アメリカの新聞が、日本の、それも四半世紀も前の殺人事件に関する記事を掲載するとは思えませんが」

——そうともいえんだろう、米軍が絡んでるとすれば。アメリカ人はケネディの暗殺以来、公表されない政府の裏の策動にはかなりナーバスになっている。そういう事件をすっぱ抜くのが、一流新聞や雑誌にとってはひとつのステイタスなのさ。こちらも商売だからね。裏で米政府が暗躍していたことを、それとなく匂わせておいた——

「だとすれば、意外な展開になるかもしれない」

——そういうことだ。おそらくAPのことだから、タイムか、ニューズウィークか、もしくはニューヨークタイムスやワシントンポストの日曜版を狙ってるんだろう。正式に受け皿が決まってから、返事をしてくるつもりらしい。もしかしたらお前、年収が去年の倍になっちまうかもしれないぞ——

「いいですね。もしそうなったら、銀座の蛇の目寿司で一回ご馳走しますよ」

——期待してるよ。ところで、書いてるのか——

「ええ。もう連載三回分の原稿はたまってます。月末からでも始められますよ」

——わかった。松井さんにはそう言っておく。できればAPの方の動きをもう少し待って、日米で同時に始めたい。記事を楽しみにしている——

面白いことになってきた。APはともかくとして、地元の日刊群馬に載ることが大きい。おそらく、〝彼〟はまだ生きているはずだ。生きているとすれば、県内に住んでいる可能性が高い。

もし日刊群馬に記事が載れば、必ずどこかで目にするだろう。実名をあげれば、身を隠していたとしても周囲の者が気付く。彼は、いずれ炙《あぶ》り出されてくる。

杵柄良介。彼は、何かを知っているはずだ。

11

道平が久し振りに彩恵子に会ったのは、二度目の殺人事件から三日後のことだった。

家の周辺には、誰もいなかった。事件当日にはものものしく警戒に当たっていた機動隊員も、いまは村の周囲を取り囲むように配備されている。山では相変わらず山狩りが行われていたが、捜査に目立った進展はなかった。

よく晴れた、暖かい日だった。戸口に立ち、中の様子をうかがうと、かすかに人の気配がした。道平はしばらくその前に立ち、迷っていたが、思い切って戸をたたいてみた。

「誰？」

彩恵子の声がした。

「道平、です」

「慶ちゃん……。入っていいよ……」

戸を開けて薄暗い空間に足を踏み入れた。以前には気にならなかったが、饐《す》えたような、甘ったるい匂いがつんと鼻を突いた。これが他の男の匂いというものなのだろうか。彩恵子は茶の間のわずかに窓から差し込む日溜りの中で、炬燵に肘をついてぼんやりと座っていた。

「今日は暖かいね。冷たいものでも飲もうか」

そう言うと彩恵子は立って台所に入り、氷を入れた麦茶のグラスを二つ持ってきた。道平は茶の間に座り、麦茶に口をつけた。グラスから、ひんやりとした山の香りがした。

「どうしたの。おいしくない？」

「いや、おいしいよ。でも、氷に藁《わら》が入ってる」

「ごめんね。それ、山の沼の氷なの。毎年冬にとってきて、それを次の冬まで使うの。でもきれいだから、平気だよ」

「だいじょうぶ。気にしないよ。警察、来たんだろう」

「うん、来たよ。他の新聞記者さん達も来た」

「何を訊かれた？」

「誠二さん、死んだんでしょう。前の日に誠二さん、うちに何しに来たんだって……」

「何しに来たんだ」

「何しに来たって……。知ってるくせに……。だって慶ちゃんあの日、見てたんでしょう。全部……」

別に悪びれるでもなく、しかしどこか恥じらいながら、まるで純真な子供がちょっとした悪戯《いたずら》を咎《とが》められたかのように彩恵子は言った。道平には返す言葉がなかった。それが素のままの彩恵子なのか。それとも演技なのか。わからなかった。

道平はその場のよどんだ空気にいたたまれなくなり、ハイライトに火を点けた。頭の芯まで煙を吸い込み、怒りと、不安と、やるせなさと共にそれを吐き出した。

灰皿に手を伸ばした。その中に灰を落とそうとした時、道平は奇妙なものを見付けた。根元まで吸ったクールの吸殻が、三本あった。彩恵子は、タバコを吸わない。刑事が外国タバコを吸うとも思えない。他の社の記者のものだろうか。

「これ、誰のだ」

「これって、何?」

「タバコの吸殻だよ。灰皿に、三本ある」

「薄荷《ハッカ》の匂いがするタバコのこと?」

「そうだ。誰が吸ってたんだ」

「外人さん……」

「外人って、ワシントンポストの記者のことか」

「そう……」

「三人で来たのか」

「ううん、一人だった……」

「名前は？」

彩恵子は一瞬考えて、言った。

「聞かなかった……」

「君は、英語が話せるのか」

彩恵子は小さく首を横に振った。

「それじゃあ相手が日本語を話せたのか」

一瞬考えて、今度は小さく頷いた。

「ねえ、今日の慶ちゃん、恐いよ。怒ってるの？」

「別に怒ってるわけじゃない……」

いや、怒っていた。そして、悲しんでいた。それとも、もっとどろどろとした、嫉妬という醜い感情に苛《さいな》まれ、自分を抑えられなくなっていたのかもしれない。

「やっぱり怒ってる……」

彩恵子は、そのけっして光を感じることのない、青く澄んだ二つの大きな目を涙で潤《うる》ませた。やがて涙は頬を伝い、豊かな胸と、膝の上に置かれた白く細い指を濡らしはじめた。なぜ彩恵子が泣くのか、道平にはわからなかった。自分が恋人でもない彩恵子に対し嫉妬を感じるのと同じように、理由がわからなかった。

「本当に、怒ってるわけじゃないんだ……」

「怒ってるよ。私、わかるもん。いつもみたいに優しくない。誠二さんとあんなことしたから？　でももう死んじゃったんだから、いいじゃない。だったら慶ちゃんにも、同じことしてあげるよ」

道平には最初、彩恵子が何を言っているのかわからなかった。彩恵子は這うようにして道平ににじり寄り、首にしがみついてきた。顔に、涙が触れた。唇と唇が重なった。やっと、彩恵子が何をしようとしているのかを察した。だが道平は、蜘蛛《くも》の糸にからめとられたように抗《あらが》うことができなかった。

彩恵子は自分からカーディガンとシャツの胸元をはだけた。下着は着けていない。道平は白くふくよかな乳房をぼんやりと眺めながら考えた。

これも、演技なのだろうか。いや、違う。これこそ彩恵子の本性なのだ。けっしてふしだらな女という意味ではなく、むしろ、自分の能力で生きていこうとする崇高な手段として。

松井が言った言葉を思い出した。目の見えない女が、この村で、たった一人でどうやって生きていけというのだ。おそらく彩恵子は、村に来るずっと以前から、こうして身を守ってきたのだ。自分自身の体を武器にして。

手段の是非はともかくとして、誰が彩恵子を責められるだろうか。道平も、結局は他の男と同じではないのか。

道平は、その日初めて彩恵子の体を抱いた。だが、道平にはたった一つ他の男とは違うところがあった。夕刻、彩恵子の家から村に下る畦道《あぜみち》を歩きながら、道平は考えた。いつの日か、自分自身の手で、彩恵子をこの村から救い出さなければならない、と。その頃の道平は、まだ人形と生身の人間の重さの違いもわからないほど若かったのだ。

翌日、村で杵柄誠二の葬儀が行われた。葬儀はごく質素なもので、村人と、近隣の町の数名の知人、警察関係者らが参列しただけだった。道平も松井と連れ立って焼香に立ち寄った。

葬儀長は誠二の兄であり村長でもある杵柄邦男が務めた。その横に学生服を着た長男の良介と、未亡人の和子が座っていた。和子はしきりに涙をぬぐっていたが、良介は射るような視線で祭壇を見つめていた。

彩恵子は、その後ろにいた。その時の彩恵子の表情を、道平はいまも忘れることができない。彩恵子は黒いセーターを着て、俯《うつむ》きながら手を合わせ、口元に確かに笑みを浮かべたのだ。

誠二の棺は村と近隣の町の男達の手によって担がれ、林道に通ずる長い道を練り歩いた。いかにも田舎の葬列だった。遺体は荼毘《だび》に付され、四九日を待つことなく村を見下ろす丘の上の形ばかりの墓所に納骨された。葬式はあまりにも慌《あわただ》しく始まり、慌しく幕を閉じた。

その理由は間もなくわかった。一週間後、良介と和子は身の回りの最低限の生活用具を持って、夜のうちに姿を消した。以来、二人の行方を誰も知る者はいない。

12

久し振りに会った松井は、時の隔たりをあまり感じさせなかった。若い頃に老けていた人間は歳をとっても変わらないという典型である。確か六〇近いはずだが、痩身で大股に歩くその姿は道平と年代の差を感じさせない。

前橋の日刊群馬の本社を訪ねると、松井は自分から一階の受付に降りてきた。どちらからともなく手を差し出し、握り合った。力強く、誠実な人柄を伝える感触だった。

「ご活躍ですね。いつも影ながら、道平さんの動向には注目させてもらってます」

堅い口調も、昔のままだ。

「いや、なんとかこの世界で食っているような始末です」

「何をおっしゃいますか。湾岸戦争のルポ、読ませていただきました。うちの息子なんか、三年前に共同通信に入ったんですがね、道平さんの信奉者ですよ。一度会って話を聞かせてやって下さい」

「恐縮です。そのうち、ぜひ」

確かに道平は通信社のジャーナリストとしてはある程度、名が売れている。成功者という意味ではなく、変わり者という意味では。いずれにしても、ドブの中からいつまでも這い上がれずにあがいているだけだ。

「どうですか。昼飯でも一緒に食いましょう。いい店があるんですよ。いや、人が訪ねてきてくれるとうれしくてね。社費でうまいものが食える。付き合ってください」

松井は、以前よりも少し饒舌《じょうぜつ》になったようだった。

店は、落ち着いた造りの古い料亭だった。道平は松井と共に、奥のこぢんまりとした座敷に通された。メニューなどはない。松井は顔見知りらしい仲居に「いつものを二つ」とビールを注文した。

ビールに口をつけて、松井が言った。

「驚きましたよ。道平さんがあの事件をやると聞いて」

「こちらこそ。まさか松井さんのとこであんなに昔の事件の記事を買ってくださるとは思ってもみなかった。感謝してます」

「いや、実は私もあの事件には思い入れがありましてね。あれからしばらくして、いろいろ探ってみたことがあるんです。結局、たいしたことは出てきませんでしたがね。それに中央通信から回ってきた記事の内容について、おやっというところがあったんです。道平さんの、裏に米軍がからんでいるという見解です。それで、ぜひお会いしたかった」

「例の三人組の件ですか。しかし松井さんは、当時あのワシントンポストの記者連中にはあまり興味を持たれていなかったように見受けられましたが」

「そう見えましたか。私も、ジャーナリストだったんですね。確かに記者仲間には横のつながりというものがある。お互いに、情報交換もします。しかし、最後のひとつだけはとっておく。自分の切り口としてね。それも記者の習性なんです。あの時、私は事件の裏で米軍が動いていると感じていた。自分の記事でそれを書こうと思っていたんですよ。それで道平さんにも興味のない振りをしたんでしょう」

仲居が料理を運んできたところで話が一時中断した。人の前では、仕事の話はしない。それもまた、ジャーナリストの習性のひとつだ。料理は、上品な小鉢が並ぶ定食だった。

「松井さんは、覚えていらっしゃいますか。最初の事件の一週間ほど前に、米軍関係者の起こした交通事故があったことを」

「ケント・リグビーですか」

「そうです。その名前がすぐに出てきたところをみると、やはり松井さんもその線に気が付いていたんですね」

道平は元沼田署の交通課の小林に聞いた話や、リグビーが事件の一年後にアメリカで自殺していることをかいつまんで話した。

松井が言った。

「しかし、リグビーがどのような役割をはたしていたのか、それがわからない」

「私も同感です。それがおそらく、事件の謎を解く鍵になるんでしょう。しかし、もしかしたら、私は例のワシントンポストの三人組の一人がリグビーじゃなかったかと考えているんです」

「彼は、確か陸軍でしたね」

「そうです。それが何か」

「実は面白い写真があるんです。これを道平さんにお見せしたかった……」

松井はショルダーバッグから茶封筒を出し、中からキャビネ版の数枚の写真を抜いてそのうちの一枚を道平に差し出した。

「まずこの写真を見て下さい。誰だかわかりますか」

白人の男の顔をアップでとらえたモノクロ写真だった。確かに、見覚えがある。

「例の三人組の一人ですね。大柄な白人の方の」

「そうです。よくわかりましたね。実は、こんなこともあろうかと二六年前の現場でうちのカメラマンに撮らせておいたんです。次に、こちらの写真を見て下さい」

次の写真には、迷彩服を着てベレー帽を被った男の全身が写っている。男は左肩に銃を掛け、右手でアラブ系の幼児を抱いていた。

「これは……」

「湾岸戦争当時のものです。あの頃うちは、海外の通信社からかなり写真や記事を買っていた。それはその中の一枚です。どうです。同一人物だと思いませんか」

間違いない。確かに、同一人物だ。二枚の写真には一五年の時差があるが、顔も体型もまったくといっていいほど変わっていない。

「おっしゃるとおりですね。同一人物です。私もそう思う。しかしよく見つけましたね、この写真を」

「いや、むしろ当然ですよ。我々はいつも、何千枚もの写真の中に知っている人物が写っていないか探す作業に馴れている。政治家のパーティーにヤクザが写っていないかどうか。事件の現場写真のヤジウマの中に犯人がいないかどうか。こんな大きな写真を見落とすわけがない」

やはりあの三人組は、ワシントンポストの記者などではなかったのだ。

「名前はわかりますか。この男の」

「わかります。当時アメリカは、戦争キャンペーンの一環としてこの写真を使いたがっていましたから。調べるのは簡単でしたよ。美談として記事を載せたいと言ったら、大使館の広報がすぐに教えてくれました。名前はエリクソン・ガーナー。湾岸戦争当時四二歳。米軍特殊部隊、つまりグリーンベレーの隊員だった」

「他の写真は？」

「あとの二人が写ってます。いずれも昭和四九年当時の鹿又村でのものです。名前はわかりませんけどね」

松井は、さらに二枚の写真を差し出した。黒人の男が一人。そして小柄な白人が一人。いずれも三人組の中の二人である。小柄な白人は、爽やかな笑顔で写っていた。はたしてこの男が、ケント・リグビーなのだろうか。

写真に見入る道平に、松井が言った。

「もしその男がリグビーだとしたら、辻褄《つじつま》が合わないことがある。彼は確か、陸軍でしたよね。しかし、グリーンベレーは基本的に海兵隊の系列です。普通、米軍では、陸軍と海兵隊は作戦行動を共にはしない。その辺りは道平さんの方がくわしいかな」

「そのとおりです。しかしそれ以前に、おかしなところがあった。リグビーは、あの事故の時に横田基地から脱走したことになっている。横田は、空軍基地です。ベトナム戦争の戦時下なら輸送のために陸軍が駐留していたことも考えられますが、事故があったのは一九七四年の九月です。戦争は続いていましたが、米軍は一年以上も前にベトナムから完全撤退していた。あの頃、横田には陸軍は存在していなかったんです」

「だとすると、その男はリグビーではなかったということになる」

「いや、他の考え方もできます。なぜ脱走兵が自由に歩き回っていたのか。なぜ陸軍とグリーンベレーが作戦行動を共にしていたのか。あの事件の裏で動いていたのは、単に米軍の一機関ではなかったのかもしれない」

「例えば米国防総省か、国務省か、それとも米政府の他の機関とか」

「そういうことです」

二人とも話に夢中になり、せっかくの料理にもかかわらず箸の進みが遅かった。松井が途中でビールを追加注文し、そこでやっと話が中断した。

話題が犯人像に関する内容に移行した。松井は、「犯人はグリーンベレーの隊員ではなかったのか」と考えていた。確かに特殊な訓練を受けた者なら、何らかの方法であの一連の事件を起こせた可能性はある。

道平は、犯人の体毛によるＤＮＡ鑑定の結果について松井に打ち明けた。犯人が人間とも、他の動物とも判明していないと知ると、松井は箸を落としそうになるほど驚いた。

「いったいそれは、どういうことなんですかね……」

「さあ。私にもわかりません。いまわかっているのは、いずれにしてもリグビーが連れてきたということだけです。もちろんこれも推察ですが。DNA鑑定は、現在も続行中です。結果が出るのは早くても四月。もしかしたら六月以降にずれ込むかもしれない」

「やはり、天狗ですか」

松井はそう言って笑った。

「そうですね。だとしたら面白いですが。しかし天狗とグリーンベレーというのもなんとも不釣り合いですね。ところで、いくつか松井さんにお願いがあるんですが」

「何でも言って下さい。こちらにできることは、社をあげて応援します。どっちみちうちの記事になるんですから」

「実は、鹿又の村人のその後の行方を追ってみようと思ってるんです。ところがこれが、まったく調べようがない」

道平はこの日、前橋に向かう途中で沼田に寄り、過去の住民登録を調べてみた。鹿又村の住民台帳は市役所の住民課に保管されていた。係員にさんざん嫌味を言われ、一時間近くも待たされて閲覧したが、やはり思ったとおりたいしたことはわからなかった。記録が残っているのは村長の杵柄邦男の夫婦だけで、二人は事件の約一年後に沼田市内のアパートに移転していた。あとはすべて当時に死亡、もしくは不明となっている。

「邦男夫妻に関してはうちでも摑んでます。しかし邦男は五年前に亡くなってるし、女房の方も二年くらいして死んだんじゃなかったかな。あの二人には何回も取材しようとしたんだけど、結局何も話してはくれなかった。すべて墓の中まで持っていっちゃいましたね。あとの人間に関しては、うちでもわからないな……」

「お願いというのは、そこなんです。実は今度の連載が始まった時に、紙面で情報提供を呼び掛けてほしいんです。その受け入れ先として、私の個人の電話番号を掲載してほしい」

「そんなことなら、お安い御用ですよ。しかし、うまくいきますかね」

「やってみなくてはわかりません。私の狙いは、誠二の息子の杵柄良介なんです。彼は絶対に何かを知っている。そうでなかったら、被害者の身内が逃げるように村から姿を消すわけがない」

「そうですね。私もそれについてはおかしいと思っていた。しかし、良介が記事を見るでしょうか。うちの新聞は群馬県内しか発行されていない。彼は年齢的には生きているとは思いますが、県内に住んでいる可能性は低いんじゃないですか」

「いや、彼は県内に住んでいる。確証があるんです」

「というと」

「昨年の末に、鹿又村に行ってみたんです。完全に廃村でした。いまは樹木に埋もれて、人の気配もない。しかしそこで、奇妙なものを見たんです。杵柄彩恵子を覚えてますか。彼女の畑だけ、最近耕された跡があった。彩恵子は、自分で畑仕事はできない。当時あの畑の面倒をみていたのは、良介だったんです。彼はおそらく県内に、しかも沼田からそう遠くない範囲に住んでいるはずです」

「なるほど……。私もあそこには何回か行ってみたんだが、気が付かなかった。それならば、可能性はあるかもしれない。ところであの彩恵子という女性、あれからどうなったんですかね。生きているのか、それとも……」

「わかりません。彼女に関しても、調べようがないんです。実は一番話を聞きたいのは、彼女なんですが……」

「過去ならばわかるかもしれない」

道平は松井のその言葉に、一瞬グラスを持つ手が止まった。彩恵子の過去に関しては、調べてみようと思ったこともなかった。いや、正確には、個人的に知ることを恐れていたのかもしれない。

「松井さんは、彩恵子の過去を調べてみたことがあるんですか」

「いや、そういうわけじゃないんですがね。彼女が、馬喰町《ばくろちょう》の女だったということはご存知でしょう」

「ええ、まあ……」

馬喰町の女、すなわち、体を売っていた女であることを意味する。

「馬喰町に、水仙というスナックがあります。まあ、それなりにいかがわしい店なんですが。そこのママが明美といって、もうかなりの歳なんですが、馬喰町の生き字引みたいな女なんですよ。もしかしたら、彩恵子のことについても何か覚えているかもしれない」

時が経つのは早かった。二七年振りの二人の昼食は、二時間以上にも及んだ。帰り際に、靴を履きながら、松井がぽつりと言った。

「そういえばムジナさん、いけないみたいですね」

「ええ。先日も病院のほうにおじゃましたんですが……。明日にでも、もう一度行ってみようかと思ってます……」

「そうですか。お会いしたら、松井がよろしく言っていたとお伝え下さい。ムジナさんと最後に飲んだのは、何年前だったか……」

松井とは、店の前で別れた。若くは見えても肩を落としながら歩き去る松井の後姿は、やはり年齢を隠しきれなかった。

13

夕刻に沼田に戻ると、また雪が降りはじめた。

この冬は、例年になく雪が多い。北関東では一二月の半ばから本格的に降り始め、年が明けて豪雪があり、その雪が消えないうちに、追い討ちをかけるように降り続いている。

暗い町並みを行く人々は、あきらめにも似た表情を顔に浮かべながら足早に通り過ぎていく。道も、建物も、人の心も、すべてが雪と氷に閉ざされている。いまごろ鹿又村はどうなっているのだろうか。春になり、山から雪が消えるまでは、誰一人としてその風景を見ることはできない。

　華車の前を素通りし、道平は馬喰町の奥へと足を運んだ。水仙という名のスナックは、すぐに見つかった。長屋のような造りの店が三軒並ぶ建物の一番奥で、安物の合板のドアと水色の小さなアクリルの看板がなければ物置のようにしか見えない。看板にはまだ火が入っていなかったが、鍵は開いていた。

　ドアを引いて中に入ると、赤い髪のラメの服を着た女が薄暗いボックス席に座り、ストローのように細くて長いタバコを吸っていた。化粧が濃い。女というよりも、老婆といってもいい年恰好だった。この女が、明美だろうか。

「お客さん、店まだなんだけどね。女の子たちもまだ来てないし」

「いや、ちょっと聞きたいことがあってね。日刊群馬の松井さんの紹介で来たんだけど。あなた、明美さん?」

「そうだけど……」

　道平はボックス席の女の向かいに座り、ジャンパーのポケットに忍ばせてあった千円札を三枚取り出してテーブルの上に置いた。

「これ、失礼だけど」

　女はタバコをくゆらせながら、目の前に置かれた千円札を一瞥《いちべつ》すると、見え透いた素振りで目を逸らした。そのまま興味がないということを装うように、無言でカウンターの上の熱帯魚の水槽を眺めていた。

道平は仕方なくジーンズの尻ポケットから財布を取り出し、中からさらに千円札を二枚抜いてテーブルの上に置いた。女は何も言わずにその札を取り上げると、数えもせずに萎《しな》びた胸元に押し込んだ。無言で席を立ち、カウンターの裏に回り、ビールとグラスを二個持って席に戻ってきた。

「これはサービスしとくよ。で、何が聞きたいんだい」

「人を探してるんですよ。彩恵子という女、覚えてませんか。昔、もう三〇年近く前になりますが、この馬喰町にいたはずなんですが」

「ああ、覚えてるよ。目の見えない娘だろう。でもあの娘がいまどこにいるか、私は知らないよ」

「ええ、わかってます。当時のことでいいんです。何か覚えていることでもあったら、聞かせてもらえませんか。その中に手掛かりになることがあるかもしれない」

「そうだね。可哀そうな娘だったよね。せっかく身受けされて嫁に行ったと思ったら、一年かそこらで後家さんになっちまうしさ」

彩恵子が馬喰町にやってきたのは、昭和四五年頃だった。正確な年月はすでに明美も憶えていない。馬喰町に美園というバーが開店して間もなくだったから、確かその頃だという。

彩恵子はその美園に、どこからか〝売られて〟来た。当時、明美は、美園で雇われママを務めていた。

彩恵子は馬喰町界隈では珍しいほど美しく、目を引く女だった。店には、彩恵子を目当てに来る客が多かった。美園は表向きは普通のバーだったが、裏では昔の置屋の流れをくむ汚れた商売にも手を染めていた。酒だけでなく、女も売った。

目の見えない彩恵子は、ホステスとしてはほとんど役に立たない。体を売る専門の女だった。店の二階に小さな個室があり、彩恵子はそこで犬のように飼われていた。

「本当に、可哀そうだったね。一日に五人も客をとらされるのはざらだったし、店が終われば店主や仲間の地回りの相手までさせられてたし。よく泣いてたもんさ。気立てのいい、やさしい娘だったんだけどね。おつむはちょっと弱かったけど」

道平は、彩恵子の過去を知ってもそれほど驚かなかった。むしろ想像していたとおりだった。だが、明美の話を冷静に聞きながらも、胃の中に苦汁が沸き上がるのだけは抑えようがなかった。

明美は頻繁にタバコに火を点けながら話を続けた。

杵柄慎一が初めて店に来たのは、彩恵子が入ってから半年くらいたってからだった。最初は一人で来たのか、それとも誰かに連れてこられたのか、明美は憶えていない。だが一度来てからは、週に一度か二度は店に通うようになった。目当ては、彩恵子だった。

慎一はいつもビールを一本注文し、彩恵子と話しながら一時間以上かけてそれを飲み、黙って帰っていく。けっして彩恵子を買おうとはしなかった。彩恵子に他の客が付いていたり、二階に上がったりすると、悲しそうな顔をしていつまでも待っていた。

「最初に結婚、という話が持ち上がったのはいつ頃だったんですか」

「さてねえ。慎一が来るようになってから半年後だったか。それとも一年後だったか。ある日突然、開店の前に店に入ってきて、ちょうど今日のあんたみたいにさ。彩恵子と結婚させてくれって言うんだよ。土下座してさ。驚いたね、私は」

「しかし彩恵子には、借金があった」

「そういうことさ。慎一はその時、五〇万だかなんだかの金を握って来たんだけどね。そんなもんじゃとても足りなかった」

「いったいいくらあったんです。彩恵子の借金というのは」

「さて、いくらだったか。美園は佐久間勝巳《さくまかつみ》っていう男の持ち物だったんだけどね。まあ、佐久間っていうのは私の男だったんだけどさ。佐久間に慎一のことを話したら、三百万持ってこいって、そう言ってたけど。実際に佐久間が彩恵子を買ったのは百万かそこらじゃないかと思うけどね」

だが、その頃の慎一には、まだつきがあった。慎一が彩恵子と結婚したいと言い出してからしばらくして、店が手入れを受けたのである。もしかしたら、警察に通報したのは慎一かもしれないと明美はいう。店が営業できなければ、体を売る以外に使い道のない彩恵子を置いておいても意味はない。結局佐久間は、八〇万で彩恵子を慎一に売り渡した。

「佐久間という男は、いまどうしてます」

「死んだよ。もう一〇年になるかな。酒と薬をやりすぎて、心臓がいっちまったのさ」

「彩恵子を売りに来たのは、誰なんです」

「チャーリーとかいう渾名《あだな》の、変な男さ。どっかからか女を連れて来ちゃ温泉街なんかに売り歩く、まあ昔でいう女衒《ぜげん》だね。確か殺されたって聞いたけどね。彩恵子を売りに来てからしばらくして、東京でさ。銃で撃たれたんだよ」

チャーリー……。

初めて耳にする名だ。しかも銃で撃たれている。何か、心に引っ掛かるものがあった。

「しかし、それにしても彩恵子はなぜそんな男に借金をするはめになったんでしょう」

「母親が病気だったって言ってたよ。その入院費が必要だったのさ。あの娘には、父親がいなかったしね」

「彩恵子は、幸せそうでしたか。その、慎一と結婚することになって」

「そりゃあもう。いってみりゃ二人は似合いの夫婦だったしさ。彩恵子も彩恵子だったけど、慎一も慎一だったからね。目の見える女だったら、慎一とは結婚しないさ」

「どういう意味なんです、それは」

「あんた、慎一のことを何も知らないのかい」

「ええ。彩恵子の亭主だったことと、結婚してすぐ死んだこと以外は……」

「なるほど。そういうことかい。慎一は、つまりあれだよ」

そう言って明美はカウンターの水槽の方を顎でしゃくった。中にはグッピーやプラティ、ネオンテトラなどの月並みな熱帯魚が泳いでいる。明美が何を言おうとしているのか、道平にはわからなかった。

明美が続けた。

「あの水槽に、白いグッピーがいるだろう。目の赤いやつさ。アルビノ、とかいうだろう。慎一は、要するにあれだったんだよ」

ドアが開き、若い女が二人店に入ってきた。どちらもフィリピン系らしい。つたない日本語で明美と挨拶を交わすと、道平の目もはばからずに服を脱ぎ、着換えをはじめた。

「そろそろ店を開く時間なんだけどね。他に何か聞きたいなら、早くしとくれ」

「彼女はどこから連れて来られたんですか。沼田に来る前に、どこに居たのか、憶えてませんか」

「女っていうのはね、売られてくる前にどこに居たのかは、なかなか言わないものさ。自分が何をしているのか、故郷に知られたくないからね。彩恵子も、言わなかった」

「名前は。彩恵子の結婚する前の姓を知りませんか」

「なんか、変わった名字だったよ。外人みたいなさ。カビーラだかカビラだか……」

カビーラ、カビラ、川平《かびら》……。

もしカビラだとしたら、川平と書くのかもしれない。川平は、沖縄本島に多い名前だ。

「彼女は誰かと連絡をとってませんでしたか。友達かなにかと」

「ああいう店だからね。基本的には外との連絡はご法度《はっと》さ。もっとも彩恵子は手紙は書けなかったから、その点は安心だったけどね。電話だけは、私のいる前では許してたよ。変なことを言わないように見張ってたのさ」

「番号を覚えてませんか。沖縄じゃありませんでしたか」

「沖縄だって？　違うね。ほとんど私が番号を回してやってたけど、沖縄じゃない。いつも同じ番号でね。確か、東京だったよ。八王子かどこか、その辺りだったと思うけど」

いったい彩恵子は、どこから来たのだろう。電話の相手は友人だったのか。家族だったのか。それとも昔の恋人だったのか。

「そういえば一度、変なことがあったね。彩恵子に怒ってやったことがあるんだよ。いきなりあの娘、電話で英語で話し始めてさ。こっちは何をしゃべってるのか、まったくわかりゃしない」

「彩恵子は、英語が話せたんですか」

「そうだよ。おおかたどこかの基地の町にでもいたんじゃないのかね。だいたい彼女は本当は沼田に来るはずじゃなかったんだから」

「どういうことなんですか、それは」

「チャーリーに騙《だま》されてここに連れてこられたんだよ。本当は、東京の福生《ふっさ》に行くはずだったのさ。福生はここから近いのかって、よく彩恵子はそう聞いていたよ。男でもいたんじゃないのかね」

道平はグラスに半分ほど温くなったビールを残し、店を出た。

よくよくビールに縁のある日だ。ビールの饐《す》えたような苦味が口の中に残り、消えようとしない。すべてを洗い流すために、久し振りにバーボンを飲みたい気分になった。

華車に行くと、千鶴はなぜかよそよそしかった。客はまだ入っていなかったが、ちょうど仕込みの最中で、申し訳程度に言葉をかわした程度で手を休めようともしない。仕方なく道平は自分でワイルドターキーのボトルとグラスを出し、勝手に飲みはじめた。

千鶴の機嫌が悪い理由は、単純だった。

「さっき、水仙に行ったでしょう。入ってくとこ、見たよ。何しに行ったの」

「別にフィリピンの女の子と遊んでたわけじゃない。明美というママに会ってきた。話を聞いただけさ」

「また彩恵子さんのこと」

「そうだ。仕事だよ」

我ながら、月並みな弁解だった。

千鶴はそれ以上、何も聞かなかった。

道平の前にできたばかりの青菜の胡麻《ごま》和えを置くと、千鶴はカウンターの外に出て座敷のテーブルを拭きはじめた。道平は黙ってワイルドターキーを飲んだ。気が付くと道平のすぐ後ろに千鶴が立っていて、耳元に囁いた。

「あとでいじめてやるからね」

そう言うと千鶴は道平の耳たぶを軽く嚙み、カウンターの中へ戻っていった。千鶴は可愛い女だ。こういう女には、男は無条件で優しくなれる。

最初の客が入ると、道平は千鶴から解放され、自分だけの世界に閉じ籠もることができた。

明美の話を思い返してみた。川平という名字、沖縄、福生、彩恵子が英語を話していたという意外な事実。これらはすべて偶然だろうか。

いや、偶然であるわけがない。すべての要因は明らかにひとつの方向性を示している。その線上に浮かぶものは、やはり米軍だ。

中でも特に興味を引かれるのは、福生だ。彩恵子はなぜ福生に行きたがっていたのだろう。そして彩恵子が電話で連絡をとっていた相手とは——。

ケント・リグビー……。

まさか。だが、その可能性は否定できない。福生は基地の町だ。すぐ近くに横田基地がある。リグビーが脱走したといわれるのが、その横田基地だった。

これはあくまでも道平の推理だ。彩恵子とリグビーは、事件以前から知り合いだったのではないか。そう考えれば、すべてに辻褄が合う。

彩恵子は沖縄からリグビーを追ってきたのだろう。リグビーが脱走した目的も、半分は彩恵子だったのかもしれない。あの日の夜、リグビーが国道一七号線を走っていたのも、彩恵子に会うことが目的だったとしたら……。

そして事件の現場にいた三人組の外人記者だ。あの小柄な白人こそは、やはりケント・リグビーだったのだ。二度目の事件から三日後の一〇月一三日、リグビーは一人で彩恵子の家を訪ねている。もし彼らが本当にワシントンポストの記者で、取材が目的だったとしたら、他の二人といっしょに行動していたはずだ。一人で彩恵子に会いに行ったということは、すなわち個人的な用件であったことを示している。

そして、さらに謎が生まれる。昭和四九年の九月、もしリグビーが彩恵子に会うために沼田に向かっていたのだとしたら、なぜあのような怪物を連れていたのだろうか。それがわからない。

そして彩恵子は、何者だったのか。この日道平は、松井と会う前に沼田市役所に立ち寄った。だが住民課には、彩恵子に関する記載はなかった。杵柄慎一との結婚も、鹿又村に住んでいた事実も、記録上は何も存在していなかったのである。

沖縄、福生、英語、そしてリグビーとの関係。彩恵子は、道平が思っていた以上にあの事件に深く関わっていたのかもしれない。

「慶さん、なに考えてるの」

気が付くと、カウンターの向こうに千鶴の顔があった。

「いや、別に……。それよりいまなぜおれのこと、慶さんて呼んだんだ」

千鶴が、不思議そうな顔をした。

「わかった。また彩恵子さんでしょう。彩恵子さんが慶さんて呼んでたんでしょう。本当にいじめるからね、あとで」

道平は、思わず苦笑した。もし千鶴と出会っていなかったとしたら、いまの自分に彩恵子の過去にまで踏み込む勇気があっただろうか。

その夜の千鶴は、激しかった。千鶴もまた彩恵子と同じように、自分の体が男にとってどのような意味を持つのかを知り尽くしている。そして、過去の経験に苦い思い出があるのだろう。千鶴の目には、道平を満足させなければ自分が安心できないという物悲しさが宿っていた。道平にはそれが不憫《ふびん》であり、一方では愛《いと》しくもあった。

二人が同時に力尽きた後で、千鶴は道平の胸の中に顔を埋め、小さな声で言った。

「お願いがあるの」

「なんだ。あらたまって」

「連れて行ってもらいたい所があるの」

「どこに。もし連れて行ってやれる所なら、連れて行く」

千鶴は、しばらく黙っていた。言おうか言うまいか、迷っている様子だった。しばらくして千鶴は道平の体に回す腕にかすかに力を入れ、呟くように言った。

「鹿又村……」

意外だった。

「どうして」

「わからない。でも一度は行ってみたいの。広子を連れて、三人で」

「わかった。連れていくよ。でもいまは無理だ。鹿又は、雪に埋まってる。道も除雪されていない。春になったら、山菜でも採りにいってみよう」

「コシアブラ、あるかな。天麩羅《てんぷら》にするとおいしいの。もし採れたら、作ってあげるね」

外には音もなく、雪が降り続いていた。

14

三週間ぶりに会う大貫は、すでに見舞いに来た道平に悪態をつく気力も残っていなかった。会うたびに、体から肉が消えていく。病状は、確実に悪化している。この日道平は、大貫の体から初めて死臭を嗅いだような気がした。

「元気……か……」

「ああ、元気だよ。ムジナさんの言うとおり、例の事件のこと記事に書くことになった。今月末か来月の頭から日刊群馬の日曜版にも載るから、楽しみにしててくれ」

「そうか……よかった……。頑張れ、よ……」

「あれからいろいろと新しい事実が出てきてね。今日は報告にきたんだ。その前に、いくつか訊きたいことがある。例の三人組の外人記者のこと、覚えてるか」

「ああ……。ワシントンポスト……」

「そうだ。あの中の一人、おれはケント・リグビーだと思ってるんだけどね」

道平は、以前に大貫の事件日誌を見ていて気付いた疑問点について訊いてみた。日誌には、事件ではなく「事故の直後から」例の三人組が迦葉山周辺をうろついていたと書いてある。

「事故の直後というのは、確かなのか」

「そう……だ。奴らは……記者じゃない……」

「調べてみたら面白いことがわかったよ。あの中の一人、大柄な白人を憶えてるか。あれは、アメリカのグリーンベレーだった」

「やはり、な……。そして……リグビーも……いた……」

「やっぱりあの小柄な白人は、リグビーだったのか」

「わからない……。でも、似ている……」

「どういうことだ」

「忘れた。誰かが……言ってたんだ。似ていると……。事故の時、リグビーは……長髪で髭を……生やしていた……」

「しかしあの小柄な白人は、短髪だった」

「そうだ……。日本人に……外人の顔は……わかりにくい……。髪を切って……髭を剃《そ》れば……区別は……つかない……」

なるほど、そういうことか。だが長髪で髪を伸ばした軍人など、いるのだろうか。そうなるとリグビーの陸軍の軍籍そのものがあやしくなってくる。

大貫はベッドから一度も体を起こさずに、寝たまま話していた。話すだけでも、辛《つら》そうだった。道平は、早めに話を切り上げることにした。

「あとひとつだけ、訊きたい。あの三人組に関して、厚田はなにかを知っていたと思うんだ。厚田はまだ、生きているのか」

「生きて……いる……。しかし奴は……何も……話さない……」

そう言って大貫は、片目を瞑《つぶ》った。

大貫の言うとおりだろう。厚田は、すべてを墓まで持っていくタイプの人間だ。人のことを考えずに。自分だけを守ることに固執《こしつ》しながら。

「悪いけど、今日はこれで失礼するよ。連載が始まるんで、何かといそがしくてね」

言い訳だった。今日は特に、他に予定はない。夜までに那須に帰るだけだ。道平は、大貫の姿を見ていること自体に耐えられなかった。それだけだ。

大貫が力なく手を差し出した。道平は、その手を握った。震える声で、大貫が言った。

「道平……よ。頼みが……ある……」

「なんだい。出来ることなら、なんでもするよ」

「千鶴のこと……よろしく……頼む……」

道平は、言葉を返せなかった。ただ、頷くしかなかった。

大貫の言葉の意味を、道平はわかっていた。だが道平には、女を幸せにする力はない。愛した女を、すべて不幸にしてきた。もし自分に幸せにできるものがあるとすれば、人形だけだ。

「松井さんがよろしくと言っていた。また来るよ」

道平は、呪縛から逃れるように病室を出た。死臭の漂う暗い廊下を、足早に出口へと向かった。

もうここに来ることはない。生きている大貫と会うのは、これが最後になるだろう。そう思った。

第三章　闇

1

秋は、日一日と深まっていった。

樹木の葉は何事もなかったかのように色付き、やがて燃えるような錦が山々を包み込んだ。気が付くと、北からの冷たい風が吹き、冬の訪れをささやき始めた。

二度目の事件から二週間も過ぎると、村もなんとか落ち着きを取り戻した。警察関係者の数も日ごとに少なくなり、いつの間にか喧騒も影をひそめた。

いまはもう山狩りは行われていない。村の中やその周辺で、時折パトロールの警官に出会うくらいだった。周囲の山への立ち入り禁止措置も解かれ、村人やマスコミ関係者が自由に出入りできるようになった。警察は、犯人はすでに包囲網を突破して逃亡したものとする見解を発表していた。

マスコミ関係者も潮が引くように姿を消した。残っているのは特ダネを狙う一部のフリーの記者や、民放のテレビクルーくらいのものだ。その彼らも、一人、また一人と数が減っていく。道平も、間もなく東京の本社に呼び戻されるだろう。

村人達にも日々の生活が戻ってはきたが、表情は暗かった。狛久峰男の一家三人が惨殺され、杵柄誠二が死に、その妻と長男の良介も姿を消していた。

残っているのは杵柄邦男の一家が三人と狛久清郎の一家が四人。さらに彩恵子を加えても、村の人口はわずか八人にしかすぎない。彼らは一様に口を閉ざし、うつろな眼差しで現実を見つめながら、これから先をどのようにして生きていくべきか途方に暮れていた。

唯一の例外が、狛久清郎だった。清郎は短躯《たんく》で猪首《いくび》だが、胸の厚い頑健そうな体格をしていた。亡くなった兄の峰男によく似ていたという。それまでは口下手で無口のはずだった清郎が、なぜか二度目の事件の後、まるで何かに追い立てられるように自分から報道関係者をつかまえては話しかけるようになった。道平も一度、清郎に呼び止められて立ち話をしたことがある。

「なあ、あんた、どう思う。今度の事件の犯人、どんな奴だんべえ」

「そうですね。あんなことをする奴だから、かなり力も強くないと……」

「そうだいね。大きな奴だんべな。小さな奴には、できねえ。うちの兄貴を殺《や》ったのと誠二さんを殺ったのは、同じ奴だんべか」

「さあ……。でも警察が言うように事故だったとは思えませんね。同一人物かどうかは別として、誠二さんは殺されたんだと思う」

「でもなぜ犯人は、兄貴と誠二さんを殺ったんだんべか」

誠二は〝兄と誠二〟と言った。〝兄の一家〟とは言わなかった。

「わかりませんね。二つの事件に何かつながりがあるのか。それとも単なる無差別殺人なのか。警察は何かを隠してるし」

「そうだいね。警察は、隠してんだよ。おれ達、村の者にも教えてくんねえ。いったい何がどうなってんだか、さっぱりわかんねえ」

「狛久さんは、何も知らないんですか。今度のことについて」

「おれは、おれは知んねえよ。知ってたら警察に話すさ。何も隠しちゃいねえよ」

清郎は、なぜか落ち着きがなかった。道平と話しながらもたえず周囲に気を配り、時々大きな溜め息をついた。

「事件はこれで終わるんでしょうか」

「終わるだいね。犯人はもうこの辺りにはいねえっていうじゃねえか。これ以上は、もう何もねえだんべ」

「本当に、そうでしょうかね……」

「それより、あんただんべ。彩恵子と仲良くやってる記者っていうのは。気い付けたほうがいいぜ……」

そう言って清郎は、人目をはばかるように周囲を見回しながら足早に去っていった。その様子は怒っているようでもあり、怯《おび》えているようにも見えた。その理由を、数日後には道平も知ることになるのだが。

道平は、毎日のように彩恵子に会った。会わずにはいられないほど、夢中だった。会うのはほとんど午後だった。彩恵子はいつも昼近くまで眠っていた。道平は、彩恵子の夜の生活は知らない。隙間風の吹き込む広い家の中で、昼近くまで寝ていなければならないほど深夜まで何をしていたのか。後に思い出してみると、彩恵子の行動には奇妙な部分が多かった。当時の道平は、目の見えない彩恵子には時間の感覚が薄いのだと思い込み、それで納得していた。

ある日、道平が訪ねていくと、彩恵子は外で待っていた。穏やかな南風が渓《たに》に流れ込む小春日和《びより》だった。彩恵子は毛糸のほつれた薄灰色のカーディガンを着て出掛ける仕度を整えていた。道平が何気なく家に入ろうとすると、彩恵子は手でそれを押し止めた。

「お握り、作ったの。ピクニック、しようよ」

「どこで。山にはまだ、犯人がいるかもしれないよ」

「だいじょうぶ。今日はいないよ。きれいな音がするところがあるから、そこでお昼、食べよう」

彩恵子が握り飯の包みを持ち、麦茶を入れた水筒と筵《むしろ》を持った道平がその後に続いた。村から見上げる山の南斜面は、ちょうど盛りを迎えた紅葉が午後の日差しを受け、燃えるように染まっていた。

彩恵子は時折立ち止まり、五感のどこかで方向を探しながら、だが迷うことなく畦道から山に続く小径《こみち》へと登っていった。道平は途中で幾度となく話しかけようとしたが、風景に感嘆する月並みな言葉しか頭に浮かばなかった。風景は、彩恵子には見えない。

道が険しくなってからは、道平が手を引いて登った。彩恵子はまるで目が見えるかのように、道の様子や方向を指示した。間もなく朽ちかけた炭焼き小屋の前を通り、しばらくすると、どこからか沢のせせらぎが聞こえてきた。

「もうすぐよ。小さな川があるの。そこに行くとね、いろんな音が聞こえるの」

彩恵子がそう言って間もなくだった。視界が急に開け、まばゆいほどの陽光が周囲を包み込んだ。山肌から崩れ落ちた巨大な岩が幾重にも連なり、樹木の繁茂にささやかな空白を作っている。いくつかの岩が沢の流れを塞《せ》き止め、段差を作り、その影に泉のように水をたたえていた。水はさらに岩棚からあふれ、幾筋もの流れを成して岩から岩へと伝いながら、下流の森へと消えていた。

「目の前に大きな岩があるでしょ。そこに登りたいの」

彩恵子が言った。道平はまず自分が登り、上から彩恵子の手を引いた。岩の頂上は、森に棲む巨人の椅子のように平らだった。立って見下ろすと、泉の輝く水面が見えた。もし夏だったならば、道平は服を脱ぎ捨てて泉に飛び込んでいただろう。彩恵子と共に水の中で戯《たわむ》れる二人の裸身が頭に浮かんだ。

岩棚の上に筵を敷き、握り飯を頬張った。小梅の入った小さな握り飯が四個と、わずかばかりの大根の漬物を二人で分け合った。

この場所は、彩恵子の言うとおり様々な心地よい音に満ちていた。水の流れる音。小鳥のさえずり。梢《こずえ》が南風にたわむれるかすかなざわめき。道平はそのひとつひとつの音の風景を言葉に置き換え、彩恵子に伝えた。

食事を終え、道平は自分のコートを彩恵子の背に掛け、肩を抱き寄せた。自然と唇が合わさった。心の中に、熱い衝動があった。自分は彼女を愛している。確かに。それがすべてだと思った。その時道平は、ここ数日間毎日のように胸の中で反芻《はんすう》し続けた思いを彩恵子に打ち明けた。

「なあ、彩恵子……。この村を、出ないか。東京に、アパートを借りてるんだ。小さな部屋だけど、なんとか二人で暮らせる。ぼくといっしょに、来ないか……」

道平の腕の中で、細い肩がかすかに震えていた。光を失った彩恵子の目から、大粒の涙がこぼれ落ちて頰を伝った。だが彩恵子は小さく首を横に振った。

「ありがとう……。でもね、無理だよ……。私がどんな女だか、慶ちゃんわかってるんでしょう……」

「関係ないさ。君が悪いわけじゃない。これからはぼくが、きみのことを守る」

「でも、やっぱり無理だよ……」

「なぜ」

「いまはまだ、この村を出られない……」

「どうしてなんだ。こんな村、どうでもいいじゃないか。いまはもう村人も半分しか残っていない。そのうちきっと、誰もいなくなってしまう。それでも君は、ここに一人で残るつもりなのか」

「慎一さんのお墓が心配なのか。だったら、ぼくが墓参りに連れてくるから」

「そうじゃない……」

「そうじゃないの。私、まだやることがあるの」

「やること……。いったい君が、この村で何をやるんだ……」

何もできるわけがないと言おうとして、道平はその言葉を胸に閉じ込めた。

「いまは言えない。でもあと一カ月。いえ、もしかしたらもっと早く終わるから。それまで、待ってて……」

道平には、彩恵子が何を言おうとしているのか、その真意がわからなかった。返す言葉に詰まっているうちに、彩恵子がまた唇を求めてきた。

彩恵子は自分から服を脱ぎはじめた。すべてを捨て去り、その白く美しい裸身を筵の上に横たえた。

「寒い……。早く温めて」

道平も、あわてて服を脱ぎ捨てた。彩恵子と肌を合わせ、二人の体をコートで包み込んだ。

彩恵子の体は寒さに堅く引き締まり、道平が熱を帯びた手を添えるといつになく敏感に反応した。二人はコートの中でむさぼるようにお互いを求め合った。小鳥が鳴いていた。何事もなかったように、鳴き続けていた。

村は平穏だった。少なくとも外見だけは、静けさを取り戻していた。事件はもう終わったのだ。犯人は逃げ去った。真相は闇に包まれたまま、多くの謎を残し、やがては四人の人間が殺されたことも少しずつ人々の記憶から薄れていく。おそらく村は廃村になり、すべては時の流れのなかに埋もれてしまう。誰もが、そう思っていた。

だが、事件は終わってはいなかった。

その頃、道平は大貫と飲む機会が多かった。なぜか彩恵子は、道平と夜をいっしょに過ごそうとはしなかった。理由を問い質《ただ》したことは一度もなかった。

道平は、心のどこかで、彩恵子の真実を知ることを恐れていたのかもしれなかった。夕刻に日刊群馬の沼田支局に立ち寄り、定例の原稿を送ってしまうと、あとは何もやることがなくなる。自然と馬喰町の華車に足が向いた。

鑑識の現場での仕事に区切りが付いた大貫は、ほとんど村でその姿をみかけることはなくなった。だが華車に行くと、二日に一度は大貫と顔を合わせた。あるいは沼田署に出向き、大貫を呼び出したことも何回かあった。

道平は、厚田との確執以来一度も記者会見には出席していない。警察からの情報源は、日刊群馬の松井か大貫に限られていた。大貫は、いつも警察の公式発表以上の内容を道平に教えてくれた。そしてその後で、必ず道平を華車に誘った。

だが、大貫もまたすべての秘密を明かしてくれていたわけではなかった。ある日、道平は鹿又村から沼田に向かう途中、玉原の集落で大貫の姿を見かけた。大貫は鑑識の制服を着て、リンゴ園の裏手の道を何人かの私服の刑事と共に歩いていた。ちょうど夕刻で、原稿の締め切りが迫っていたために声を掛けずに通り過ぎた。

その夜は、警察に行っても大貫には会えなかった。翌日、華車で顔を合わせた時に、道平は玉原で姿を見かけた時のことを問い詰めた。だがその時の大貫の対応は、なんとも歯切れの悪いものだった。

道平は華車のカウンターに並んで座り、大貫の同僚が帰るのを待って何気ない口調で話し掛けてみた。

「昨日の夕方、見かけましたよ。玉原で」

「うん。あ、そうかい。気が付かなかったな」

「何か事件ですか。私服がいっしょだったみたいだけど」

「いや、事件というほど大袈裟なものじゃないんだ。ただ、犬が殺されたという通報があって……」

その時大貫は、しまったという顔をした。大貫は、根が正直な人間だった。何かを隠そうとすると、それがすぐに顔に出てしまう。

「なるほど。犬が殺されたんですか。そういえば例の一連の事件の前に、鹿又で犬が食われたことがあったらしいですね。だけどおかしいな。例の犯人は、もうこの辺りにはいないだろうと発表があったばかりだし」

「そうじゃない。ただ犬が死んでたんだ。殺されたのかどうかもわかっていない。一応調べてみただけだ」

「一応、ですか。そのために鑑識や私服まで出動するんですか。それに大貫さん、最初に犬が殺されたって言ったじゃないですか」

「それは、つまり……。通報者がそう言ったんだよ。自然死かもしれないし、事故かもしれない。調べてみなきゃ、わからんじゃないか」

「大貫さん、警察は何を隠してるんですか。教えて下さいよ」

「なあ、道平よ。別に隠そうと思って隠してるわけじゃないんだ。だけど警察にだってやり方がある。捜査の手順や、関係者の人権や、その他もろもろの事情で伏せておかなければならないこともある」

「でもぼくらにも知る権利があります」

「ブン屋さんのお決まりの台詞《せりふ》だな。しかし、それはちがうぞ、道平。誰も知るなとは言っていない。だいたい新聞は、警察発表のとおりに記事を書くわけじゃないだろう。杵柄誠二の事件だって、どこの社も交通事故とは書かなかった。自由なんだよ。警察の公式見解なんて、取材の中のひとつの要素にしかすぎないんだ。知りたければ、自分で調べればいい。取材すればいいんだ。それが新聞記者の本来の仕事だろう」

大貫の言っていることは正論だった。確かに日本の新聞記者は、警察や政府の発表に頼り切っているところがある。だからこそどの新聞社も同じようなおざなりな記事になる。

本来それは記者にとって恥ずべきことではないのか。知りたければ、自分の足を使って知ればいい。そうでなければ特ダネは生まれない。

道平は翌日の記事に犬の一件を書き、犯人はまだ近隣の山に潜伏している可能性を示唆した。この記事は全国紙の毎日新聞を筆頭に一二紙の地方紙の紙面を飾り、ささやかながら特ダネとしての評価を受けた。さらに翌日には他の新聞も同じような記事を掲載し――大半は犬は事故死とする否定的な解釈だったが――数日後には人々の記憶からも消し去られた。

日々は何事もなく通り過ぎていった。一〇月二八日、道平は定例の原稿――特にネタもなく記事というよりは日記に近い代物だったが――を夕刻に送信した。その直後に日刊群馬の沼田支局に電話が入り、道平が呼び出された。電話は、デスクの菅原からだった。

「どうだ。元気でやってるか」

「はい。なんとか」

「どうも事件のほうも動きがなくなってきたみたいだな」

「ええ。なかなかネタがなくて、困ってます」

「よし。そろそろ潮時だな。東京に戻ってきてくれ」

「はい……」

「どうした。うれしくないのか。帰ってきていいと言ってるんだぞ。次にやってもらいたい仕事がある。今夜、そっちを発ってくれ」

「はい」

「よし。明朝、社で会おう」

来るべき時が来たという思いだった。特に取材に関して未練があるわけではなかった。おそらく事件はこのまま迷宮入りとなるのだろう。もし犯人が逮捕されたとしても、日帰りで沼田署に赴《おもむ》き、警察の会見を元に記事を書けばすべてが終わる。道平がもし東京に戻りたくない理由があるとすれば、彩恵子の存在以外にはあり得なかった。

道平は迦葉山の松下旅館に戻り、荷物をまとめ、鹿又村に向かった。この日も午後を彩恵子と過ごしたばかりだった。だが彩恵子に別れを告げずに去るわけにはいかない。

気が急《せ》いていた。時刻はすでに午後六時を過ぎ、夜の帳《とばり》が降りはじめていた。関越自動車道が開通していなかった当時、沼田から東京までは車で五時間はかかった。

それにその時はなぜか胸に重苦しい予感と不安が渦巻いていた。道平は村の入口まで回らず、林道の上に車を停め、暗い山道を彩恵子の家の裏手に下った。間もなく森を抜け、丘の上から月明かりの中に家の裏口が見えてきた。

その時、裏口が開いた。道平は、その場に立ち止まった。中から男が一人、出てきた。暗がりで顔は見えない。だが着ているものと風体《ふうてい》から、男が誰であるかがわかった。狛久清郎だった。

追うように、戸口から彩恵子も出てきた。花柄の白っぽい和服を羽織っただけの裸同然の格好だった。清郎が振り返ると、彩恵子は自分からその腕の中にしなだれかかった。清郎の手が和服の中にすべり込み、彩恵子の尻をまさぐった。

二人は間もなく体を離し、清郎は裏手の畦道を通って村に向かい、彩恵子は家の中に消えた。道平は、茫然と立ちつくしたまま、その一部始終を見ていた。頭の中で、何かが切れたような気がした。

道平は踵《きびす》を返し、暗い山道を駆け戻った。ジムニーの運転席に飛び乗り、エンジンを掛けた。一度も振り返ることなく、東京に向けてアクセルを踏み続けた。

2

一月の中旬に、APから正式に道平の記事の配信を受けるという申し入れがあった。担当は、やはりマンハッタン支局のジム・ハーヴェイだった。掲載はニューズウィーク。初回一ページ、以降は週に半ページの小さなスペースだが、ニューズウィークの社会面としては異例の六カ月連載が決まった。今度はジムに八海山あたりを要求されそうだ。

道平はこの報を本社の菅原からの電話で知った。菅原は自分のことのように喜んでいた。

——ニューズウィークにページを取るなんて、いったいどんな魔法を使ったんだ——

「きわめて日本的な方法ですよ。酒で釣ったんです」

菅原は道平とジムの仲は知らない。ジムが日本酒に釣られたとは思えないが、かといってビジネスが目的で小さな記事を売り込むために奔走したとも考えられない。

ジムは、道平がケント・リグビーの身元を探っていたことを知っている。その裏に、何かがあると睨んだのだろう。道平は、ジムと行動を共にした湾岸戦争の報道で常に反米姿勢を押し通した。ジムもまた、国防総省や米政府を糾弾することにかけては一流のジャーナリストだった。

おそらくジムは、道平の記事の配信を受けることによって逸早《いちはや》くその内容を知りたかったのだ。そのあたりが事の真相だろう。

——連載は、二月の第一週からでいいかな。日刊群馬の方とも、その日程で調整したいんだが——

「問題ありません。すでに二カ月分くらいの原稿は上がってます」

——とりあえずメールで送ってくれ。いや、君は原稿は手書きだったな。ファックスでかまわない。APの方を早めに翻訳に回さなければならないんでね——

「わかりました」

——そっちは雪が降ってるのか——

「ええ、相変わらずです。今年の冬は、本当に雪が多い……」

雪に閉ざされた山小屋の中で、道平は迷宮の深淵にもがき続けた。確かに原稿は二カ月分は仕上がっている。だが、いまだに出口が見付からない。このままでは、六カ月もの連載を、結論を出せないままに終えることになる。

原稿が行き詰まると、道平は大貫の捜査日誌に助けを求めた。日誌とはいっても単に事実を羅列し、簡素な感想を書き添えただけのものだが、読み返すたびに新たな発見があった。

当時、一連の事件と平行して多発した近隣の村のリンゴの食害や犬の殺害に関する記述もそのひとつだった。道平は、大貫を犬の一件で問い詰めた翌日に、玉原の相原喜郎《よしろう》という男を取材していた。犬の死体の発見者である。その時の取材ノートに、次のようなメモが残っていた。

〈――後二肢が無くなっていた――〉

道平の取材ノートにはそう記してある。これを大貫の日誌と読み比べてみた。日誌は次のようになっていた。

〈――腹部、胸部、後肢大腿部に食害の痕跡が顕著――〉

なぜ大貫は〈――後肢欠損――〉と書かなかったのだろうか。単に無くなっていたために、〈――食害――〉と結論付けたのだろうか。いや、違う。大貫は〈――後肢大腿部に食害――〉と書いている。

道平は厚い茶封筒を開き、中から写真の束を取り出した。確か犬の写真が入っているのを見た覚えがある。

見付かった。裏に日付と発見場所、性別、体重などがメモしてある。間違いない。

白っぽい毛並みの日本犬の雑種だ。内臓が散乱し、やはり後肢が写っていなかった。さらに写真の束を探すと、犬の後肢だけの写真があった。大腿部の肉はほとんど無くなっていて、白い骨が露出している。

後肢は別の場所で見付かったのだろうか。道平は、ノートの中に閉じてある見取り図を開いてみた。仔細な見取り図である。B3ほどの画用紙に、ボールペンや色鉛筆を使い、様々な情報が書き込まれている。

やはりあった。いままで見落としていたのだ。犬の後肢は本体から約八〇メートル離れた山中で発見されたことを示す記述があった。奇妙なことに、後肢が発見された場所の周辺には足跡が残っていない。〝奴〟は、空を飛んで移動したのか。まさか。そして犬の本体から後肢の発見場所を結ぶ延長線上に、鹿又村がある。

犬の死体を発見した相原は、当時すでに七三歳の高齢だった。おそらく、生きてはいまい。だが、あの現場はもう一度見ておく必要がある。まったく予備知識のなかったあの頃と違い、いまならば何かが見えてくるかもしれない。

一月二〇日に那須を発ち、その日は千鶴の店に一泊して翌朝玉原に向かった。人間の記憶はあやふやなものだ。相原喜郎の家を探すのに、思ったより手間取った。最後は村人に道を訊ねながらなんとか行き着くことができたが、思っていた場所とはかなりかけ離れたところに家があった。

その場所に立ってみても、はたしてこんなところだったろうかと思うほど記憶と違っている。だが大貫の見取り図を取り出して見比べてみると、位置関係は合っている。家は建て替えられ、いまは犬が発見された場所からさらに山の奥にリンゴ園が広がっていた。当時の面影はほとんど残っていない。

相原喜郎はやはり亡くなっていた。いまは長男の喜和《よしかず》の代になっている。

道平は、このような取材の時にはビール券を持ち歩くことにしている。半ダース分の券を差し出すと、喜和は快く話に応じてくれた。だが喜和は、当時東京に勤めに出ていて、犬のことは話に聞いたくらいでほとんど知らないという。

道平は喜和と連れ立って、雪に埋もれたリンゴ園の中を歩いてみた。

「犬が死んでたのはこの辺りだって聞いてたけどね。あれから道も作り直してるし、畑も広げちまったで、ようわからんなあ」

足の下から根雪が踏み締まる音が心地よく響いてくる。雪原に反射する陽光の眩《まばゆ》さに、道平は思わずサングラスを掛けた。

「この辺りに大きな木はありませんでしたか。楢か、欅《けやき》か、樟《くすのき》か、何かそのような大木が……」

「あったさ。いくらでもあったさ。いまは畑になっているこの辺りは、楢と櫟《くぬぎ》と栗の森だった。中にはユンボ（パワーシャベル）でも起こせんほどの根を張ったやつもあったな。だいぶ売っちまったけども、あれから一〇年は薪に困らんかった……」

やはり、大木があった……。

深い雪を分けてリンゴ園を横切り、森の中に入っていく。道平は喜和に大貫の書いた見取り図を見せて、犬の後肢の発見場所を探した。正確な場所はわからなかったが、喜和はだいたいこの辺りだろうという。見上げると、周囲は落葉した楢や櫟の木に取り囲まれていた。だが、それ以上のことはわからなかった。

その後、道平は玉原と佐山を回り、当時リンゴの食害を受けた農家をすべて訪ねてみたが、誰も二七年も前のリンゴのことなど憶えていなかった。サルやクマによるリンゴの食害は、毎年のように起きている。このあたりでは特に珍しいことではない。

唯一手掛かりがあったのは、佐山の市原リンゴ園だった。主人の市原征博《まさひろ》は、現在七五歳。事件があった当時は五〇になるかならないかという年齢だった。ビール券を差し出すと、市原の顔がほころんだ。

「あの年のことは、なんとなく憶えとるな。例の事件のこともあったし。警察から、リンゴが食われたらすぐに知らせろと言われてね。普段はそんなこと取り合ってもくれんのに」

「どのくらい、食害にあったんですか」

「さてな。たいした数じゃなかったと思うが。木を二、三本、丸ごとやられたんじゃなかったかな。警察の旦那《だんな》方が、なにやら真剣に調べとったがね。しまいにゃ、厚田さんまで出て来てよ」

「厚田、ですか。副署長の」

「そうだ。あの頃はまだ、副署長だったかね。その後で署長さんにまでならさったけどな。厚田さんはこの町の出身でね、よく知っとったんだ。わしとは同級だったもんで……」

「厚田は、何をしに来たんです。まさか捜査じゃありませんよね」

「あの人はそんな下っ端のやるようなことはしないさ。新聞記者を連れてきたんだ。アメリカの……」

市原の言うには、外人記者は一人だった。白人で、金髪。背はあまり大きくはなかった。おそらくケント・リグビーだろう。厚田は私服を着て、夜遅くに外人と二人で訪ねてきた。やはり厚田とリグビーはつながっていた。

「厚田さんには、誰にも言うなといわれとったんだが……。もういいだろう。それにしてもあの人はたいしたもんだ。外人と英語で話して、通訳をやったもんさ。わしらとは頭の出来が違うな」

収穫は少なかった。だが厚田とリグビーの関係が——ある程度予想していたことではあるにしろ——確証がとれたことは大きい。そしてもうひとつ。現場の近くにはすべて大木があるか、事件当時には確かに残っていたことが確かめられた。

彩恵子の家の北側にも、屋根にかぶさるように樟の巨木が枝を伸ばしていた。〝奴〟は必ず巨木のある所に現れ、必ずその下で痕跡を消している。雪が消えたらもう一度鹿又村に出向き、位置関係を確認しておく必要がある。

大木——。

一連の事件では、木や森が何らかの役割をはたしていたことは間違いない。中でも象徴的だったのが、第三の殺人事件だった。

3

東京に戻ってからの道平は、まるでセミの抜け殻のようだった。

鹿又村の現場から久し振りに報道の最前線に復帰してみると、日本は目まぐるしく激動していることを思い知らされた。田中角栄の金脈問題。その渦中の田中は、一〇月二八日にオーストラリアなどの訪問旅行に旅立った。八月三〇日の三菱重工ビル、さらに一〇月一四日の三井物産ビルと続いた連続爆破事件も、各社の取材合戦はいまだに熾烈《しれつ》をきわめていた。加えてミスター・ジャイアンツ長嶋茂雄の現役引退、監督就任。原子力船「むつ」の放射能漏れ事故など、通信社の編集部は常に蜂の巣をつついたように怒号と原稿の束が飛びかっていた。その中で、道平は自分一人だけが時流から取り残されているような不安にさいなまれた。

ミスも多かった。先輩記者や、デスクの菅原から叱責を受けたこともあった。何をやってもどこかでリズムが狂っていた。鹿又村の事件が日本や世界という単位の中では些細な出来事であることに気が付き、同時に自分の記者としての立場そのものが見えなくなった。同期の中では最右翼と評価されていた信用はまたたく間に失墜した。このまま自分は、記者としてやっていけるのだろうか。

最初の二週間は、あわただしく過ぎていった。だが道平は、片時も彩恵子のことを忘れたことはなかった。時に心の中で彩恵子の身を案じ、慕情をつのらせ、またある時には淫靡な想像にまかせて罵《のの》りの言葉を呟いた。

いま彩恵子は、あの白い肌を誰にまかせているのだろうか。狛久清郎なのか。あの外人記者なのか。それとも……。

彩恵子の家には電話はない。手紙を書いても、彩恵子は読むこともできない。連絡をとる方法はなかった。

一一月一〇日、機運が高まりつつあった田中角栄退陣の第一報を狙って前日の深夜まで総理大臣官邸に詰めていた道平は、その日はいつもより遅く午前一一時に出社した。自分の席に着く間もなく、デスクの菅原に声を掛けられた。「休みを取れ」という命令だった。考えてみると道平は、沼田への出張を含めて二カ月近く休んでいなかった。もし鹿又村の取材が、〝仕事〟であったとすればだが。

結局、翌日から三日間の休みを取ることになった。だが、家に戻っても何もやることがなかった。好きなブルースのレコードに耳を傾けても、本を読んでみても、何も頭に入ってこなかった。家を出て、目的もなく近所の商店街を歩いた。気が付くといつの間にか車に乗っていて、そのまま自然に沼田に向かって走り出していた。

鹿又村に着く頃には、すでに日も暮れていた。村は閑散としていた。以前は蜂の群れのように村を占拠していた報道関係者の姿もいまはない。まったく別の村に迷いこんだような錯覚があった。警察のテントだけはまだ残っていた。ダルマストーブの周りに、三人の制服の警官が座って弁当を食っていた。それだけだ。道平はテントの前に車を停め、警官の一人に記者証を見せて徒歩で村の奥へと向かった。

通い慣れた道だった。だが、その時はどこかがいつもと違った。道平は、この道を夜に歩くのは初めてだったことを思い出した。おそらく、そのせいだろう。

竹林を迂回すると、間もなくそびえるような闇の中に彩恵子の家の影が浮かび上がった。その時、一陣の北風が吹き、雲が割れた。月明かりの中で樟の巨木が葉を散らし、彩恵子の家の屋根に降りそそぐのが見えた。

東側の小さな窓から、室内の灯《あか》りがぼんやりもれていた。誰かがいる。彩恵子と、そして他の誰かが。彩恵子が一人でいる時には、明かりはつけない。

家の前に立った。中から、かすかに人の気配がした。意を決して戸をたたいてみたが、応答はなかった。

道平は肩を落とし、北風にコートの襟を立てて来た道を戻った。いつもそうだった。彩恵子は、夜は道平を近づけようとはしない。人には見せられない夜の顔を持っているかのように。昼間の彩恵子と夜の彩恵子は別人なのだ。

民宿村まで降りて、松下旅館に宿を求めた。部屋は空いていた。道平の他には客は一組しか泊まっていない。例のワシントンポストの三人だった。

それにしても彼らは、何を調べているのだろうか。いまの日本には、ワシントンポストが興味を持つべき事件、事故は他にいくらでも起きている。いくら世界的な大新聞とはいえ、このような殺人事件に三人も投入しておく余裕はないはずだった。

翌日、昼近くになるのを待ちかねるようにもう一度彩恵子の家を訪ねた。家の前に立つと、戸をたたくまでもなく、まるで道平が来ることを知っていたかのように彩恵子が飛び出してきた。

細い体が、からまるように道平にしがみついた。しばらくは二人とも何も言わず、ただお互いの温もりだけを確かめ合った。二週間ぶりに腕の中に抱く彩恵子の体は、別人のようにやつれ、小さくなったように思えた。

「もう来ないのかと思った……」

彩恵子が、小さな声で言った。

その日なぜか彩恵子は道平を家に入れたがらなかった。道平の手を引きながら、しきりにどこかへ連れていってほしいとせがんだ。村の入口まで歩き、車に乗せると、彩恵子は少女のようにはしゃいだ。凍《こお》るような寒さもかまわずに窓を開け、風に長い髪をなびかせて笑い、体を通りすぎていくすべての感触を楽しんだ。

これが彩恵子なのか。それとも杵柄誠二に白い体をまかせていた彩恵子が、そして狛久清郎にしなだれかかっていた彩恵子が本当の彩恵子なのか。道平にはわからなかった。

沼田市内で昼食をとり、国道一七号線に出て赤谷《あかや》湖まで足を伸ばした。湖岸を歩き、冷たい湖水に手を触れて彩恵子は嬌声を上げた。彩恵子は自分の目が見えないことを忘れたかのように奔放に振る舞い、道平はそれを追った。道平の伸ばした手が体に触れるたびに彩恵子が振り向き、幾度となく二人は抱き合った。

「こんなに楽しいの、生まれて初めて……」

そう言って彩恵子は、笑いながら大きな青い目に涙を浮かべた。

日が落ちる頃になっても、彩恵子は帰りたがらなかった。

「今日はずっといっしょにいたい……」

「それなら村に帰ろう。明日まで休みだから、今日は君の家に泊まってもいい」

道平は、あえてそう言ってみた。

「私、帰りたくない。今日はあの家に、戻りたくないの。お願い……」

やはり、そうだ。彩恵子はあの家に、夜は絶対に道平を入れようとしない。

近くの猿ケ京《さるがきよう》温泉で宿を探した。食事込みで安く泊まれるひなびた宿があった。客は、他に誰もいない。食事ができるのを待つ間、二人で小さな露天風呂に入った。

梁《はり》から吊るされた白熱球の淡い光が、湯気に拡散されて湯の中に横たわる彩恵子の体を浮き上がらせた。美しかった。だが彩恵子は、自分の体の異変に気付いていない。白い肌のいたるところに、墨を流したように青黒い痣《あざ》が走っている。

道平は、それを見て何も言わなかった。いや、言えなかった。ただひそかに暗い官能に蝕《むしば》まれながら、道平の知り得ぬ彩恵子の生活のことを想った。

二人で酒を飲んだのも初めてだった。彩恵子は日本酒が好きだった。ビール用のグラスを使い、道平よりも早いペースで燗酒を空け続けた。

酔うほどに浴衣《ゆかた》が着崩れても、かまおうともしない。誰も見ていなくとも、目のやり場に困るほどだった。故《ゆえ》に、ふしだらな女と断ずることができるだろうか。いや、そうではない。彩恵子は、肌を隠そうとする感性すら無縁なほど純真だったのかもしれない。

道平は酒の力を借りて、彩恵子の生い立ちについて訊ねてみた。だが前の亭主や、親兄弟や故郷の話になると、彩恵子は貝のように口を閉ざしてしまった。

その夜、道平は彩恵子を抱いた。酒に酔った彩恵子は、いつも以上に大胆だった。男と切ないまでの恋慕と怒り、不安と迷い、そのすべてを道平は彩恵子の体にぶつけた。男とは救いようのない動物だ。この二週間、あれほど彩恵子のことを想い激情に惑わされてきたはずなのに、肌を合わせるうちにすべてが洗い流されてしまう。結局、体だけなのか。いや、違う。自分は彩恵子の心を欲している。

吹き荒れる嵐のような時間が過ぎ去った後で、道平は息が静まるのを待ちながら闇を見つめていた。腕の中には、彩恵子がいた。その存在を、幾度も確かめた。その時、道平の肩に頭を預けたまま、彩恵子が言った。

「慶ちゃん……私のこと、知ってるの?」

「知ってるって、なにを」

「私が、どんな女かっていうこと……」

「知ってる……。だいたいは、わかってるつもりだよ」

「そうよね。でも本当の私がどんな女かっていうことは、わかってない。知ったら、驚くと思う……」

彩恵子は、いつの間にか子供のような話し方をしなくなっていた。

「教えてほしい。彩恵子のことは、すべて知りたい。どんなことでも受け止める」

「ごめんね。いまは言えない。でもいつかきっと、慶ちゃんにだけは全部話すから。約束するから。それまで、待ってて……」

道平は、睡魔に引き込まれるなかば夢心地の中で彩恵子の声を聞いていた。だが、たった一つだけ脳裏に焼きついた言葉があった。彼女は、約束したのだ。いずれ、すべてを道平に話すと。

翌日二人は、車に乗ってあてもなく沼田周辺をさまよった。湿原を歩いてみたり、滝の音に耳を傾けてみたり、山間《やまあい》の秘湯を探して肌を求め合ったりして過ごした。時間が過ぎていくことだけが恐かった。

やがて黄昏《たそがれ》が辺りを包み始める頃、二人はお互いを思いやる言葉を失い、鹿又村へと戻った。道平はいつもの場所に車を停め、彩恵子と共に家に向かった。畦道が途切れた辺りで彩恵子は足を止めると、意を決したように言った。

「もうここでいいよ。一人で帰れるから」

彩恵子は道平の体を軽く抱き締め、振り返ると、たどたどしい足取りで家に歩き始めた。一度も立ち止まることはなかった。その後姿は、刑場に向かう囚人のように見えた。

それからも道平は、休みがとれるごとに鹿又村に通うようになった。日帰りのこともあったし、余裕があれば一泊することもあった。そのような時には、彩恵子は必ず道平の宿に同宿した。

彩恵子は、最初の晩に泊まった猿ケ京温泉の清流館という宿を気に入っていた。彼女は、旅行というものをほとんどしたことがない。道平に会う前には、たった一度だけ、前の夫の慎一と奥鬼怒《おくきぬ》に行ったことがあったという。それが新婚旅行だった。その時に泊まった宿にも、やはり露天風呂があった。

「加仁《かに》湯っていう、変な名前の宿だったの。二人で温泉に入ったり、鹿のお刺身食べたりして、とても楽しかった……」

道平はその言葉にささやかな嫉妬を覚え、それを楽しんだ。

その頃の道平は、彩恵子に対する考え方が少しずつ変化していることに気付いていた。ある種のあきらめとでもいうのだろうか。少なくとも、以前のように猜疑《さいぎ》心に振り回されて自らを見失うことはなくなった
だが、彩恵子に対する慕情が薄れたというわけではなかった。むしろ離れて過ごす時間を持つようになってから、二人の絆《きずな》は以前よりも深まったような気がしていた。

そして、たったひとつ確かなことがある。道平は、彩恵子に夢中だった。恋をしていたのだ。おそらくこの先も永遠に離れることはできない。もし運命が二人を分かつことさえなければ。

一二月に入って間もなく、道平は二日間の休みを取った。彩恵子とは、前の週から約束してあった。一二月八日の早朝に東京を発ち、国道一七号線をひた走った。昼近くに鹿又村に着き、彩恵子を連れ出した。

その日の彩恵子は、どことなく穏やかだった。おっとりとした笑顔で道平を迎え、車に乗るとずっと鼻歌を口ずさんでいた。道平が話しかけてもどことなく上の空で、それでいて機嫌が良かった。

「なにかいいことでもあったのか」

ステアリングを握ったまま、道平が訊いた。

「別に。これから二日間、慶ちゃんといっしょだから。それだけ」

夜はいつものように清流館に泊まった。まるで一〇年来連れ添った夫婦のように平穏な夜だった。

二人で湯につかり、酒を飲み、お互いを知り尽くしたように求め合い、眠りについた。翌日は沼田市内をぶらつき、出たばかりのボーナスで彩恵子に皮のコートを買った。襟に付けられたウサギの毛皮に顔を埋めて、彩恵子は嬉しそうに微笑んだ。

風は冷たいが、天気の良い日だった。その後は沼田公園に向かい、旧土岐《とき》邸の洋館などを見て時間をつぶした。

第三の殺人が発覚したのは、ちょうどその日だった。

午後一時五分前、沼田署に最初の通報が入った。通報は、民宿村の紅葉荘の主人、荒川久五郎からだった。埼玉県の大宮から参拝に訪れた夫婦が、「山で天狗を見た」という。宿に助けを求めて来た時、車は参道を下る時にあちこちぶつけたようで、ひどい有様だった。夫婦のうちの一人は、軽傷を負っていた。警察官の派遣と同時に、救急車の出動を要請した。

警察の第一陣が現場周辺に到着したのは、午後一時三〇分頃だった。鹿又村に詰めていた刑事の吉岡健とその一行五名が最初だった。その直後に沼田署から直行したメンバーが合流し、午後二時には総勢四〇名が集まり周辺一帯を取り囲んだ。さらに後援を待って、午後二時から山狩りが開始された。

〝天狗〟は目撃者夫婦の証言どおりの場所で、いとも簡単に見付かった。樹齢数百年を越す杉の森の中で、ひときわ巨大な老木の先端に近い枝の股《また》に、その男は幹に寄りかかるようにして座っていた。すぐ下の枝が折れて梢に空白ができていなかったとしたら、誰も見つけられなかったろう。

だがその男は、天狗ではなかった。普通の人間だった。しかもその男がすでに死んでいることは明白だった。

風が吹くと、梢が揺れて、男の顔に陽光が当たった。地上から見てもあまりに距離が遠すぎて、人相はわからない。ただ出血のためか、顔は赤黒い肉塊のように見えた。

大貫が現場に入ったのは午後二時二〇分頃だった。その時の光景を、大貫は日誌に次のように書き留めている。

〈――いったい誰がこのようなことを成し得たのか。樹齢約七〇〇年の杉の巨木の、しかも地上から目測二〇メートル以上の高さの枝に死体が載っている。なぜ？　見せしめか。それにしても、人間にこのようなことが可能なのだろうか。天狗がやったといわれれば、信じたくもなる――〉

実際に、警察は死体を降ろすのにかなり手間取った。最初は、営林署に応援を頼んだ。だが木に登ることにかけてはプロの署員にも、幹が太すぎて手に負えなかった。一時は本気で木を切り倒すことが検討された。

仕方なく自衛隊に出動を要請し、レンジャーの一個小隊が派遣された。それでもどうにもならなかった。最終的には翌朝を待って、ヘリコプターを出動させる騒ぎになった。

死体を回収する前に、身元はほぼ判明していた。鹿又村の狛久清郎が前々日の夜に家を出たまま行方がわからなくなり、家族から捜索願が出されていた。午後三時に妻の佳子《よしこ》が現場に駆けつけ、着衣の特徴などから亭主の清郎であることを確認した。

その頃道平は、沼田から玉原を抜けて鹿又村に向かう県道を走っていた。助手席には彩恵子が乗っている。彩恵子を村に送り届け、東京に戻るつもりだった。

途中でパトカーに追い抜かれた。続けざまに三台、サイレンを鳴らしながらかなりの速度で走り去っていった。

「村で何かあったのかな……」

彩恵子は、答えなかった。道平は、本能的にパトカーを追った。三六〇ccのジムニーではとても追いつける速度ではなかった。だが最後尾の一台が、鹿又村の方角へは曲がらずに迦葉山の参道に登っていくのが見えた。道平も、その後に続いた。

しばらく走ると左手の茶店の駐車場に、何台もの警察車輌が停まっているのが見えた。道平も、その手前に車を停めた。胸が高鳴った。荷台からカメラを取り出し、中にＡＳＡ４００のトライXが入っていることを確かめると、それを持って車を降りた。

「彩恵子、ちょっとここで待ってて。すぐ戻るから」

周囲には何人もの警官が配備されていた。カメラを片手に、道平はその中を走った。報道関係者の姿は見えない。歩道の入口に、人が固まっている。その前を通り抜けて森に入ろうとすると、警備の警官に止められた。

「だめだだめだ。ここは立ち入り禁止だ」

「中央通信の記者です」

そう言って道平は記者証を見せた。それでも警官は、通そうとしない。

そこにちょうど、大貫が来た。

「なんだ、道平じゃないか。ずいぶん早いな」

「偶然通りかかったんです。何があったんですか」

「また殺しだよ。森の中で仏さんが見つかった。まだ現場にあるぜ」

「入れてくれないんですよ」

大貫が、警備の警官に言った。

「いいから通してやれ。ブン屋さんだって仕事なんだ。よし、おれについてきな」

道平は大貫の後について山道を登った。

「殺されたのは、誰なんですか」

「鹿又の、狛久清郎だよ。前々日の夜から、行方不明だったんだ……」

狛久清郎。その名を聞いても、道平は意外なほど平静だった。次に殺人が起きるとすれば、被害者はおそらく狛久清郎であろうということを、心のどこかで予見していたのかもしれない。

現場は、殺人というおぞましい出来事とはあまりにもかけ離れた凛《りん》とした大気に包まれていた。初冬の午後の射光の中で、何人もの警官や営林署の職員が頭上を見上げていた。

その光景は天空に昇る神を見送る儀式を想わせた。事件現場につきものの騒然とした空気はそこにはなく、むしろ静寂ですらあった。道平はその現実とも幻想ともつかない風景に思わず足を止め、カメラを向けてシャッターを切った。

「死体はどこにあるんですか」

「上だよ。みんな見てるじゃないか」

大貫が指し示す方向に視線を移すと、梢の中に人が座っているのが見えた。西からの射光がちょうど正面から当たり、その姿を浮かび上がらせていた。まるで子供か猿のように小さかった。顔が赤黒くつぶれていて人相はわからないが、確かに狛久清郎だった。悲劇とも喜劇ともつかない奇妙な光景だった。

「同じ犯人でしょうか」

「そうだな。そうとしか考えられんな。仏さんをあすこから降ろしてやれるのは、明日になりそうだ。ともかくそれまでは、何もわからんよ」

道平はカメラのレンズを三〇〇ミリの望遠に換え、フィルムがなくなるまでシャッターを切り続けた。その写真は、文章を生業《なりわい》とする記者としての道平にとって、皮肉にも初めてのスクープとなった。

道平は、山を下りた。ともかく日刊群馬の沼田支局に向かい、本社に連絡を入れてフィルムを現像しなくてはならない。そしておそらく、しばらくの間はまた鹿又村に詰めることになるだろう。

車道に出て、車に向かって走った。助手席に座ったまま、彩恵子が待っていた。彩恵子はガラス越しの穏やかな日差しの中で、秘めやかな笑みを浮かべていた。

4

二月の第一週の日曜日、道平の連載は日米同時に、静かに始まった。

そう。静かに、だ。

四半世紀以上も前の殺人事件の回顧記事である。当初から、それほど反響があるとは考えていなかった。

かつて推理作家の故・松本清張が、『日本の黒い霧』と題し、下山事件や帝銀事件などの一連の疑獄事件を回顧し、作品として上梓《じようし》したことがあった。だが今回の鹿又村の事件は、松本清張が扱った事件と比べれば知名度が低い。日刊群馬では表題を『鹿又村天狗事件』として一般読者の興味を引くように努めてはいるが、この先、連載が続いたとしても社会的な注目を集める可能性があるのかどうか。道平はそれほど期待していなかった。

連載の第一回目が掲載されたその日、道平は家から一歩も外に出なかった。日刊群馬の紙面には、記事の最後に情報提供先として道平の那須の電話番号が載せてある。道平は、一日中ストーブに薪をくべ、トマス・ハリスの小説を片手に時間をつぶしながら、電話が鳴るのを待ち続けた。

最初の電話は、千鶴からだった。

――記事、読んだよ。すごいね――

「すごいって、なんでさ」

――だって慶さんの名前が新聞に載ってるんだもの。私、びっくりしちゃった――

千鶴はいつの間にか道平のことを「慶さん」と呼ぶようになった。そういえば彩恵子も「慶ちゃん」と呼んでいた。〝ちゃん〟から〝さん〟に出世したのは、年齢の差ということになるのだろうか。

千鶴は、これから先、記事をすべてスクラップしておくと言って喜んでいた。

その後、中央通信の菅原と日刊群馬の松井から電話があった。あくまでも儀礼的な、挨拶程度の会話だった。松井は内容の面白さに満足しているようだ。回を追うごとに反響も大きくなるだろうと言うが、はたして期待通りにいくだろうか。

夕方近くになって、大貫の妻の菱子《りょうこ》から電話があった。

――道平さん、よかったね。お父さん、喜んでたよ――

「ムジナさん、読んでくれたんですか」

――ううん、そうじゃないの。お父さん、もう自分で新聞読めないのよ。私が耳元で読んであげたら、ちゃんと頷いてね。うれしそうに笑ってたよ――

道平は、言葉を返せなかった。できれば大貫には犯人の正体がわかるまで、せめてこの連載が終わるまで生きていてほしいと思う。だがそれが無理なことは、道平も、大貫にもわかっている。

それ以外にはいたずら電話が二件あっただけだった。一本はわけのわからないことを一方的にまくしたて、切られた。もう一本は無言電話だった。

道平の電話は相手先の番号が表示されるようになっている。いずれも群馬県内の番号だった。もしもの時のために、道平は二本のいたずら電話の番号をメモしておいた。だが、良介からの電話はついにかかってこなかった。

三日後、道平はわざわざ雪の日を選んで沼田に向かった。元副署長の厚田拓也に会うことが目的だった。

先日、佐山の市原リンゴ園を訪ねた時、思わぬところから厚田の名前が出た。やはり厚田は、ケント・リグビーと通じていた。事前に約束はとりつけていない。おそらく、徒労に終わるだろう。だが、一度は厚田にぶつかってみなくてはならない。厚田は、ある意味でこの事件の鍵を握る一人だ。話す気はなくとも、プレッシャーをかければどこかでボロを出す可能性はある。わざわざ雪の日を選んだのも、連載の第一回目が掲載されるのを待ったのも、厚田を心理的に追い込むことを計算した上でのことだった。

厚田は、沼田市内の閑静な住宅街に住んでいた。家は古い建て売り住宅のようだが、最近リフォームされたらしく、周囲の同じような家よりも新しく見えた。石を積んだ門柱に、厚田拓也と書かれた大理石の仰々《ぎょうぎょう》しいほどの表札が埋め込まれていた。

時計を見ると、午後二時を少し回っていた。ちょうどいい。空には暗雲がたれこめ、予報どおり雪が降り始めている。道平は、ひとつ大きく息を吸い込み、ベルを鳴らした。

ドアが開き、厚田本人が顔を出した。歳をとっていた。髪は白く、薄くなり、肌のいたるところに老醜がにじみ出ていた。だが、かつて柔道で鍛えた頑健な体軀と鋭い眼光には、かすかに面影が残っていた。

「なんだね」

怪訝そうな顔で、厚田が言った。

「道平と申します。憶えていらっしゃいますか。以前、鹿又村の事件の折にお世話になった中央通信の道平です」

「道平……」

厚田は、茫然と道平の顔を凝視した。眼鏡の中から眼光が消え失せ、怒気を秘めた不安の色に変わった。やはり厚田は、例の記事を読んでいる。

「お話を伺いに来ました。例の鹿又の事件について、話していただけませんか」

「帰ってくれ。話すことは、なにもない」

ドアが勢いよく閉じられ、厚田の姿が消えた。さて、ここからが勝負だ。

道平は向かいの家の壁に背をもたせかけ、マルボロに一本火を点けた。ここからちょうど、厚田の家の居間が見渡せる。中で人影が動き、昼間だというのにカーテンが閉められた。

雪が強くなってきた。道平はスノーケルジャケットのフードを頭からかぶった。〝敵〟は、何時間で落ちるだろうか。二時間か。三時間か。それとも五時間か。

これはひとつの心理ゲームだ。自分の過去の秘密を暴こうとする者が、雪の中に黙って立っている。この異様な状況が、厚田の精神に与える影響には計り知れないものがある。不安、恐怖、時には相手に対する心遣い。様々な感情が交錯し、最後にはその精神的な圧迫に耐えられなくなる。わざわざ雪の日を選んだのはそのためだ。

雪だけではない。豪雨や台風の日でも同様の効果がある。かつて道平は、幾度となくこの手を使い、絶対に取材に応じないはずの相手を落としたことがある。〝マムシ〟と呼ばれる所以《ゆえん》である。同じ雪の日にロシアのハバロフスクで、旧KGB少佐のインタビューに成功したこともあった。

道平は、実際にはそれほど寒さを感じてはいない。マイナス一〇度の寒冷地でも耐える米軍のスノーケルジャケットの下に、フリース、セーター、ネルのシャツ、登山用の下着などを着込んでいる。このようなゲームには馴れているのだ。

三時間たったところで、もう一度ベルを鳴らしてみた。だが、厚田は出てこなかった。相手も強《したた》かだ。もしかしたら警察官であった厚田は、この手の心理ゲームの効用を見抜いているのかもしれない。

日が暮れても道平は待ち続けた。動きはなかった。用意しておいた携帯用の灰皿はすでにいっぱいになっている。そして午後九時三〇分、家の明かりがすべて消えた。

今日は、負けのようだ。道平は最後の一本のマルボロを吸い終え、厚田の家を去った。千鶴の肌の温もりが恋しかった。

翌朝、道平はもう一度、厚田の家に出向いた。中に、確かに人の気配があった。だがベルを鳴らしても、やはり誰も出てこなかった。

昼近くになって、雪が止んだ。これでゲームセットだ。作戦を練り直して、出直す必要がある。厚田は想像以上に強靱だった。

那須の山小屋に戻ると、数件の留守番電話が入っていた。プライベートの用件が三件。いたずらと思われる無言のものが二件。そしてセイレーン遺伝子研究所の米田から一件。米田はすぐに連絡がほしいという。道平はいたずら電話の番号をメモし、その後でセイレーン遺伝子研究所の米田の直通番号に電話を入れた。電話には直接米田が出た。

「道平です。何かわかりましたか」

——ええ。国立遺伝学研究所の方で解析結果が出ました。結果は、以前とまったく同じです。しかし、担当した東京大学生物学部の宮田博士が、興味深い見解を示してくれました。ご覧になりますか——

「ええ、ぜひ」

——わかりました。では、メールでレポートを送ります。それをお読みになった上で、もう一度お電話をいただけますでしょうか——

電話を切ると、間もなくパソコンに原稿がメールで送られてきた。A4一枚のごく簡単なレポートである。以下のような内容だった。

〈——結論として、人間もしくはきわめてそれに近い生物。チンパンジー、ゴリラ、オランウータン他の猿類である可能性は否定できる。

ちなみに人間とチンパンジーのゲノム全体の差は一・四%以上、一・六%未満。これを進化の系統樹にあてはめると、両者の種の分岐は約四〇〇~五〇〇万年というオーダーになる。同様にゴリラは六〇〇万年。オランウータンは一〇〇〇万年。

だがサンプルAのゲノムは、人間と一%未満、〇・五%以上の差しか確認されない。よって、サンプルAが正常に進化した個体であるとするならば、系統樹の上で一五〇~二〇〇万年の差しかないことになる。これはウマとシマウマの差にほぼ等しい。両者の間にホーブラと呼ばれるハイブリッド(混血)が見られるように、サンプルA(牡《おす》)は人間(女性)との間に生殖能力を有するものと推察する。よってサンプルAを、人間の特異個体と結論付けるものとする――〉

道平は、このレポートを読み終えてさっそく米田に電話を入れた。

「読みました。非常に明解ですね。しかしいくつか不明な点がある。説明していただけますでしょうか」

――どうぞ。私にわかることでしたら――

「まず系統樹の上で一五〇から二〇〇万年の差というあたりです。しかも宮田先生は、正常な進化をした場合と断りを入れている。これはどういうことなんでしょうか」

――もし二〇〇万年前の人間と仮定してみましょう。これは人間でいえば一九七四年一一月にエチオピアで発見された通称ルーシー、つまりアウストラロピテクス・アファレンシスよりは現代人に近く、一九七二年にケニアで発見されたアウストラロピテクス・アフリカヌスと同程度ということになります。しかしもちろんそれらの原人が二七年前の日本に生存していたことは考えられませんし、DNAも残ってはいない。そこで宮田先生は、何らかの理由で突然変異を起こした個体であることを示唆しているわけです――

「例の、人為的な遺伝子操作などですね」

――そうです。もちろんそれも可能性のひとつです。宮田先生も、まず最初に遺伝子操作を受けた人間ではないかと考えたそうです。しかしサンプルは二七年前に採取された。だとすれば、その可能性はあり得ない――

「他には。つまり、他に遺伝子異常を引き起こす外的要因は考えられるんでしょうか」

――まず核ですね。データはありませんが、質、量、照射する時間によっては核物質は遺伝子にこの程度の突然変異を引き起こす可能性があると言われています。あくまで理論上の仮説ですが。もしくは、薬品ですね――

「薬品というと……」

――一九七〇年代に、ベトナムで大量に奇形児が生まれた記録があります。彼らもまた、遺伝子異常の好例です。原因は、当時米軍がベトナムで大量に散布した枯葉剤であったことがわかってます――

米軍、ベトナム、枯葉剤……。

一連の言葉を耳にして、道平は背中に冷たい感触が走り抜けるのを抑えられなかった。道平が想像していたとおりのことが、いま科学者の口から語られているのだ。

——どうしました、道平さん。だいじょうぶですか——

言葉を失う道平に、米田が声を掛けた。

「いや、別に……。なんでもありません。ところで、サンプルが人間に近いものだということはわかりました。だが、これでは結論として納得できない。もっと結論を絞り込む方法はありませんか」

——我々は、デジタルを駆使する科学者です。ここまでが現在のデジタル科学の限界でしょうね。しかし、方法がまったくないわけでもありません——

「というと……」

——フィールド・ワークを得意とする専門家に意見を訊いてみてはどうでしょう。つまり、もっとアナログ的な見方をできるような。面白い人間が一人います。有賀雄二郎という男なんですがね。職業はルポライターなんですが、この分野では是非はともかくとして世界的にも名を知られています。まあ、悪い人間じゃありません。私も一度仕事を頼まれたことがある。昨年の秋にネパールから帰ってきたはずですから、いまはちょうど日本にいるでしょう。声を掛けても、かまいませんか——

それ以降、道平は米田と何を話したかよく憶えていない。

ベトナム、枯葉剤、突然変異……。

電話を切ってからもそれらの言葉が断続的に頭の中を駆け巡り、他の思考の一切を遮断してしまった。

突然変異、つまりミュータントだ。そのような生物がSF映画の世界だけではなく、実際にこの世に存在するのだろうか。確かに、〝奴〟の能力は、人間離れしていた。最も顕著なのが狛久清郎が殺された第三の事件だった。

大貫の資料によると、死因は〈――頭蓋骨圧迫骨折、並びに頸骨骨折――〉となっている。これは最初の事件の被害者、狛久峰男の死因とほぼ一致する。死体が回収された直後の清郎の顔面の写真を見ると、やはり人間の――きわめて巨大な――手形のような陥没痕が確認できる。

〝奴〟は、握り潰したのだ。清郎の頭を。まるでリンゴのように。

それにも増して理解し難《がた》いのが、死体の放置されていた杉の巨木の樹上二〇メートルという場所だ。どう考えても、人間の身体能力によって成せる業ではない。実際に当時の警察は、営林署の専門家や自衛隊のレンジャーを含め数十人を擁しても死体回収を不可能と判断し、翌朝を待ってヘリコプターを出動させている。

大貫は書いている。

〈――これは警察への挑戦なのか。それとも神の気紛れによる所業なのか。事件以降、死体を二〇メートルの樹上に放置できた可能性に対し幾度となく検討を試みたが、単独犯行では不可能という結論に達した――〉

だが、〝奴〟はそれを成し遂げたのだ。

道平の体には、二七年前、闇の中で遭遇したあの怪物の肉体の感触がいまも残っている。

夜中に体を引き裂かれるような圧迫感が蘇り、飛び起きることがある。あの肉体が現実のものであったとするならば、狛久清郎の小柄な体を肩に担ぎ、あの巨木に登り、二〇メートルの樹上に放置する事も可能ではなかったのか。

突然変異、か……。

その時、道平は仮説の重大な矛盾に気が付いた。あの事件が起きたのは、昭和四九年、西暦一九七四年の秋から冬にかけてだった。その頃、〝奴〟が子供であったということはあり得ない。どう考えても、成人でなくてはならない。

仮に、当時あの怪物が二〇歳であったと仮定してみる。ならば、生まれたのは一九五四年頃ということになる。もし〝奴〟がベトナムで生まれ、米軍の枯葉剤により遺伝子異常を引き起こしたのだとしたら、その母親もしくは父親が出産以前に枯葉剤を浴びていたということになる。だが一九五四年には、枯葉剤はおろか、ベトナム戦争すら始まっていなかったのだ。

核による突然変異の可能性はさらに低い。確かにある種の核反応は、人間、もしくはその他の生物に遺伝子異常を引き起こすことは定説になっている。だがその遺伝子異常はあくまでも生命体の健康を害するネガティブなものであり、結果として身体能力が高まるという前例はまったくと言っていいほど存在しない。それこそSF映画の中の机上の空論である。

〝奴〟が突然変異の個体であったとする可能性は、皆無に等しい。それは道平の、長年のジャーナリストとしての経験に基づく結論だった。

道平は、第三の可能性について模索を始めた。

5

連載が四回目を越えたあたりから、記事は予想以上の反響を呼びはじめた。ちょうど二一世紀を迎え、過去の事件事例を振り返る社会現象にうまく乗ってしまったのか。それともアメリカのニューズウィークで連載が同時進行しているという事実が、日本人特有のブランド意識に火を点けてしまったのか。日刊群馬の松井は気を良くして取材費の提供を申し出ると同時に、早くも連載のワンクール延長を打診してきた。

大手出版社からの単行本化の話も持ち上がった。さらに、ワイドショーやニュース番組からの出演依頼まで舞い込んできた。だが道平は、テレビ出演に関するものはすべて断った。いまは何よりもまず、記事を優先しなくてはならない。テレビ番組だからといって、連載に先回りして今後の展開を話してしまうわけにはいかない。

すると今度は、テレビ局が独自に取材して番組の中で〝天狗事件〟を扱うようになった。ほとんどはワイドショーなどのエンターテインメント系の番組である。そのような番組が放映される時には、必ず事前に松井から連絡があった。

さすがにテレビ局だけあって、取材力がある。この雪の中をどのようにして鹿又村まで入ったのか、ほとんどの番組が村の全景の映像を取り入れていた。中には当時のニュースフィルムを探し出してきて放映する局もあった。色あせたカラーフィルムに焼き付けられた、まだ七軒の家が点在する村の風景は、道平にとっても懐かしい映像だった。

だがいずれの番組も、特に道平の参考にはならなかった。切り口はいかにも視聴者の興味をいたずらに煽《あお》ろうとするものばかりで、道平の知識の範疇《はんちゅう》を超えてはいない。犯人像については一様に謎のまま終わり、米軍の背後関係に言及している番組も皆無だった。道平の連載にケント・リグビーが登場するのは、まだ一カ月ほど先のことになる。

このような現象は、ある意味で道平にとっては歓迎すべきことでもあった。事件が注目を浴びれば、それだけ〝彼〟、すなわち杵柄良介があぶり出されてくる可能性も高くなる。

さらに、厚田拓也だ。おそらく厚田も番組を見ているはずだ。いつ自分が事件の中央に引きずり出されるのか、針の筵に座っているような心地だろう。

この機を利用しない手はない。道平は、厚田に手紙を書いた。自分はすでに事件の真相を九割まで把握しているということ。厚田と米軍、特にケント・リグビーとの関係について、実名で記事に書く用意があるということ。もし厚田が取材に応じすべてを話してくれれば、厚田の名前だけは匿名《とくめい》にすることも考慮するということ。以上の内容をきわめて端的かつ冷徹な文章にまとめ、厚田の自宅に親書として送りつけた。

情報提供の電話も、週を追うごとに増した。特に記事の出る日曜日には、一〇件を超えることもあった。

道平は沼田に向かうたびにできる限り情報提供者と会って話を聞いた。参考になる内容は稀《まれ》だったが、中には核心を突いたものもあった。飼っていた犬が行方不明になったり、変死したという情報が四件。いずれも同一の犯人によるものだろう。さらに炭焼きの老人が、当時迷彩服を着た数人の外人と山で出会ったという話があった。

これは道平にとって、きわめて興味深い情報だった。ケント・リグビーを含め、三人のアメリカ人がなんらかの活動をしていたことは知っているが、道平は彼らが迷彩服を着ている姿を一度も目撃していない。ジャーナリストは、戦場で従軍している時などの特別な場合を除き、迷彩服などはまず着用しないものだ。この情報は、例の三人組が軍関係者であったことを改めて裏付けている。

無言電話やいたずら電話も多くなった。中には、記事を中止しろという脅迫じみたものもあった。だが通信社の記者という職業に三〇年近くも従事していると、生半可《なまはんか》な脅しくらいではまったく動じなくなる。

道平は、不審な電話の相手先の番号をすべて記録しておいた。不審電話は連載開始から一カ月で計四九件にものぼった。その中に、道平は奇妙な暗示を発見した。一人の人間が、重複していたずら電話をかけてくる例は少なくない。大抵は二度か三度であきらめる。ところがある一定の番号から、計六回もの不審電話が掛かってきていた。

番号と同時に、簡単な内容がメモに残してある。一度目、連載当日、無言。二度目、その四日後、留守番電話、無言。三度目、無言。四度目、一月二二日深夜、「記事を中止しなければ殺されるぞ」という脅迫、男の声。五回目、六回目、いずれも無言。番号は、市外局番が〇二七八、続く二桁《けた》が五八になっている。これは群馬県内の片品《かたしな》村だ。沼田からは、それほど遠くない。

道平の勘が動き始めた。次の瞬間には受話器を手にし、その番号に電話を掛けていた。五回呼び出したところで相手が出た。

――はい、昭和土木――

男の声だった。だが、以前の脅迫電話の声とは違う。道平はとっさに芝居を打った。

「朝日開発の田島です。何回かそちらからお電話いただいたようなんですが」

――田島さん……。さてな。電話したの、誰だろうな。うちには何人もいるから……――

「そちら、本社でしたっけ。それとも」

――ああ、ここは現場だよ。片品村の――

「現場の方でしたか。私も一度そちらの方に伺わなくちゃいけないんですがね」

現場の場所を聞いて、電話を切った。沼田から国道一二〇号線を片品村に向かい、東小川温泉の先で林道を右折してすぐのところだ。秋の豪雨で崩れた林道の修復工事をしているらしい。道平が沼田に向かう時のルートから、目と鼻の先である。

車に飛び乗った。途中で作業着屋に立ち寄り、〝安全〟と書かれた黄色のヘルメットと作業ズボンを買った。そのまま日光から国道一二〇号線に入り、沼田に向かった。

午後四時近くに現場に着いた。林道の手前にジープを停め、ヘルメットを被った道平が林道を歩いていっても、作業員達は誰も気にしない。ちょうど作業が終わり、資材を片付けているところだった。

目当ての男はすぐに見付かった。スコップとツルハシを何本か肩に担ぎ、小柄な男が作業小屋の方に向かってくる。歳は五〇歳前後。いや、本当は道平よりも五歳は若いはずだ。細い目と、厚く大きな唇に当時の面影があった。道平は、男の前に立った。

「杵柄良介さんだね」

良介は、啞然とした顔でその場に立ち止まった。目の前に立っている男が道平だとわかると、見上げていた視線を逸らした。その表情に、明らかに憶えがある。長年逃走を続けた犯罪者が、時効直前で逃げ場を失ったような顔だった。

「お、おれは杵柄なんかじゃねえ。吉沢ってんだ」

「もういいよ、杵柄さん。二五年以上も前に、すべて終わってるんだ。あなたはもう安全だ。あんな記事を書いているおれがこうして生きてるんだから、わかるだろう。全部話して、楽になったらどうだい」

そう言って道平は、良介の肩に手を置いた。良介は道平の穏やかな口調に戸惑い、幾度となく震えるような溜め息をついた。そして、やがて、小さく頷いた。

二人は車の中で話した。助手席に座った良介に、道平は途中の酒屋で買ってきた紙包みを渡した。袋には酒やビール、缶コーヒーが入っている。良介はその中からカップの日本酒を取り、道平は缶コーヒーを選んだ。エンジンを掛け、暖房の温度を少し上げた。酒を飲み、体が温まって気分が良くなれば、人間は自然と安心して饒舌になる。

「さて、なにから話すかね」

良介は日本酒を一口すると、もう一度大きく溜め息をついた。

事件以後、良介は吉沢保幸《やすゆき》の名で生活していた。奇妙なことに、良介は正式な戸籍を持っている。実際に良介は、吉沢保幸の名で取得した運転免許証を見せた。だが、現代の日本でそのようなことが可能なのだろうか。国家的な組織が背後にでもいない限り、あり得ないことだ。

戸籍を手に入れてきたのは、良介の母の和子だった。杵柄誠二が殺されてから数日後、突然和子が良介に言った。明日、村を出る。これからは吉沢の名で暮らすのだと。

当時、良介はまだ一九歳だった。山村の閉鎖的な小社会で育った良介は、戸籍の意味すらもわかっていなかった。名前が変わることに関しても、特に疑問は持たなかった。家も用意されていた。新しい家は、東京の福生だった。

「古くて小さかったけど、洒落《しゃれ》た家でね。台所なんか全部電気でさ。火も点けないで湯が沸くんで、びっくらしたもんさ」

「米軍の関係者の住んでいた家じゃないんですかね」

「そうかもしれんね。周りにゃ軍人さんの家族がだいぶ住んでたかんな。最初はおっ母も恐がってたんだが、付き合ってみるといい人たちだった……」

間もなく母の和子——その頃には吉沢淳子という名になっていたが——は福生の空軍基地の中で働くようになった。免許を取り、車も買った。国産の小型車だったが、新車だった。

良介は、母が基地の中でどのような仕事をしていたのかは知らない。だが、生活は楽だったようだ。

良介は二〇歳の時に地元の建設会社に就職した。自分に正式な戸籍があることを知ったのは、その時だった。履歴書を書く時に、母親が住民票を取ってきた。新しい戸籍で良介は、昭和三一年九月四日、吉沢保幸の名で沖縄の名護《なご》市で生まれたことになっていた。

良介は、その建設会社を二年でやめた。以後はパチンコ屋の店員や廃品回収業など職を転々とし、いつの間にか土木作業員として全国の工事現場を渡り歩くようになっていった。

〝実家〟の福生には、一年に一度帰るかどうかだった。

「しかし、不思議に思わなかったですか。戸籍のこと」

「そりゃ不思議だったさ。あんなもの、そう簡単に手に入るわけがねえ。名前だけでなく、誕生日まで変わっちまってるし。おっ母に訊いてみたことはあっけど、何も言わねえ。それどころか、このことは二度と、誰の前でも口にすんなって釘さされたよ。もし言ったら、親父みたいに殺されるってよ」

「どうやって手に入れたのかな……」

「さあな。もしかしたら、警察がくれたんじゃねえかと思うんだけどな。そういえばおっ母が、死ぬ前に変なこと言ってたし……」

母の和子が亡くなったのは、平成六年の六月だった。死因は、肝硬変だった。和子は、酒を飲まない。肝硬変は、ウイルス性のC型肝炎が引き起こしたものだった。良介は、母の病状の悪化を知り、その二カ月ほど前から東京に戻っていた。

「最後は苦しんでよ。見てらんなかった。自分でも、もうだめなのわかってたんだろうな。病院で、おれの手を握りながら、なんか変なこと話しはじめたんだよ」

「変なこと？」

「ああ。おっ母はよ、親父が殺された夜に、天狗と会ったって言ったんだよ。それで……これだけは書かないでくれよ……おっ母はどうも、あの犯人となんかあったらしいんだよ。それで、病気うつされたって言うのさ……」

事件の夜、和子はいつになく苛立っていた。亭主の誠二が、夜九時に家を出たまま帰ってこない。そして、午後一一時を過ぎた頃だった。「またあの女のとこに決まってる」そう言い残して和子は、家を飛び出していった。

良介は、何かいやな予感がして眠れなかった。和子が帰ってきたのは、午前二時近くだった。着ていた服がぼろぼろに破れ、ほとんど半裸といってもいい状態だった。

腕や太腿に、青黒い大きな痣ができていた。良介は、父の誠二がやったのではないかと思っていた。これほどひどいのは初めてだったが、それまでにも何回か誠二が和子に暴力を振るうのを見たことがあったからだ。

和子は、炬燵《こたつ》に座っていた良介の前を泣きながら通り過ぎ、そのまま風呂場に駆け込んだ。かなり長い時間、和子が湯を浴びていたのを憶えている。その後も良介は眠れなかった。そして午前六時前、三人の警官が家の戸をたたいた。父誠二の死体が林道で発見されたという知らせだった。

「お母さんは、どこで犯人に会ったんでしょうね」

「彩恵子の家だべ。それしか考えらんねえ」

「そのことは、警察にも話したんですよね」

「あたりまえだ。おっ母も、話したって言ってた。厚田っていう刑事によ」

またしても、あの厚田だ。

「それじゃあなぜ、警察は彩恵子の家をもっとくわしく調べなかったんでしょうね」

「そんなこと、知んねえよ。あの後すぐ、福生に行っちまったし。とにかくおれもおっ母も恐くてよ。事件なんかどうでもいいから、一刻も早く村から逃げたかったのさ……」

不思議だ。理由がわからない。なぜ警察は、彩恵子のことを疑わなかったのだろう。そういえば事件直後の大貫のメモに、釈然としない一文があった。

〈——捜査課で杵柄邦男、同彩恵子、狛久清郎及び各家族に対する捜査令状を請求。しかし上からの命令で、すべて却下されたと聞いた——〉

大貫は、鑑識の人間である。捜査には、直接関わっていない。誠二の事件に関して現場と上層部の間でどのような駆け引きがあったのかは謎だ。大貫のいう〝上〟とは、厚田を指すのだろうか。

「それにしても、なぜあれだけの人間が殺されたんでしょうね。しかも鹿又村の中だけで。単なる通り魔的な連続殺人とは思えない」

良介は紙袋の中に手を伸ばし、カップの日本酒をもう一本取り出した。蓋を開け、中身の三分の一ほどを一息に喉に流し込んだ。そして大きく息を吐き、話を続けた。

「最初はおれも殺されると思ってたんだ。彩恵子とやった男は、全部……」

「しかしあなたは生きている」

「そうさ。おれだけじゃない。邦男の伯父貴も殺されなかった。それにおめえもよ。それで、わかったんだ。何年かしてからな。峰男の家族はとばっちりを喰ったんだろう。だけど、峰男にも、清郎にも、うちの親父にも、ちゃんと殺される理由があったのさ」

「彩恵子の亭主の、慎一、ですね」

「そうさ。慎一さ。あいつが撃たれた日、村の男達は総出で巻き狩りをやっていた。おれと、邦男の伯父貴は勢子だった。銃は持っていない。しかし、殺された三人は〝待ち〟だった。銃を持っていたのさ」

「事故だったんですかね。慎一を撃ったのは、あの三人の中の誰かだった」

「さあな。おれはまだガキだったから、よくわからねえ。でも、あの村には特殊な事情があったからな……」

「特殊な事情？」

良介は苦い顔で酒を口に含み、大きく息を吐いた。

「そうさ。あんた、気が付かなかったか。うちの親父とおっ母、そっくりだったろ」

「そういえば……」

確かに誠二と和子は、瓜二つといっていいほど似ていた。

「そうさ。親父とおっ母は、従兄弟同士《いとこ》だった。それだけじゃねえ。最初に殺された狛久の峰男はおっ母の弟だった。女房の信子は親父の妹だ。邦男の伯父貴の夫婦もそうだし、清郎の夫婦もそうだった。それに、慎一だ。あれは邦男の甥っ子なんかじゃねえ。邦男が、自分の妹に生ませた実の息子だったんだよ」

おぞましい話だった。口の中で温まったコーヒーが、喉を通らない……。

「しかし、なぜ……」

「おれも確かなことはわからねえ。でも親父が、鹿又は平家の隠れ里だったと言っていたことがある。何百年もの間、外の世界と付き合いを断って、親類縁者だけでまぐわい続けてきたのさ。だからあんなことになっちまった。そのうち子供も生まれなくなってきて、村の人口もどんどん減っていった。あの頃、最後に残ったのが、杵柄と狛久の二つの家系だけだった。そんな村に、あんな女優みたいにきれいな女が入ってきたら、どうなると思う。しかも彩恵子は、村の男達にとって、唯一自分達の血縁じゃない女だったんだ……」

「しかし、彩恵子は慎一の女房だった……」

「表向きは、そうさ。しかし、本当は違った。彩恵子は、買われてきた女だった」

「それは知ってます。馬喰町の美園というバーから慎一が身受けしたと聞きました。確か、八〇万だったとか……」

「金額は知らねえ。だけど、どっちみちそんな大金、慎一が持ってるわけがねえ」

「まさか……」

「そうさ。あの金を用立てたのは親父と、清郎と、峰男と、邦男の伯父貴だった。それがどういう意味なのか、わかるだろう」

「わかります。つまり……」

道平は、その後の言葉を続けられなかった。胃の腑を鉤爪《かぎづめ》で鷲摑みにされたような、嫌な気がした。

「おれの初めての女は、彩恵子だった。一六歳の誕生日の夜に、親父に彩恵子の家に行けといわれた。もう、話はできてるからってよ。行くと、慎一はいなくて、彩恵子が一人で布団の中で待っていた……」

二七年前、日刊群馬の松井は、彩恵子は村の共有財産だと言った。だがそれは、未亡人になったからではなかった。それ以前から、慎一が生きている当時から彩恵子は村の男達の奴隷だったのだ。

「それが、慎一の撃たれた理由ですか……」

「わからねえ。もしかしたら、それだけじゃないのかもしれねえ。おれは、金も絡んでんじゃねえかと思ってる」

「金、ですか……」

「慎一が撃たれる前の年の秋だった。村に、台風がきた。収穫前のリンゴがほとんどやられちまってよ。村に、金がなかった。ちょうどその頃、村に変な噂があったんだよ。なんでも突然、男が訪ねてきて、彩恵子を売れば二〇〇万にはなるってそう言ったらしい。親父とおっ母が話してんの聞いたんだ……」

ありうる話だ。買った女なら、金に困れば売ればいい。だが、当然彩恵子に惚れている慎一は反対する。いずれにしても、邪魔になる。

そして、彩恵子を買いにきた男、だ……。

「男……。その男、チャーリーっていいませんでしたか」

「ああ。そんな外人みたいな名前だった」

「それにしても慎一の死体はどこにいったんでしょう」

「死体? 慎一は、死んでなんかいないさ。あの犯人は、慎一だよ。奴が天狗かなにか変なものに化けて、村の男達に復讐したのさ」

良介の話は、荒唐無稽のようでいてどことなく説得力があった。本気で、慎一は生きていると信じているのだ。

だが、興味深い話だった。いとも簡単に手に入った戸籍。母和子の死因。あの夜の出来事。初めて浮かび上がった犯行の動機。またしても付きまとう米軍の影。重大犯行の証人や亡命者に新たな生活基盤を与えて隠すのは、アメリカ司法の典型的なやり口だ。そして、これまで誰にも語られることのなかった鹿又村の秘密……。

道平は、最後に良介に訊いた。

「先日、二七年振りに鹿又村に行ってみたんです。そこで、不思議なものを見た。彩恵子の、畑です。あの畑は誰かが手入れした跡があった。杵柄さん、あなたですね」

「そうだ。彩恵子は、小松菜が好きだったからよ。こっちにいる時には、少しばかり作ってやってんだ。もしかしたら、帰ってんじゃないかと思ってよ……」

良介は、残っていた酒を一気に飲み干した。どこか、遠くを見つめながら。

彼も、愛していたのだ。彩恵子のことを。あの頃の道平と同じように。

6

人の死は不思議だ。その悲しみの深さと同じ分だけ、周囲の者の官能を掻きたてる。

三月二九日、大貫俊一が逝《い》った。無念と失意、そして想像を絶する苦痛と戦いながらの壮絶な死であった。

道平は、妻の菱子からの電話で訃報を聞いた。三日ほど前に、それまでの取材経緯の報告書を大貫の自宅にファックスで送ったばかりだった。大貫は、道平が杵柄良介と会えたことを知って死んだのだろうか。

通夜は大貫の自宅で行われた。三つの部屋の襖が取り払われて広間が作られ、その奥に祭壇が飾られた。

白い花の中で、遺影が笑っている。五〇代の中頃の写真だろうか。頭髪は薄くなりかけているが、頬はまだふくよかだった。大貫は、笑いながら、寂しそうな目をしていた。

千鶴は店を休み、喪服を着て受付に立っていた。目を赤くはらしていた。広子の姿は見えなかった。訊くと、二日間、祖父の家に預けてきたという。千鶴に多少なりとも付き合いのある身寄りがいることを、道平はその時初めて知った。

通夜には、警察関係者が数多く出席していた。中には、見覚えのある顔もある。だが、厚田の姿は見えなかった。

通夜が終わり、道平は末席で会食に加わった。間もなく千鶴が仕出しの用を離れて戻ってきた。二人は、ほとんど言葉を交わさなかった。千鶴は淡々と日本酒の盃を空け、喪服のうなじを赤く染めた。

しばらくして細い背を丸めながら、日刊群馬の松井が入ってきた。手にコートとショルダーバッグを持っている。どうやら、仕事帰りらしい。奥の席の道平を見つけると、途中で顔見知りの警察関係者と挨拶を交わしながらこちらにやってきた。

「やれやれ、間に合わなかったな。この時間は、どうしても仕事を抜けられなくてね」

言い訳をしながら、道平の向かいに座った。

「まあ、酒の上での思い出話も供養のひとつですから」

千鶴がグラスにビールを注ぐと、それを一気に飲み干し、松井も日本酒の盃を手にした。

「それにしても、警察関係者が多いな」

「そうですね。しかし、まさかこの席ではね。大貫さんの顔もあるし」

「聞いても、どうせたいしたことは知らんでしょう。警察組織とはそういうものです。末端に行けば行くほど、情報は分断されてしまう。いまは、厚田一人を追い詰めた方が手っ取り早い。そのためにも、いまは下っ端には手を出さない方が無難でしょう。それよりも、良介はどうでしたか」

すでに道平は、厚田を落としにかかっていること、そして良介に会ったことも松井には伝えてあった。松井は特に、良介の新しい戸籍について興味を示した。やはり松井も、「典型的なアメリカのやり口」だという。そして、チャーリーだ。

「今回の取材で、チャーリーの名は二度出てきている。一度はスナック水仙の明美から。そして今度は良介からです」

道平が言った。

「確か、殺されたっていったね。東京で」

「ええ。しかしチャーリーという渾名だけで、本名もわからない……」

「私、知ってるわ。そのチャーリーっていう人……」

道平の言葉を遮るように、千鶴が言った。二人が同時に千鶴の顔を見た。

「その人、沖縄から来た人でしょう……」

「そうだ。多分、そうだと思う」

「派手なジャケットを着た、すごくきれいな顔をした人。芸能人みたいで、名前も外人みたいだったんで、それで憶えてるの」

道平と松井は顔を見合わせた。千鶴が続けた。

「店に、何回か来たことがあるのよ。最初は面白くて、いいお客さんだったの。でもお酒飲むと、酒乱になっちゃうのよ。それである日、ちょっとした事件があった。どこか他のお店で飲んでる時に喧嘩になって人を刺しちゃったの。刺されたのは馬喰町の地回りで、大した怪我じゃなかったと聞いたけど。パトカーがたくさん来たのを憶えてるわ。それ以来、チャーリーは一度も店に来なかった……」

「いつの頃だい」

「私がまだ、子供の頃。あの鹿又村の事件の、もっと前だと思う」

「調べてみましょう」

松井が言った。そして続けた。

「もしうちの新聞で記事を扱っていれば、すぐにチャーリーの本名はわかります。もし扱っていないとなると、多少厄介ですがね。それでも警察で調べられるかもしれない。パトカーが何台も出動しているのだとすれば、記録くらいは残っているでしょう」

通夜の会食が終わり、松井とは大貫の家の前で別れて千鶴の店に戻った。考えてみると、本当の意味で二人だけになったのはこれが初めてだった。

千鶴は酔っていた。道平は喪服を脱がすのももどかしいように千鶴を求めた。千鶴もまた、広子がいないことで気を許したのか、これまでにも増して大胆に反応した。大貫の死が与えた悲しみと背徳の意識が、さらに二人の炎を煽り立てた。

不思議なことに道平は、情交の途中で一度も彩恵子のことを思い出さなかった。あれ以来、道平は何人の女を通りすぎたのだろうか。だが、彩恵子の影が完全に消えたことは一度もなかった。二六年、いや正確にいえば二七年振りに、道平は生身の女を抱いたような気がした。

燃えつきた後で、道平の腕の中で肌を絡めながら千鶴が言った。
「私、店を売ることにしたの……」

大貫の葬儀が終わってから一〇日ほど経ったある日、道平は約束どおり千鶴と広子を連れて鹿又村に向かった。村からはすでに雪は消え、いたる所から新緑が芽吹き、幼い命の気配に満ちていた。

春は、予告もなくやってくる。けっして少しずつ忍んできたりはしない。ある日、外に出てみると、それまでの北の風が止《や》む一瞬がある。やがて南からの風が、穏やかな、懐かしいぬくもりを運んでくる。その時、人々は長い沈黙の季節が終わったことを知り、新たな希望の季節が訪れたことに気付く。

笹の群生に埋もれた村に通ずる道を、道平はジープ・チェロキーでゆっくりと下った。やはり、人はいない。無人の村だ。前年の暮れにはまだしがみつくように原型を止《とど》めていた狛久峰男の家も、この冬の豪雪で完全に崩壊していた。

さらに村の奥へと進み、彩恵子の家を見下ろせるなだらかな丘の上で車を停めた。彩恵子の家も、いまは跡形もなく消え失せている。残っているのは、川石を並べた基礎だけだ。
「あそこに大きな樟《くすのき》が見えるだろう。その右手あたりが、彩恵子の家だった」
「いい所ね。こんなに平和な風景の中であの事件が起きたなんて、信じられない……」

車を降りると、下生えは何台もの車の轍《わだち》で踏み固められていた。おそらくテレビ番組の撮影隊がこの丘の上から撮影したのだろう。

道平は車からピクニックテーブルと椅子を降ろし、簡単なベースキャンプを作った。三人で、山菜を探しながら辺りを散策した。ワラビやゼンマイの季節にはまだ早い。だが森に入ると、コシアブラやタラがすでに芽吹いていた。千鶴と広子が背の低いコシアブラの芽を採り、道平は刺《とげ》のあるタラを専門に集めた。タラの木を一本見つけるたびに、千鶴と広子が歓声を上げた。

「すごいね。私、こんなに沢山タラやコシアブラ採ったの、初めて」

「誰もこんなところまで来ないからな」

「帰ったら天麩羅《てんぷら》にして食べようね。広子、天麩羅好きだもんね」

千鶴の言葉に、広子が無言で頷いた。無口な子だが、いつも笑顔を絶やさない。その笑顔は母親に似て美しく、無邪気だがかすかに影を秘め、時として辛辣《しんらつ》だった。

午前中の小一時間のうちに、用意してきた籠《かご》はすべてコシアブラやタラの芽でいっぱいになった。とても三人では食べきれない量だ。明日からしばらくの間、華車の品書きに山菜の天麩羅が書き加えられることになるだろう。

ベースキャンプに戻り、昼食にした。弁当は千鶴の手作りだった。玉子焼きに鳥の唐揚げ、あとは店の残り物に握り飯という平凡な弁当だが、春の穏やかな日差しの中で味わうとどれも逸品だった。

食事は、空に近いほどうまい。道平は氷を浮かべた冷たい麦茶で喉の渇きをいやし、小さな握り飯を頬張った。

食事が終わると、広子は一時もじっとしていられない様子だった。千鶴の許しを得て、丘を駆け下っていった。彩恵子の家の近くの樟の巨木を見上げ、その周辺を走り、下草の中に身をかがめて早春の花を摘んだ。新緑の中で遊ぶ広子の姿はまるで童話の中の天使のようだ。千鶴はその様子を母親の目でやさしく見守っていた。

「店のこと、どうなった」

道平が声を掛けると、千鶴は我に返ったように振り向いた。

「一応、売りには出したの。早く売りたかったから、少し安くしちゃった」

「その先のこと、考えてるのか」

「ううん、まだ……。売れてから考えるよ。でも慶さんには迷惑はかけないから。そうだ、私、車の免許取りに通い始めたんだ。店が売れる前に、なんとか運転くらいできるようになっとかないとね」

迷惑をかけてもいい。いや、迷惑などとは思わない。道平は、喉元まで込み上げてきたその言葉を、だが冷たい麦茶と共に飲み下した。

会話は途絶えた。道平は、麦茶のプラスチックのコップの表面に水滴が浮かぶ様子をぼんやりと眺めていた。

そういえば、彩恵子も麦茶が好きだった。氷を浮かべた、冷たい麦茶が。二七年前の小春日和のある日、麦茶のグラスを手に同じように見詰めていたことがあった。あの時もグラスの中に、氷が浮かんでいた。

氷……。藁《わら》屑の入った、大きな氷だった。

彩恵子はその氷を、山の沼から切り出してきたものだと言った。だが、誰が……。

亭主の慎一は、二年も前に行方不明になっていた。もちろん彩恵子の家には、二年も氷を保存しておくほどの大きな冷凍庫などはなかった。それとも、他の誰かが運んできたのだろうか。彩恵子が体を与えていた誰かが……。

その時、千鶴が声を上げた。

「慶さん、何かおかしい」

「どうしたんだ」

「広子がいない。ほんの少し前まであの樟のあたりにいたのに。まるで消えたみたいにいなくなっちゃったの」

「なんだって」

道平はコップを落とし、丘を駆け下りた。千鶴も走った。樟を中心にして、彩恵子の家の跡の周辺を探した。

二人ともできる限りの声を張り上げ、幾度となく広子の名を呼んだ。だが、返事はない。広子が遊んでいたあたりから南の竹林までは、一〇〇メートル近くある。さらに北側の斜面の森までは、一五〇メートルはある。しかも途中は笹が深い。広子がそのような所に行くわけがないし、もし向かったとしてもずっと見守っていた千鶴が気が付くはずだ。

本当に、消えてしまった。まるで神隠しにあったようだ。

「どうしよう……」

うろたえる千鶴を左手で制した。

「だいじょうぶだ。きっと見つける」

「私、あの森まで行ってみる」

「ちがう。あそこじゃない。この近くだ」

「だって、どこにもいないじゃない」

「ちょっと考えさせてくれ……」

氷だ。やはり、あの氷だ。山から切り出してきた氷を、どこに保存しておいたのか。考えるまでもない。

「地面を探すんだ。この家の基礎の内側か、もしくは北側だ」

「なんですって。どういうこと」

「穴があるはずだ。地面に、子供が一人通れるくらいの小さな穴が。手分けして草の中を探そう」

道平が基礎の内側を、千鶴がその外側を探した。広子の名を、千鶴は呼び続けている。

なぜ今まで気が付かなかったのだろう。明治以前に建てられた古い家だ。彩恵子の家には、氷室《ひむろ》があったのだ。

間もなく、千鶴が声を上げた。

「あった。広子の声がする」

駆けつけた。千鶴が、跪《ひざまず》くその目の前に、直径三〇センチほどの小さな穴がぽっかりと口を開けていた。

「広子。だいじょぶ？　怪我してない？」

千鶴が我を忘れて声を掛けた。

「ママ……。恐いよう……」

穴の中から、広子の声が聞こえてくる。だが、大人には入れない。かつてはもっと大きな穴だったのだろう。その下に広い空洞があり、誰かが上に石の板で蓋をしたようだ。しかも、かなり深い。

「ここにいてくれ。車から道具をとってくる」

千鶴をその場に残し、道平は丘を駆け上った。車からペンライトとロープ、長いバールを取り出し、穴に戻った。

「手伝ってくれ」

二人で土を掻き分けた。中から長方形の石の板が現れた。道平はバールを石の下に差し込み、挺子《てこ》を使って石を持ち上げようと試みた。だが、一人の力ではびくともしない。千鶴と二人で力を合わせ、なんとか動く大きさだった。やっと石の板をどけると、その下に同じような石で周囲を補強された四角い大きな穴が現れた。

「とにかく、降りてみる」

「だいじょうぶ？」

「平気だよ。馴れている。戦争に従軍するようなジャーナリストは、基本的な軍事訓練くらいは経験しているものさ」

道平は樟にロープを固定し、一方を穴の中にたらした。スイッチを入れたペンライトをベルトに固定し、ロープを体に巻きつけると、滑るように穴へと降りていった。

氷室は、三メートルほどの深さがあった。湧き水でもあるのだろうか。下には水が溜まっていた。

広子はすぐに見つかった。道平が底に着くと同時に、足にしがみついてきた。

「もうだいじょうぶだ」

道平はしゃくり上げる広子をロープで体に固定し、穴を登った。地上に戻ると、千鶴が広子を抱きしめた。底に水が溜まっていたのがよかったのだろうか。広子は顎と脇の下をすりむいているくらいで、それ以外には大きな怪我をしていないようだった。

「もうこんな所にいたくない。早く帰りましょう……」

濡れた広子の体を抱き締めながら、千鶴が言った。

「先に車の方に戻っていてくれないか。ちょっと調べてみたいことがある」

「いったい何をする気なの」

「この穴さ。中に何があるのか、確かめておきたい」

道平は、千鶴の制止も聞かずまた穴の中に降りていった。

水は、膝くらいの深さがある。以前は木で階段が作られていたようだ。その残骸が水の中に沈んでいた。

周囲をペンライトの光で照らしてみた。それほど広くはない。六畳間くらいだろうか。周囲の壁はすべて基礎と同じように川石で組まれている。その隙間のいたる所から、雪解けの水が染み出していた。奥に行くと、足元の水が少し深くなった。

だが、何もない。ただのがらんとした四角い地下室だった。

戻ろうと思い、暗い足元にペンライトの光を向けた瞬間だった。透明度の高い水の中に、白いものが沈んでいるのが見えた。

死蝋《しろう》化した、人間の死体だった。

7

死体は、杵柄慎一のものだった。

血液型が、誤射事件があった日に雪上で採取されたものと一致した。死因は、おそらく銃創によるものと判断された。冷たい水中にあったために死蝋化した筋肉の中から、右腰、腹部、右胸に計三発の鹿用散弾が残っていた。

さらに男性であること。身長一六〇センチに満たない小柄な成人であること。皮膚や頭髪に色素が認められないことなどから、杵柄慎一であると推定された。

道平は千鶴と広子を家に送り届け、その後に沼田署に通報し、遺体の収容に立ち合った。

二九年間、冷たい地下水の中で眠り続けてきた男は、地上の大気に触れると見る間に変色し、崩れはじめた。

やはり慎一は死んでいた。自力で氷室まで辿り着き、そこで息絶えたのか。それとも彩恵子か、他の人間が遺棄したのか。いまとなっては真実はわからない。だが一連の事件の犯人は、少なくとも慎一ではなかったことは明らかになった。

やはりあの連続殺人は、復讐劇だったのだ。この一軒の家を舞台に劇の幕は上がり、同じ場所で幕を閉じた。すべては彩恵子の意志によって。そしていま道平の目の前にそびえる一本の樟の巨木が、謎を生み人々を惑わすための重要な役割を演じていた。


昭和四九年、初冬——。

狛久清郎が殺された第三の事件の後、道平はまた鹿又村への駐在を命じられた。死体の発見現場に居合わせた時に撮影した清郎の杉の樹上に座る写真は、その日のうちに日刊群馬の沼田支局で現像され、翌日の朝刊から夕刊にかけて全国の有名紙の紙面を飾った。同時に新聞社やテレビ局のマスコミ陣が大挙して押し寄せ、村はまた元の騒然とした不夜城に逆戻りしてしまった。その中で道平は、〝特ダネ〟をモノにした若手記者として、いつの間にかちょっとした有名人になっていた。

道平はいち早く松下旅館に一室を確保しておいた。村までは車で一〇分足らず、歩いても行けない距離ではない。夜中に出入りすることも自由だったし、例の外人記者——その頃はまだワシントンポストの記者だと信じていた——の動向にも目を配ることができる。鹿又村の取材基地として、これ以上の宿泊場所は他になかった。

顔を知られたことで、取材はかえってやりやすくなった。警察の動向などに少しでも変化があれば、記者仲間の誰かが声を掛けてくれる。相変わらず沼田署の定例会見には出席しなかったが、記事を書くための情報に事欠くことはなかった。むしろ他の記者たちは、道平に情報を与えることにより見返りを期待しているような様子もあった。道平が頻繁に鑑識の大貫と飲みに行くことも、記者仲間から羨望を集めた理由だった。

反面、やりにくくなったこともある。彩恵子との密会である。それでも道平はなんとか人目をはばかりながら二日に一度は彩恵子と会った。幸い村の一番奥に位置する彩恵子の家は、警察の監視もまばらだった。

だが、彩恵子と一緒の時を過ごすほど、道平の心の中で疑念は大きくなっていった。彩恵子の家の近くで、何度か外人記者の姿を見かけた。会うのは、常に三人のうちの小柄な白人一人だった。彩恵子の家から出てきたのか、それとも向かう途中だったのか。道平と目を合わせると、男はいつも素知らぬ顔で立ち去っていく。そのような時、彩恵子の家に行くと、外国タバコの残り香が室内に漂っていることもあった。

彩恵子は相変わらず夕方以降、道平を家の中に入れようとはしなかった。まるでこれから、他の誰かが訪ねて来るのだと言わんばかりに。その態度に、次第に道平は彩恵子を信じられなくなっていった。やはり彩恵子には、まだ他に〝男〟がいるのではないか、と。

そして一二月一七日、事件の渦中に道平を引き込む決定的な出来事が起きた。

その日、道平は一計を巡らせた。彩恵子の秘密を暴くために。

その時点ではまだ、彩恵子が事件に直接関係していると疑っていたわけではなかった。道平を突き動かしたものは、純粋に男としての嫉妬だった。もしすべてを知れば、彩恵子との関係は終わってしまうのかもしれない。だが毎晩のように他の男に抱かれる彩恵子の肢体を想いながら、いつかはすべてを話すという曖昧《あいまい》な約束を信じ続けることはできなかった。

道平は彩恵子を、松下旅館の自分の部屋に誘った。久し振りに温泉に入り、うまいものを食べて、いっしょに眠ろうと。彩恵子は何の疑いもなく、その誘いに従った。

取材中の宿泊場所に女を連れ込むなど、通信社の記者としてはもってのほかの行為である。だが当時の道平には、その程度の判断もできないほど精神的に追い詰められていた。

夕刻に家族風呂を貸し切り、食事は特別料理を部屋に運ぶように注文した。幸い他の記者仲間は夜遅くまで旅館に戻らなかった。道平のあまりに大胆なやり方に、宿の女将《おかみ》は呆気にとられていた。

道平は彩恵子を酔わせ、その体を貪《むさぼ》った。脳裏のどこかに、これが最後になるかもしれないという思いがあった。襖一枚隔てた隣の部屋から、他の記者たちが声をひそめて話し合う声が聞こえてきた。

やがて彩恵子は、道平の腕の中で眠りに落ちた。まるで死んだように。だが道平は、眠らなかった。酒を飲んではいたが、神経は逆に研ぎ澄まされていた。

彩恵子の頭の下から静かに腕を抜いた。しばらく待ってみたが、起きる気配はない。道平は布団を抜け出し、音を立てないように細心の注意を払って服を身に着けた。

バッグのポケットから、ガーバーのフォールディングナイフを取り出した。刃を起こすと、暗がりの中で鈍い光を放った。その光の先に、彩恵子の顔が見えた。人形のように美しく、一点の汚れ《けが》すら感じさせない顔だった。

軽い寝息が聞こえてくる。安心しきっているような寝息だった。道平は一瞬、その喉元にナイフの刃をあてがう光景を頭に思い描いた。

ナイフの刃を閉じ、小型の懐中電灯と共にズボンの尻ポケットに入れた。壁に掛けてあったVANのダッフルコートを羽織り、静かに部屋を出た。

道平は車を使わなかった。目の見えない彩恵子はきわめて耳がいい。道平の車の音を、遠くからでも聞き分けることができる。

車を使えば、目を覚ます恐れがある。凍りつく深夜の林道を、徒歩で鹿又村に向かった。午後一一時、村に着いた。道平は警戒に当たる警官や記者仲間に姿を見られないように林道から森の中を抜け、彩恵子の家の裏手に出た。裏の勝手口は鍵が開いていた。

懐中電灯を点けて、家の中に入った。かすかに饐《す》えたような臭いがした。小さな土間を上がるとすぐ左手に台所があり、その向こうにいつも道平と彩恵子が座る炬燵が見える。赤い小さな光の中に浮かぶ風景は、普段見慣れているにもかかわらず、まるで未知の空間のように道平の侵入を拒んでいた。

誰もいない。雑然とした闇が、ひっそりと凍《こご》えるように横たわっていた。茶の間を抜けて、正面の土間を回り、右手の八畳間に入った。

布団が一組敷いてあった。彩恵子の使っている布団。道平と彩恵子が、幾度となく体を求め合った布団。そして狛久峰男や、清郎や、おそらく杵柄邦男、良介、さらに道平の知らない何人もの男達の汗が染み込んだ布団。彩恵子といる時には気が付かなかった他の男の残り香が、汚泥のように道平の胸に広がった。

布団の中に、手を入れてみた。冷たかった。

襖を開き、奥の八畳間に進んだ。リンゴの詰まった箱が数個。それだけだ。さらに一番奥の八畳間に進む。何もない。各部屋の押入れをすべて開けてみた。中には古い布団や雑誌、新聞紙、古着、使われなくなった荷物が積まれているだけだ。

台所に戻り、裏口の左手から裏の廊下に回った。北側の風呂場の戸を開けてみた。土間に敷かれた簀《すのこ》はすでに腐りかけていた。川石を積み、コンクリートで固められた五右衛門風呂の湯船と、わずかばかりの湯浴み道具。それだけだ。廊下をさらに奥に向かい、突き当たりの便所の戸を開けた。やはり、誰もいない。他の男の気配はなかった。

茶の間に戻り、炬燵に入った。タバコに火を点け、闇に立ち昇る煙を焦点の定まらない視線で追いながら、ぼんやりと考えた。やはり、思い過ごしだったのだろうか。

その時、音が聞こえた。上からだった。最初にドンと家全体が揺れた。その後数回、柱がきしんだ。音は、そこで止まった。

誰か、いる……。二階だ……。

この家に二階などあっただろうか。居間の上は吹き抜けになっている。だが奥の八畳間の上には天井がある。道平は何回もこの家に来ていながら、階段を一度も見たことはなかった。廊下に出た。風呂の正面の左側に、襖がある。南側の八畳間に通じる襖だ。いや、違う。八畳間からは直接廊下には出られなかった。襖を開けてみた。やはりそこに、梯子《はしご》状の小さな階段があった。

全身に、虫が這い登るような悪寒が奔《はし》った。尻ポケットからナイフを取り出し、刃を起こした。

指先や、膝が震えている。寒さのためなのか、それとも不安によるものなのか、歯が鳴った。だが道平は喉に絡む粘るものを飲み下し、息を整えると、意を決して階段を登った。

二階は、屋根裏部屋になっていた。直径五寸ほどの黒ずんだ丸太と荒縄で、棟木と垂木が組まれている。両側の妻壁の棟木のすぐ下に明かり取りの窓があり、月光が差し込んでいる。西の窓からは、樟の太い幹と枝が見えた。

床に上がった。古い箪笥《たんす》、壊れた機織機《はたおり》、籠、農機具、行李や座卓などが所狭しと積まれていた。青白いわずかばかりの月光と懐中電灯の光を頼りに、足の踏み場もないほどの通路を奥へと進んだ。大きな荷物を回り込み、その影に懐中電灯の光を向けるたびに、得体の知れない何者かと顔を合わすことを想い全身に恐怖が奔った。

誰もいない。音は、錯覚だったのだろうか。

だが南西の角の屋根と床の間にできた空間に、奇妙な光景を見付けた。何枚もの段ボールで、周囲が囲まれている。その内側にやはり何枚もの布団が丸められ、環状に積まれている。ただ単に、無造作に置かれたものではない。その形状には、稚拙《ちせつ》だが何らかの意志が介在したことは明らかだった。まるで大人が一人楽に入れるほどの、巨大な鳥の巣のようだった。

道平は、中を確かめるために一歩踏み出した。その時、足の裏になにかを踏む不快な感触があった。軟らかく、ぬめるような感触だった。懐中電灯の光を向けた。半分かじりかけの、腐ったリンゴだった。

なぜここにリンゴなんか……。

そう思った次の瞬間、道平は予期せぬ衝撃で床に叩きつけられた。懐中電灯とナイフが、手の中から飛ばされた。何が起きたのかわかるまでにしばらく時間がかかった。

人、だ。何者かが、道平の真上から襲ってきたのだ。

腕と首を後方から押さえつけられ、全身を締め上げられた。とてつもない力と重さだった。相手の顔を見ようにも、振り返ることすらできない。その圧迫感は、道平の〝人間〟に対する概念を遥かに超越していた。

天狗、か。まさか……。

抵抗した。だが、息もできない。唯一自由になっている左手で、相手の体を掻き毟《むし》った。

やがてその左手も、自由を失った。

顔面を、何かが包み込んだ。大蛇のように柔軟で、力強く、悪魔のように無慈悲な何かが。

何も見えない。道平は必死にそれを振りほどこうと試みた。だが、無駄だった。顔が破壊されそうなほどの激痛が奔り、頭蓋骨がメリメリと音を立てた。全身から、力が抜けていった。自分は、死ぬのだ。そう思った。

薄れゆく意識の中で、幻聴を聞いた。そこにいるはずのない、彩恵子の声を。彩恵子は叫んでいた。

やめて。やめて。やめて……。

体から、すべての感覚が奪われていく。それでいい。どうせ死ぬのなら、早く楽になりたい。もう終わりにしようじゃないか。

また彩恵子の声が聞こえた。

やめて。その人はいい人なの。お願いだから、やめて……。

急に、体から苦痛が遠のいた。全身が、軽い真綿の上に浮遊しているようだった。他には、何も感じない。やっと、終わった。自分は、死んだのか。

だが、幻聴は消えなかった。彩恵子の声が、耳から離れない。くぐもった小さな声が、閉ざされた意識の入口をこじ開けてかすかに流れ込んでくる。

道平は、夢を見ていた。目を背《そむ》けたくなるほど残酷で、胸を搔き毟《むし》られるように淫靡な夢だった。

蒼い闇の中に、白い影が揺らめいた。影は輪郭が滲み、ぼやけていた。だがそれが彩恵子の裸身であることに、道平は疑いを持たなかった。

彩恵子は、悶《もだ》えるようにくねりながら、その前にそびえる漆黒の影に身を絡めた。影はそびえる塔のように巨大だった。長身の彩恵子が、大木にしがみつく羽化したばかりのセミのように見えた。彩恵子は黒い影を滑るように伝いながら体を落とし、床に跪《ひざまず》くと、顔を埋めて男をまさぐりはじめた。

狂っている。すべてが、狂っている。やめろ。道平は、腹の底から叫んだ。だが声は出なかった。体も動かなかった。これは夢なのだ。現実のわけがない……。

やがて怪物の朦朧《もうろう》とした影が動きはじめた。影は彩恵子の細い裸身を丸太のような腕で捻《ね》じ伏せると、全身で白い尻にのしかかった。体を断ち割られた瞬間、彩恵子ははじかれたように背中を硬直させ、闇を裂く絶叫を放った。

道平はなす術もなくその光景をみつめていた。地を揺るがすほどの荒々しい怪物の息吹が、断続する彩恵子の悲鳴と交錯した。

悪夢は延々と続いた。しばらくすると彩恵子の悲鳴は、背徳の嗚咽《おえつ》へと変わっていった。白い尻は自らが求めるように蠢《うごめ》き、細い指が床を搔き毟った。

奇妙な光景だった。地獄絵図を想わせる光景に、だが道平はいつの間にか嫌悪を感じなくなっていた。体の芯に、抑え難いほどの熱と疼《うず》きを感じた。これほど美しい彩恵子を見るのは、初めてだった。

どこかまったく別のところから、もう一人の彩恵子の声が聞こえてきた。

慶ちゃん、見ないで。お願いだから見ないで。このことは誰にもいわないで。絶対に、いわないで。お願いだから……。

彩恵子の声は、幾度となく繰り返された。

お願いだから、見ないで。絶対に誰にもいわないで……。

道平はその声を聞きながらまどろみ、やがてかすかな意識も闇の中に消えた。

強い朝日を浴びて目を覚ました。気が付くと道平は、見馴れた松下旅館の部屋の中に横たわっていた。傍らに彩恵子の姿はなかった。

布団から出ようとすると、体のあちこちに激痛が奔った。特に頭とこめかみのあたりが痛む。手を当ててみると、頬のあたりがひどく腫《は》れていた。どうやら頬骨にひびが入っているらしい。

昨夜の服を着たままだった。ズボンが泥で汚れ、白いワイシャツには血が点々と飛び散っていた。ジャケットとコートは、ハンガーに掛けて壁に吊るしてある。この冬のボーナスで買ったばかりのダッフルコートは木のボタンがむしり取られ、袖が千切れていて、ひどい有様だった。

痛みに耐えながら、なんとか立ち上がった。廊下に出て、共同の洗面所の前に立った。鏡に映った顔は青黒い痣と固まりかけた血で、とても自分とは思えないほどの見るも無残な有様だった。

「道平さん、その顔どうしたのさ。喧嘩でもしたのけ」

気が付くと後ろに、宿の女将が立っていた。

「いや、別に……。ぼくはどうやってここまで帰ってきたんでしょう」

「なに言ってんだろね、この人は。全然覚えてないのかい。真夜中に物音がするから出てみたら、帳場の前で寝てたんだよ。私と父ちゃんで、部屋まで運んだのさ。お酒もいいけど、ほどほどにしないとね」

女将は怪訝《けげん》そうな顔をして歩き去った。

昨夜は、いったい何が起きたのだろう。あの男——人間なのか、それとも怪物なのか——。闇の中で、何者かに襲われたところまでは覚えている。あの男が一連の事件の犯人だったのだろうか。

あの場所にいないはずの彩恵子の声を聞いたような気がする。見ないで。誰にもいわないで。悲愴な声が耳の奥に残り、痛ましい光景が瞼の裏をかすめた。どこまでが現実で、どこからが夢だったのかがわからない。それともすべて現実だったのだろうか。

何気なく左手をズボンのポケットに入れた。指先に、奇妙な感触があった。取り出してみると、それは一塊の黒い体毛だった。道平は部屋に戻り、カメラバッグから空のフィルムケースを探し出すと、体毛をその中にしまった。

二七年前のあの当時には、わからないことがいくらでもあった。目の見えない彩恵子が、深夜の山道をなぜ家まで帰れたのか。そして自分は、どのようにして宿に戻ってきたのか。

だが、いまならば容易に想像はつく。ケント・リグビーだ。彼は松下旅館に泊まっていた。彩恵子とも顔見知りだった。彼以外には考えられない。

わからないのは、リグビーのあまりにも不自然な行動だ。もし彼と他の二人がワシントンポストの記者ではなく、米軍関係者であったのだとしたら、あの怪物を捕らえることが一連の行動の目的であったはずだ。だが彼は、あの夜、彩恵子の家に〝奴〟が潜んでいることを知りながら、自分はなにも手を下さなかった。

それとも、ただ単に〝奴〟を監視していただけなのか――。


道平の目の前を、シーツで包まれた杵柄慎一の遺体が運ばれていく。その向こうに、樟の巨木が無言で天に枝を広げている。

すべての謎は、この一本の木に起因する。人々に天狗と呼ばれたあの怪物は、この樟を介して彩恵子の家の屋根裏部屋と森とを行き来していたのではなかったのか。木から木へと飛び移りながら。

林道で発見された杵柄誠二の遺体の周辺に足跡が残っていなかったのも、彩恵子が夕刻になると道平を家に入れなかったのもそのためだ。そして彩恵子はあの怪物に自分の体を与えることによって、自由に操っていた。

おそらくケント・リグビーとその仲間も、厚田を含む一部の警察の上層部の人間も知っていたはずだ。夜、彩恵子の家に踏み込めば、すべてを解決できることを。それなのになぜあの業火の夜を待たねばならなかったのか。

8

道平の那須の山小屋の敷地は、白いペンキを塗った木製の柵で囲まれている。三〇〇坪のほぼ平坦な土地は、遠目には小さな牧場のように見える。

夜、沼田から家に戻ると、柵の内側のちょうど家の前に古い赤いランドクルーザーが一台、停まっていた。東京の練馬ナンバーだった。チェロキーを降りて車内を覗き込んでみたが、誰も乗っていない。

「あんた、道平さんかい」

その声に振り返ってみると、ポーチの暗がりに男が一人座っていた。顔に髭をたくわえた、体格のいい男だ。その横に、褐色の大柄な犬が一匹、寝そべっている。

「失礼ですが、あなたは」

ジープ・チェロキーから荷物を降ろし、ポーチに向かいながら道平が言った。

「有賀雄二郎。セイレーンの米田さんから、聞いてないかな」

家に入ると、有賀はまっすぐにダイニングのカップボードへと向かった。その上に並ぶ約二〇本のバーボンコレクションに目を付け、一本一本手にして値踏みを始めた。犬も当然のように家に入り込み、リビングの一等地の絨毯《じゅうたん》の上で体を伸ばしている。

「なあに。その犬なら心配はいらない。ジャックっていうんだ。おれの相棒だよ。あんたがおれの首でも絞めない限り、悪さはしない。ところでこれ、開けてもいいかな」

　ワイルドターキーの一二年ものを手にして、有賀がうれしそうに笑った。

　道平が薪ストーブに火を入れてダイニングに戻ると、すでにテーブルにはグラスや氷も用意されていた。有賀はどこから探し出してきたのか目の前にオイルサーディンやコンビーフの缶を並べ、片っ端から蓋を開けている。

　米田が言ったように、確かに変わった男だ。だが道平は、基本的にこの手の人間は嫌いではない。道平がテーブルにつくのを待ちかねたように、有賀は二つのグラスに氷を入れ、なみなみとワイルドターキーを注いだ。

「まずは乾杯といこうか」

　グラスを合わせると、有賀は半分ほどを一気に喉に流し込み、いかにも幸せそうに大きく息を吐いた。

「ところで用件を聞いてなかったな」

「決まってるだろう。例の遺伝子配列さ。あんなに凄いのは初めて見た」

「どこがどう凄いのかな。私は素人で、どうもよくわからないんだが」

「UMA《ユーマ》っていう言葉を知ってるかい。Unidentified Mysterious Animal（謎の未確認動物）の略なんだがね。もしあの遺伝子配列が本物だとしたら、UMAの可能性もあるということだよ」

ＵＭＡ。そのような言葉があるということくらいは道平も聞いたことがある。

「その割には連絡をくれるのが遅かったようだが」

「ちょっとカナダに行ってたんだ。トロントでビッグフットの学会があってね」

「ビッグフット……」

「そうさ。カナダや北米で目撃されているＵＭＡさ。まあ、信じるか信じないかは勝手だけどな」

ビッグフット。北米大陸のロッキー山脈一帯に棲息するといわれる正体不明の怪物である。人間に似て二足歩行をするが、全身を濃い褐色、または灰色の長い体毛に覆われているという。これまでにロッキー周辺を中心に二〇〇〇件以上の目撃例があり、それらの情報を総合すると、身長二～二・五メートル、体重は二〇〇～三〇〇キロと推定される。その姿を撮影したフィルムや写真、足跡なども多数記録されているらしい。発見された足跡が四〇センチ以上と大きいことから、ビッグフットと呼ばれるようになった。

「その前にはネパールに行っていたそうだが」

「イエティの調査隊に参加していた。スミソニアン財団のね」

イエティとは、いわゆるヒマラヤの雪男である。足跡や目撃例も数多く残されている。一九八六年にはイギリスの海外援助隊員のアンソニー・Ｂ・ウールドリッジが足跡と全身の写真撮影に成功した。身長は二メートルから四・五メートル。ビッグフットよりもはるかに大型だが、その他の身体的特徴はきわめてよく似ている。

「セイレーンの米田さんと仕事をしたことがあると聞いてるけど、やはりそっちの関係なのかね」

「ああ、そうだよ。四年前だったかな。カトマンズにいる時に、イエティの頭皮だといって売りに来た男がいてね。どうしても三〇〇ドル以下じゃ売らないというから本物だと思って買い取った。ひと山、当てようと思ったんだ。それのＤＮＡを米田さんに解析してもらったのさ」

「結果は？」

「真っ赤な偽物だったよ。なんと、オランウータンの頭皮だった」

そう言うと有賀は大声で笑いながらグラスを飲み干し、さらになみなみとワイルドターキーを注いだ。

なかなか面白い男だ。確かに道平も、ビッグフットやイエティのことは知識としては知っている。だが、その存在を真剣に信じている人間と出会ったのは初めてだった。

実際に学会――どの程度のものかわからないが――が開かれていたり、あのスミソニアン財団が雪男の調査隊を組織しているという話も新鮮だった。有賀の職業はルポライターだと聞いていた。いわば道平の同業者だ。だがこれまでの人生をまったく別な世界で生きてきたらしい。もっとも天狗に比べれば、有賀の世界はまだ現実味があるのかもしれないが。

「ところで例の解析結果だがね。ビッグフットやイエティの専門家としてどう思う」

「その前に取り決めをしとこうじゃないか。おれがこの件を調べるのはかまわない。情報はすべてオープンにするし、金もいらない。そのかわり、二つだけ条件がある」

「どんな条件だ」

「ひとつはそっちの情報もすべてオープンにすること。隠し事をされたんじゃわかるものもわからない。もうひとつ。今回のデータを、おれが何かを書く時にも自由に使わせてもらう。もちろんそっちの連載が終わってからでもかまわない」

「もし断ったら」

「もうこっちには解析結果があるんだ。勝手に書くさ。裁判をやるならかまわないぜ。逆さに吊るされたって、おれは埃《ほこり》も出ない」

図々しい男だ。だが歯に衣《きぬ》着せぬ言い方が逆に心地良い。いまの世の中、この手の人間の方がむしろ信用できるものだ。

「わかった。気に入ったよ。その条件、吞もうじゃないか」

「そうこなくちゃいけない」

二人はもう一度グラスを合わせた。

道平は今回の事件の経緯を、順を追って話し始めた。二七年前に群馬県の山里で起きた連続殺人事件。被害者の殺害状況。犯人が地元の住民から天狗と呼ばれて恐れられていたこと。DNA解析された体毛は、犯人のものであること。そして大貫の資料の中にあったすべての写真。有賀はウイスキーを飲みながら、眉ひとつひそめることなく平然と狛久峰男のつぶれた顔の写真に見入っていた。この男は、やはり本物だ。

さらに、体毛の実物を見せた。有賀はそれを指先でさわり、臭いを嗅ぎ、ポケットからルーペを取り出して細かく観察した。

「なにかわかったかい」

「別に。これはチンパンジーでもゴリラでもオランウータンでもない。それくらいかな。特にオランウータンの毛には三〇〇ドル分の苦い経験をしてるんでね。ところでこの体毛は、あんたが自分で犯人からむしり取ったものだと言ったよな。その時、相手の顔を見なかったのか」

「さっきも言ったように、暗闇だったんだ。それに、後ろから襲われた。その後に半分気を失った状態で見たような気もするんだが、全身が真っ黒で、かなり大きな奴だったことくらいしか憶えていない」

「大きさはどのくらいだった。身長は」

「おそらく、二メートル。それ以上はあると思う」

「体重は?　もちろん推定でかまわない」

「二〇〇キロか、それとも三〇〇キロか。こんな話、信じてくれるのか」

「もちろんさ。現にこうして体毛があるじゃないか。それに、さっきの足跡の写真。正にビッグフットそのものだ。あんたの話を信じられないくらいなら、最初からビッグフットなんか信じやしない。もちろんいくら米軍が絡んでたからといったって、ビッグフットの可能性はゼロだけどな。ただ、似てるってことは確かだ。イエティもね」

「どうやって調べるつもりなんだ。方法があるのか」

「一応、当てはある。これと同じようなDNAのサンプルが世界中に大量に出回ってるんだよ。まずはそれと、突き合わせてみる」

「そんなにあるのか。同じようなものが」

「ああ、あるね。毎年数十の単位で、インターネット上に流出する。ビッグフットのDNAを新発見、なんていってね。もちろんほとんどすべてインチキさ。DNAの配列表なんて、捏造《ねつぞう》しようと思えば簡単なんだ。A、G、C、Tのアルファベットを適当に並び換えればいいだけなんだから。その気になれば小学生だって悪戯《いたずら》できる」

「そんなものと今回の解析結果を比べてみて、なにか意味があるのか」

「あるさ。こっちには体毛という根拠があるんだぜ。もし万が一にも同じものが出てきたとしたら……。両方とも本物だということになるじゃないか」

9

いつの間にか庭でタヌキを見かけなくなった。

春先までは残り物を出しておくと、必ず来ていたのだが。新緑が芽吹くにつれて食物が豊富になり、山に帰ったのだろう。周囲の森では競うように小鳥たちがさえずり、早朝には繁殖期に入ったキジがかん高い声で鳴くようになった。

五月に入ると鳥たちもいくらかは落ち着きを取り戻し、道平は敷地の草刈りに追われるようになった。同時に次の冬の薪の準備も始めなくてはならない。那須の山中では秋は一〇月から、春も四月まではストーブを焚《た》く。昨年までに集めた薪は、この冬だけでほとんど使い果たしてしまった。それが終わると、今度は梅雨《つゆ》に備えての家の補修やデッキの塗り替え、さらにストーブの煙突掃除などが待っている。山の中で暮らすと、一年中なにかしらの仕事がある。

暮らしに追われながらも、連載は淡々と回を重ねた。一時の天狗ブームも落ち着き、テレビや週刊誌の中吊りで〝鹿又村〟の文字を目にする機会もめっきり少なくなった。各社は申し合わせたように、犯人の正体を米軍特殊部隊の脱走兵と結論付けて報道を収束させた。そのニュースソースが、すべて道平の記事を土台にしたものであることは明らかだった。他の報道機関は、当然のことだが、すべて道平の後を追いながらその域を脱することはなかった。

その中で道平の記事は好評だった。日刊群馬では、地味ながら、単なる日曜版のコラム連載とは思えないほど堅実に読者を摑んでいる。アメリカのニューズウィークでも米軍との関連に本題が移行するに連れて、読者の反響は大きくなりはじめた。

だが逆に情報提供は減った。日曜版に記事が載った当日にさえ、悪戯電話さえほとんど掛かってこなくなった。五月までにはまだ一週に一本か二本の電話があったが、六月に入ると皆無ということも多くなった。

厚田には、定期的に圧力を掛け続けていた。八月の第二週の掲載記事で実名を出すことを手紙で伝えてあるが、いまのところまったく反応はない。どうやら徹底的に道平を無視するつもりのようだ。それならそれでかまわない。確証がある範囲内で、書きたいように書くまでだ。

有賀とは、あれ以来頻繁に連絡を取り合っている。本当に奇妙な男だ。頭がいいのか悪いのかまったく見当がつかない。

六月にも一度ふらりとやってきて、バーボンを一本と買い置きの食料をおおかた空にして出て行った。その二日後にまた顔を出し、今度は「自分で釣った」というイワナとヤマメを二〇匹ばかり置いていった。いつもジャックという老犬を連れている。理屈ではなく、常に人間としての本能に忠実に行動しているようだ。

それだけに有賀の見識は、常にある種の危険性を含んでいる。なにしろビッグフットやイエティの存在を真剣に信じている男だ。酒を飲みながら聞いていると確かにその言動は説得力があるのだが、後になって冷静に思い返してみると信憑性が揺らいでくる。荒唐無稽といってもいい。もちろん、今回の事件に関しては、最初から荒唐無稽ではあるのだが。

有賀はすでに犯人のDNA解析結果と、他のサンプル――ビッグフットやイエティのDNA配列と称するもの――との照合を終えていた。だが、何らかの共通点を持つものはひとつも発見できていない。有賀に言わせれば「唯一今回のが本物であとはすべてインチキ」ということになる。この後も随時「裏のルート」からサンプルを取り寄せて、照合を試みるという。毒をもって毒を制すという意味では有賀のような男も有効かもしれない。

取材に関しては一区切りついたが、沼田には定期的に通った。千鶴に会うのが目的のようなものだった。

七月に入って間もなく、千鶴の店に買い手がついた。月末に契約を交わし、その後二カ月間は逆に千鶴の方が家賃を払って営業を続け、九月末日までに引き払うという条件で調整をしている。その後の身の振り方については、千鶴は具体的なことを何も言っていない。

道平が考えていたよりも、千鶴は芯の強い女だ。だが反面、脆《もろ》いところがある。男に頼らず生きていこうとする姿も千鶴ならば、娘の広子が氷室に落ちた時の母親の部分もまた千鶴なのだ。その千鶴に対し、道平は手を差し伸べてやる決心がつかなかった。

沼田まで行く時には、できる限り前橋まで足を伸ばして日刊群馬の松井に会った。お互いの情報交換と、今後の連載の打ち合わせという名目だが、いずれにしても大した話にはならない。

松井もまた、情報の少なさに行き詰まっているようだった。ところがある日、アポも取らずに本社に立ち寄ってみると、松井がいつになく明るい表情で待ち構えていた。

「どこにいたんですか、道平さん。昨日から探していたのに、どうしても摑まらなかった。携帯に電話しても連絡とれないし」

そういえば中央通信をやめてから、道平はほとんど携帯電話を持ち歩かなくなっていた。あんな物を持っていると、どうもリモコンで操作されるロボットにでもなったようで落ち着かない。

「それで、何かあったんですか」

「わかりましたよ、チャーリーが。あの男の名前がわかったんです」

「本当ですか……」

「ええ。例の馬喰町のパトカー騒ぎ、うちの新聞で扱ってなかったんで手間取ったんですがね。もちろん警察にだって、そんな昔の小さな事件の記録なんか残ってないし。それでうちの若いのに、当時あの辺りでパトロールしていた警官を根気よく捜させたんです。そしたら、出てきましたよ。あの時パトカーで現場に駆けつけた巡査の一人がいまも沼田署に残ってたんです。記憶はあやふやだったんですが、個人的に警邏《けいら》日誌を保管してましてね。日時は昭和四八年四月。例の杵柄慎一が殺された三カ月くらい後ですね。名前は川平《かびら》武」

「なんですって……」

「どうかしましたか」

「いや、川平と聞いて驚いたんです。沖縄にはよくある名字なんですが……。前に、馬喰町のスナック水仙のママが言ってたんです。彩恵子の名字は、確かではないんですが、川平だったかもしれないと……」

「ほう。偶然とは思えませんね」

「しかし名前さえわかれば、チャーリーが東京で殺された件に関しても調べられるかもしれない」

「もう調べておきましたよ。うちの資料室でね。当時の記事、ご覧になりますか」

そう言うと松井は、デスクの引き出しから茶封筒を取り出して道平に手渡した。中にはマイクロフィルムから転写した当時の記事のコピーが一枚入っていた。記事は、きわめて簡単なものだった。

『昨日夜一〇時三〇分頃、八王子市の路上で男性が血を流して倒れているのを通行中のタクシーの運転手が発見し、通報があった。男性は持っていた免許証などから沖縄県在住の川平武さん（二八）と見られている。川平さんは頭部、胸部、腹部に計三発の銃弾を受けていた。また直前に近所の住民が人の争う声と銃声を聞いていることから、警察は殺人事件と断定して捜査を進めている』

わずか一段十数行の記事の中から、道平は多くのことを読み取った。犯人は三発の銃弾を使い、完全にチャーリーの息の根を止めている。これは、明らかに、処刑だ。

記事を読んだ後で、日付を見た。その瞬間、道平の全身が凍りついた。

「まさか、こんなことが……」

「そうでしょう。私もその日付を見て驚きました。先程の名字の一件といい、これはもう偶然では片付けられない」

昭和四九年一二月二八日――。

忘れもしない。道平がいま手にしているのは、彩恵子の家を業火が襲いすべてを焼き尽くした当日の夕刊だった。チャーリーは、その前日に殺されていたのだ。

10

朝から小雪が舞い始めた。雪は午後には本格的な降りに変わり、落葉を終えた暗い森を白く彩《いろど》りはじめた。

道平はその日一歩も外に出ることもなく、旅館に閉じ籠もっていた。丹前を着て炬燵の中で背を丸め、時折立ち上がっては窓に向かい、曇ったガラスを袖口でぬぐって外を覗いた。冷え込む日には、まだ体のあちこちが痛んだ。頬骨にはやはりひびがはいり、まだ腫れが完全には引いていない。肋骨も三本折れていた。医者には入院を勧められたが、道平は酒で痛みを紛らわす方法を選んだ。

〝奴〟は何者だったのだろうか。

彩恵子の家での一件があって以来、道平は片時もあの異様な体験を忘れたことがなかった。鼻を突く獣臭。地鳴りのような息吹。体を砕かれる圧力……。

そして悪魔に蹂躙《じゅうりん》される彩恵子の白い肢体。その地獄の感触と悪夢の光景が、脳裏を蝕《むしば》み続けて離れようとしない。だが、〝奴〟の顔が見えない。その部分だけが、空白になっている……。

あれ以来、道平は鹿又村には一度も行っていなかった。彩恵子とも会っていない。気力が萎《な》えていた。拭いようのない恐怖が心の中に居座っている。

道平は、すべてを自分の心の中に仕舞い込んだ。何度かあの夜の出来事を誰かに話してしまおうと思ったことはあった。だがそのたびに、思い止まった。彩恵子の声が聞こえてくるのである。

慶ちゃん、見ないで。このことは誰にも言わないで……。

たったひとつ、確かなことがある。彩恵子はあの夜、自らの身を呈して道平を助けたのだ。かつて、彼女は約束した。いつかきっと、すべてを話すと。もし彩恵子を信じるならば、その時を待つべきだ。二人が共有する秘密を第三者に明かすことは、彩恵子に対する裏切りになる。

異変が起きたのは夜の一〇時を過ぎたころだった。宿の食事も終わり、各社の記者連中も部屋に戻って酒や麻雀で暇をつぶしていた。道平もすでに寝支度を整え、映りの悪いテレビの画面をぼんやりと眺めていた。

宿の中が急に騒がしくなった。廊下を小走りに行き来する足音。慌しい人の話し声。耳を欹《そばだ》てていると、「火事」という言葉が聞こえたような気がした。

廊下に出ると、そこにたまたま顔見知りの記者が通りかかった。

「なにかあったんですか」

「鹿又村で火事らしい」

「家は。どこの家ですか」

「なんとかっていう、ほら。村の一番奥に目の見えない女が住んでるだろう」

頭の中が真っ白になった。着替えを済ませ、ジムニーに飛び乗った。他の記者達の車に連なり、村に向かった。雪の舞う峠を越え、切り立つ山肌を回ると、深い森の先の遠くの空が赤く染まっているのが見えた。

村の入口に車を停め、走った。すでに彩恵子の家は天を焼き尽くすほどの炎に包まれていた。何台もの消防車が、放水を繰り返していた。雪と炎の中で、幾重もの水の放物線が光を放ちながら交差した。だが、炎は一向に衰える気配を見せなかった。

粉雪の中を、地獄の宴に踊り狂うように人々が走り回っていた。けたたましいサイレンの音と、人々の怒号と叫喚が渦巻いていた。

道平はその中に彩恵子の姿を探した。幾度となく、声が枯れるまでその名を呼んだ。消防団員や警察官を手当たり次第につかまえては彩恵子の消息を訊ねた。だが、彩恵子の姿はなかった。

彩恵子は、あの中にいるのだ。いまもまだ、あの業火の中に。彩恵子の体が、焼かれている……。

道平は、近くにあったバケツの水をかぶった。何も考えなかった。止めようとする消防団員を振り切り、炎の中に走った。

道平の顔を、押し寄せる熱が焦《こ》がした。その時だった。目の前に迫る炎に包まれた戸板が突然砕け散り、何かが宙を舞って向かってきた。

道平は、その場に体を伏せた。目を開けると、そこに炎に包まれた彩恵子が倒れていた。夢中だった。道平はコートを脱いで彩恵子の衣服の火を消し、その体を引いた。他の消防団員も駆け寄ってきた。だが彩恵子は懸命に抵抗した。自分の意志で立ち上がり、押さえつける力を振りほどき、家に向かおうとしている。

「お願い、助けて」

「そっちじゃない、彩恵子。もうだいじょうぶだから。早く逃げるんだ」

「そうじゃない。私じゃないよ。あの人を助けて。死んじゃうよう。あの人が、死んじゃうよう……」

その時、山が吠《な》くような叫びが聞こえた。道平は、その方向を見た。信じられないような光景が目に飛び込んできた。

炎の中に、何かがいた。巨大な〝男〟のように見えた。男は全身を炎に包まれながら猛《たけ》り狂い、長い両腕で虚空を掻き毟《むし》った。そしてまた、悲しげな咆哮を放った。

やがて男の影は膝から崩れ、体を丸めると、業火の中に没した。

道平は、その一部始終を茫然と見守った。命の燃える臭いが鼻を突いた。次の瞬間、地響きにも似た轟音と共に、すべてが炎の中に崩れ落ちた。


東京の八王子市で起きた殺人事件。その翌日に群馬県の寒村で起きた一件の火事。一見まったく脈絡のない二つの事件が、二七年の時空の末に一本の線で結びついた。

これまでに道平は、どうしても納得のいかないことがあった。ケント・リグビーをはじめ三人の米兵達は、彩恵子の家にあの怪物が潜んでいたことを事件の当初から知っていたはずだ。そう考えないと、なぜ警察に圧力をかけてまで彩恵子に捜査の手が及ばないように画策したのか。その説明がつかない。にもかかわらず彼らは彩恵子の家を監視するだけで、なぜか手を下すことなく放置した。

最初、道平は、その理由が彩恵子の復讐劇にあったのではないかと考えた。ケント・リグビーは、すべてが終わるのを待っていたのではなかったのか。だが、それでは辻褄が合わなくなる。

良介は言った。殺されたのは、杵柄慎一の事故があった日に銃を持っていた三人だと。もしそれが一連の事件の真相だとするならば、彩恵子の復讐劇は狛久清郎が死んだ時点で終わっていたことになる。

彩恵子は、その後も「もうすぐ終わるから」と言い続けていた。実際に三人の米兵も、狛久清郎が殺された三週間後まで行動を起こさなかった。その理由が道平にはわからなかった。答えは意外なところに隠されていた。チャーリーだ。彼らは、チャーリーを追っていたのだ。

彩恵子の家を監視していれば、いずれチャーリーが姿を現すと考えたのではなかったのか。だがチャーリーが八王子で殺され――おそらく犯人は米軍関係者だ――それ以上待つ必要がなくなった。その結果、あの火事が起きた。

もちろんなぜチャーリーが米軍から追われていたのか、その理由まではわからない。彩恵子と同じ〝川平〟の名字が示す意味も謎のままだ。だがチャーリーの死とあの火事が無関係であったとは考えられない。

「どうしました、道平さん。だいじょうぶですか」

考え込む道平の顔を、松井が覗き込んだ。

「ええ。ちょっと考え事をしていました。あの火事のことを思い出していたんです
ね。これでやっとわかりましたね。なぜあの日に火事があったのか。チャーリーだったんです
いずれもところでもうひとつ不思議なことがある。あの火事で二人の人間が死にました。警察は、いずれも現場に偶然居合わせたワシントンポストの記者だといっている。しかし、そんなことはあり得ない」

火事は翌朝まで燃え続けた。焼け跡には、二人の死体があった。当時の現場検証の様子を、大貫は日誌の中に次のように書いている。

〈――理解に苦しむ。現場検証は、消防署員を排して一部の警察関係者のみによって行われた。これになぜか米大使館員数名と米陸軍の軍医が参加。現場から、二名の遺体が発見された。いずれも男性。一人は身長約一九〇センチ。もう一人は二メートル以上。きわめて大柄な骨格をしていた。二人は米国人記者と確認されたが、検死は米陸軍軍医が一方的に行ったもの。死体発見と同時に米大使館員が周囲を隔離し、我々は指一本触れさせてもらえなかった。二名の遺体は、その場から軍の救急車によって運び去られた――〉

「いずれにしても米国大使館の一方的な見解ですからね。日本のマスコミが、それに踊らされたにすぎない。それにケント・リグビーに関しては、その後アメリカに帰った記録が残っ

ている」

道平が言った。

「記者は、三人でした。だとすると、死んだのは残る二人ということになる。しかし白人の方、例のエリクソン・ガーナーは生きていた。湾岸戦争当時の写真という絶対的な証拠もある。一人は、黒人記者の方でしょう。あの男も身長は一九〇センチはあった。しかしもう一人は……」

「天狗、ですよ」

彩恵子の声が、耳の奥で聞こえてきた。あの人を助けて。あの人が死んでしまう、と。

彩恵子の言う〝あの人〟とは、誰のことだったのだろうか。死んだ黒人兵のことだったのか。いや、あり得ない。彼女とあの黒人兵の間には、まったくといってもいいほど接点が存在しない。

それとも、〝天狗〟か。彩恵子はあの怪物のことを、なぜ助けようとしたのだろうか。

「そうだ。もうひとつ道平さんに伝えておくことがあった。厚田のことなんですがね」

「厚田がどうかしましたか」

「やはり知りませんでしたか。今朝のうちの朝刊に載ってるんですけれどね。厚田が昨日、死にましたよ」

「死んだ……。それにしてもなぜ……」

「自殺したんです」

11

千葉県岬町――。

ちょうどそのころ、有賀雄二郎は汗を流しながら、自宅でパソコンと格闘していた。遠くに海を望むゆるやかな丘の上に、古いモーターホームが一台停まっている。それが現在の有賀の〝家〟だ。

水道と電気、そして電話線が一本来ていれば、有賀はどこでも暮らすことができる。二年前の夏まではクーラーが一台あったが、いまは壊れている。そのうちどこかで使えそうなのを拾ってこなくてはならない。テレビ、ビデオ、パソコン、冷蔵庫。有賀はこの一〇年間家電製品を一度も買ったことはない。

窓辺に近い風通しのよい日影で、老犬のジャックが眠っている。ジャックもまた一〇年ほど前に拾ってきた犬である。

朝起きると、メールが一通届いていた。差出人は、カナダ在住のコリン・グリストからだった。コリンは、バンクーバーの大学で動物行動学を教えている。メールの内容は新たに手に入れたUMAに関するDNAの配列と称するサンプルが計四件。「いずれもあてにはならない」と注釈がついていた。

元来、ビッグフットなどのUMAを対象とした正式な学問は存在しない。動物学者や人類学者、ジャーナリストなどの物好きが集まって勝手に情報交換をしているにすぎない。コリンもまた、この分野では世界的な有名人の一人である。有賀とは旧知の仲で、アラスカや沖縄などでのべ一年以上にわたりフィールドワークを共にしたこともある。

さっそくサンプルの照合をはじめた。有賀のデスクトップパソコンは、かなりの旧型だ。見た目は大きいが、容量はきわめて小さい。DNA配列の照合などという複雑な仕事になると、じれったいほどの時間がかかる。

一件目、一九八七年にアメリカのブリティッシュ・コロンビア州のドウソンクリークで採取された、ビッグフットの体毛を解析したと称するもの。〝天狗〟のサンプルと照合した結果、DNA配列の共通基準は九八・六七二五%。有賀は溜め息をついた。

DNAは、不思議だ。人間とチンパンジーを比べても九八・五%が一致する。つまり二つのサンプルの遺伝的距離は、人間とチンパンジーに近い差があるということになる。やはり共通性は認められない。

二件目、同じくビッグフットのものと称するサンプル。共通比率は九八・八二三%。一件目よりは多少考えて作られた偽物といったところだろうか。最近はネット上に流出する捏造されたDNAサンプルも、以前よりはかなり質が向上している。

三件目。有賀はデータを打ち込み、実行をクリックし、ポンコツのパソコンがあえぎながら二つのDNAサンプルを照合するのを待った。このような作業を、ここ二カ月の間に幾度となく繰り返している。

〝天狗〟のDNAと照合したサンプルは、計百件を上回る。だが、当然というべきだろうか。

関連性が認められるサンプルは皆無だった。

パソコンが、なんとか〝仕事〟を終えようとしていた。画面が変わり、パーセンテージが数字で表記される。最初の一桁目に9が表示され、その後にも9が並んでいく。

有賀は息を飲んだ。全身が硬直し、背筋に緊張が這い登ってくる。どこまでいっても9が途切れない。やがて、画面に表示される三〇桁《けた》のうち二二桁に、〝9〟が並んだ。

「ビンゴ!」

有賀は飛び上がって叫んだ。その声に驚いてジャックが目を覚まし、何事かという顔で有賀を見上げている。

「おいジャック。やったぞ。ついにやったんだ。寝てる場合じゃないぜ。奴の正体がわかったんだよ。まったく、なんてこった。金鉱を掘り当てた気分だぜ」

ジャックが、お義理程度に尾を振った。有賀がデスクに戻り、マウスを操作する。画面を戻し、サンプルのタイトルを呼び出した。

タイトルは、長い英文だった。どうやら新聞の記事らしい。新聞は、一九六六年一一月一日付の『ワールド・ジャーナル・トリビューン』だった。

その記事を読み進むうちに、有賀の表情から笑いが消えた。確かに、天狗の正体はわかった。だが同時に、有賀は決して突き破ることのできない巨大な壁に突き当たったことを知った。

12

電話口の有賀の声の様子が、重大な用件であることを物語っていた。

少なくとも電話で済ます内容ではないことは明らかだった。沼田から戻ったばかりの道平は、シャワーを浴びる間もなくチェロキーに飛び乗り、国道二九四号線を南下して千葉県の岬町へと向かった。

さんざん道に迷いながらなんとか有賀の家を探し出したころには、すでに黄昏《たそがれ》も終わっていた。休耕地に古いランドクルーザーと傾いたモーターホームが不法投棄されているような、殺伐とした風景だった。防虫網を張ったドアの前に立つと、中からジャクソン・ブラウンのプリテンダーが聞こえてきた。有賀は小さな明かりの中で、足元に大きなアイスボックスを置き、潮風に吹かれながらベッドに座っていた。

「遅かったな」

「この辺りで、だいぶ道に迷ったよ。まさかこんなところに住んでいるとは思わなかったからな」

「あんたの山小屋だって大差ないじゃないか。まあ、東京で暮らすよりはましさ。こっちの方がよっぽど人間らしい。そのアイスボックスの中にビールが入っている。勝手にやってくれ」

道平はアイスボックスからバドワイザーを一本取ると、向かいのソファーに座った。

「それで、何かわかったのか」

「ああ。わかったよ。昨日カナダからサンプルが四本送られてきた。その中の一本が当たった。なんとパソコンに表示される三〇桁のうち二二桁に9が並んだんだ。体が震えたよ」

「どういうことなんだ。もう少しわかりやすく説明してくれないか」

「つまり、例の天狗のサンプルともう一つのDNAサンプルの配列が、ほぼ一〇〇%近く一致したということさ。同じ現代人同士、日本人同士だってここまでは一致しない。この二つのサンプルはまったくの同種だというだけでなく、親子か、もしくは兄弟か、きわめて近い血縁関係にあるということさ」

「なるほど……。それでそいつの正体は。まさかビッグフットだったなんていうんじゃないだろうな」

「安心してくれ。ビッグフットでもイエティでもなかった」

「それじゃあ、何だったんだ」

「アイスマンさ。奴は、アイスマンだったんだよ……」

アイスマンとは言っても、近年アルプスの氷の中から発見されたクロマニヨン人のミイラとは別物だ。

全米の動物学者を議論の渦に巻き込んだ一連のアイスマン事件。事の発端は、一九六八年一二月一七日、ミネソタ州のローリングストーンで起きた小さな出来事にまで溯《さかのぼ》る。

その日、動物学者のベルナール・ユーベルマンとアイヴァン・サンダーソンの二人は、匿名の情報を得て、トレーラーハウスを改造した見世物小屋の中に入っていった。

情報はきわめて懐疑的なものだった。フランク・ハンセンという興行師が、〝先史時代の男〟の死体を所有しているという。アメリカでは昔からこの手の見世物が後を絶たない。ビッグフットやイエティの死体と称する物が次から次へと現れ、専門家の手を煩《わずら》わせる。だが例外なく作り物か、もしくはゴリラやオランウータンの死体を加工したものにすぎない。最初、ユーベルマンとサンダーソンの二人は、今回もまたその手のものだろうとたかをくくっていた。

見世物小屋に入っていくと、情報どおり氷の塊《かたまり》に閉ざされた男の死体が横たわっていた。その時二人は、あまりにも信じ難い光景を目の当たりにして愕然とした。死体には、偽物である証拠はまったく存在しなかった。どこから見ても、〝本物〟だったのである。

死体は、明らかに未知の動物、もしくは人間だった。二人は、その場でできる限りの調査を行った。身長は約一八〇センチ。胴体は胸が厚く、腹に丸みを帯び、ウイスキーの樽のような形をしていた。人間としては腕が異常に太くて長く、左腕を頭上で折り曲げている。手の大きさは同じ身長の人間の約一・五倍。計測すると手首から指先までの長さが約二七センチ、幅が一九センチもあった。そして全身が、濃い茶色の体毛で覆われていた。

最も特徴的だったのは、その顔だった。頭頂骨が高く、眉弓《びきゅう》と頬骨が突出し、鼻が低くひしゃげていた。二人は、「きわめて醜い顔」という印象を持った。しかもその顔にひどい傷があり、後頭部が大きく損壊していた。顔を銃撃されて射殺されたことは明らかだった。

この死体をどこで手に入れたのかを訊ねると、ハンセンは「ソ連のトロール船が北太平洋を漂流しているところを発見し、それを買い取った」と説明した。

間もなくユーベルマンとサンダーソンの二人は、この未知の氷漬けの死体をアイスマンと名付け、調査報告書を公表した。全米は騒然となった。科学者達は賛否両論の議論を戦わせ、同時に国内外のマスコミを巻き込む取材合戦に発展した。

これに最も驚いたのは、所有者のハンセンだった。ハンセンはアイスマンに関する科学的な調査を拒否し続け、全米やカナダの各地をマスコミの取材から逃げ回った。そして騒ぎがあまりにも大きくなったためにＦＢＩ（連邦捜査局）までが調査に乗り出し、これを機にハンセンはアイスマンと共に忽然と姿を消してしまった。

「それ以来、誰一人としてアイスマンを目撃していない。ハンセンもね。どこに消えちまったのか、誰も知らないんだよ」

「アイスマンの名前くらいは、私も聞いたことはある。しかし、奇妙だな。北太平洋に浮かんでいたというのが、なんとも説得力がない」

「その一点に関しては確かに眉唾《まゆつば》だな。おれたちの仲間、つまりＵＭＡの研究者も誰一人としてそんなことを信じていない。だいたいハンセンというのはきわめていい加減な男でね。その後に新聞社の取材を受けた時には、自分がアメリカ国内で撃ち殺したビッグフットだと答えている」

「しかしビッグフットではない。そうなんだろう」

「そうだ。実はこんな記事があるんだ」

道平が有賀から手渡されたのは、英文の古いコピーだった。一九六六年一一月一日付の『ワールド・ジャーナル・トリビューン』である。アイスマン騒動の起こる約二年前の新聞だ。紙面の一角が、赤いペンで囲ってあった。

記事は端的に事実のみを伝えていた。二日前、ベトナムのカンボジア国境付近において、作戦行動中の米陸軍の兵士が〝巨大な類人猿〟を射殺したという報告があった。まったく未知の動物の可能性が高いが、詳細は不明。事態を重く見たペンタゴン（米国防総省）は、現在事実関係を調査中、というものだった。

「やはり、ベトナムか……」

「そうだ。前にあんた、言ってたよな。事件の裏で米軍が関係してるって。これは偶然じゃない。そう思わないか」

「すると、この一九六六年にベトナムで殺された巨大な類人猿が、アイスマンだったということか……」

「確証はないがね。実はその一年くらい後にも同じような事件が起きている。米軍の軍事会報の『アーミー・リポーター』にその記事が載っている。もう一人、まったく別の〝類人猿〟がやはり兵士に撃たれているんだ。傷を負ったまま逃げたらしい」

「しかし、どうしてそのベトナムで殺された類人猿の死体がアメリカで発見されて、しかも、ハンセンという男が持っていたんだ。それがわからない」

「その点については後でユーベルマンが調べている。一九六六年当時、ハンセンはベトナムに従軍していたことがわかった。しかもその任地が、類人猿が殺されたまさにその場所だったんだ。おそらく彼は、アメリカに持って帰れば金になると思ったんだろう。輸送は死体袋を使えば訳はない。当時のアメリカの兵隊は死体袋を使ってヘロインの密輸をやっていたくらいだからな。中身が人間の死体だったら、もっと簡単さ。実はアイスマンがベトナムの類人猿だという説は、いまに始まったことじゃないんだ。おれ達UMAの研究者の間では、もはや既成事実なんだよ」

頭がおかしくなってくる。天狗、アイスマン、巨大な類人猿……。まるでSFの世界に迷い込んでしまったかのような錯覚に襲われる。しかも目の前にいるこの有賀という男は、真剣なのだ。けっしてふざけているわけではない。それだけに、なおさら道平の思考は混迷に陥る。道平は頭を冷やすためにビールをもう一本取り、半分ほどを一気に喉に流し込んだ。そして言った。

「ひとつ意見を聞きたい。例の事件の犯人、つまり天狗だが、そのアイスマンと兄弟もしくは親子だと考えていいわけだな」

「そのとおり。まず間違いない」

「もしそれが事実だとしたら。そいつは木から木へ飛び移ったり、人間の頭を握り潰したり、そんなことが可能だと思うか」

「あくまでも私見だがね。可能だろうな。アイスマンはきわめて太くて長い腕を持っていた。

つまりこの特徴は、奴らが樹上生活に適応していたことを意味している。木から木に飛び移るなんて、奴らにとったら歩くのと同じだろう」

「腕力は？」

「それも説明はつく。元来人間、いやこの場合は現代人というべきかな。現代人はあらゆる種の中で体重に換算すると最も非力な動物なんだよ。例えば人間と同じ大きさの蟻がいると考えてみてくれ。きっと象一頭を軽く持ち上げるぜ。同じことを、人間に最も近いチンパンジーに置き換えて考えてみるとわかりやすい。体重が人間の半分のチンパンジーの腕力は、逆に人間の倍以上なんだ。例の犯人、つまり天狗は、身長が約二メートルで体重が二〇〇キロくらいだといったよな。現代人の約三倍の体重だ。もし仮にアイスマンの身体能力がチンパンジーと同等だと考えると、単純計算で現代人の約一二倍。成人男性の平均的握力を五〇キロとするならば、アイスマンは六〇〇キロということになる。それにあの大きな手だ。人間の頭なんて、腐ったリンゴと同じさ」

道平は思わず頰骨に手を当てた。一瞬古傷に激痛の記憶が蘇ったような気がした。

「ところで、何者なんだ。そのアイスマンというのはイエティなのか。ビックフットなのか。それともまったく別のUMAなのか」

「問題はそこなんだよ。まったくわからないんだ。これまで三〇年以上もの間、あらゆる動物学者やUMAの研究者が考えられる限りの手を尽くしてアイスマンを追求してきたんだ。それでも正体を特定できなかった。必ず最後にはFBIかペンタゴンに行き当たって、道を断たれるのさ。なぜ彼らがこの件を国家機密のように扱うのか、それすらわからない」

「つまり、我々にもこれ以上調べる方法はないということか」

「そういうことだ。アイスマンが出てきたら、ジ・エンド。それでおしまいなのさ」

それからしばらくの間、二人は無言でビールを飲み続けた。有賀は一度席を立ち、ジャックに餌をやった。網戸から心地良い風が吹き込み、テーブルの上の書類がめくれ上がった。

何かがおかしい。どうしても釈然としない。確かに天狗は、アイスマンと同種であったのかもしれない。だとすれば、米軍関係者が何らかの理由で日本に運び込んだのだろう。

そこまでは推察できる。だが、小さな疑問が心の中にしがみつき、離れようとしない。あまりにも巨大な謎の中にあって、それは取るに足らないことであるのかもしれないが。

「今回のアイスマンのDNA配列表、カナダから送られてきたといったよな」

「そうだ。コリン・グリストというUMAの研究者仲間から、今朝早くメールで入ってきた。信用できる男だ」

「そのグリストという研究者は、これをいつ、どこで手に入れたんだ」

「三日ほど前に、やはりメールで入ってきたらしい。差出人は不明。どうせ調べてみたところで、発信元はニューヨークのネットカフェあたりだろうな。ちなみに、コリンだけじゃないんだ。今回のアイスマンのサンプルは、全米やカナダの有名なUMAの研究者数人に同時に送られている」

「おかしいと思わないか。いったい誰に、そんなことをするメリットがあるんだ」

「悪戯だろう。それとも好奇心か。虚栄心か。UMAのネットワークの中じゃ特に珍しいことじゃない」

「問題はタイミングだよ。なぜ三〇年以上も秘密のベールに包まれていたものが、いまさら出てくるんだ。まるで我々に手を差し伸べるように。不自然じゃないか」

「偶然さ。それに、二つのサンプルがほぼ一〇〇％一致したことは事実なんだ」

「ドン・キホーテは言った。事実は真実を隠すとね」

「いったい、あんたは何が言いたいんだ」

「私にはどうしても、誰かに意図的にアイスマンに誘導されているような気がしてならないんだよ」

13

八月、第四週の日曜をもって、日米同時進行した半年に及ぶ道平の連載は、一応の終着を見た。

予想以上の成果を上げた連載だった。連載の途中で次々と新たな情報が浮上し、期待をはるかに上回る事実が解明された。

だが同時に、多くの謎を残したことも事実だった。いくつかの具体事例を並べ、そこから仮説を導き出し、最終的な判断を読者に委ねるという手法はノンフィクションが決して回避し得ないジレンマである。

あえて否定はしない。だが今回の一連の事件に関しては、決定的な部分において、謎があまりにも多すぎる。公式的にも。さらに、道平個人の心情においても。

最大の謎は、やはり犯人像である。道平は数々の情報を分析した結果、その正体をアイスマンと結論付けた。いや、その可能性を示唆したといった方が正確かもしれない。

なぜなら道平自身がこの荒唐無稽な結論に、一〇〇％納得していたわけではなかったからだ。なぜならアイスマンの正体そのものが明らかになっていないばかりでなく、存在の真偽さえ確認できないのだ。唯一の証拠ともいえるＤＮＡの解析結果さえ、科学的には絶対的なものであったとしても、何者かによる情報操作の可能性という不確定要素を残している。

そして犯人がアイスマンであったことが事実だとするならば、なぜベトナムの未知の生物が日本に存在したのか。さらに米軍の関与は、かなり確率が高いとはいっても、ある意味推察の域を脱していない。

チャーリーの一件も心に引っ掛かっていた。本名川平武。あの彩恵子と同じ名字を持つ男。彼は何を知っていたのか。事件の中で、どのような役割を演じていたのか。そしてなぜ、処刑されなければならなかったのか。唯一わかっているのは彼の死が、米軍の行動に何らかの意味を持っていたということだけだ。

彩恵子に関しては、その後たった一つわかったことがある。道平はもしやと思い、川平武の線からもう一度その生い立ちを調べてみた。やはり川平武は、沖縄の金武《きん》町の役場に住民記録が残っていた。昭和二一年一〇月生まれ。母の川平ナミは、昭和四六年に死去。父親の欄には記載はない。私生児である。そしてその横に、三歳年下の妹として、幸子《さちこ》の名が載っていた。

彩恵子の本名は、幸子だったのだろうか。幸子は昭和四七年一二月の時点で、〝不明〟として処理されていた。ちょうど彩恵子が沼田に出てきてから二年後、役場の対応する時間差を考えれば矛盾していない。

いまも道平は、あの火事の夜のことを思い出す。担架に乗せられて運ばれてゆく彩恵子の華奢《きゃしゃ》な手を、道平は強く握り締めていた。

彩恵子は何も言わず、光を感じることのない目に大粒の涙を浮かべながら、嗚咽《おえつ》に体を震わせていた。その涙の意味さえ道平には知る術はない。憶えているのは、なぜか彩恵子が、かつて道平と迦葉山を訪れた時に持ち帰った天狗の面を握りしめていたことだった。

やがて救急車の扉に担架が運び込まれると、彩恵子は少しずつ道平から遠ざかり、手の中から体温が離れていった。それが道平の記憶にある彩恵子の最後だった。

それからしばらくして、彩恵子が前橋市内の精神病院に入院していることを知った。何回か見舞いには行ってみたが、家族ではないという理由で面会は叶わなかった。その後、昭和五〇年五月二六日に退院。彩恵子の消息は、そこで完全に途絶えている。

道平は、いまも彩恵子が生きているような気がしてならない。自分と同じこの地球上のどこかで。

連載の最終回が掲載された日の夜、道平はワイルドターキーの新しいボトルの封を切った。

窓を開け放ち、かすかな秋の気配を運ぶ風に身を任せながら、暗い照明の中で淡々と杯を重ねた。

グラスの中に、様々な人間の慟哭《どうこく》が浮かび上がっては消えた。いったい一連の事件の渦中で何人の人間が命を落とし、人生を失ったのだろうか。

考えてみれば厚田拓也もまた、事件に運命を翻弄された犠牲者であったのかもしれない。彼は、秘密を守り抜くために、自らの命を断つ道を選んだ。その崇高なまでの決意を、いまさら誰が責められるだろうか。そして人々の慟哭の先には、常にアメリカという巨大な闇が影を落としている。

道平はバーボンとマルボロを嗜好する。だが、アメリカは嫌いだ。リーバイスのジーンズを穿《は》き、クライスラーのジープに乗り、冬はダッチウエストの薪ストーブで体を温める。だが、アメリカは嫌いだ。ブルースを聴き、ヘミングウェイやスタインベックを愛読し、ハリウッドの映画に夢中になる。だが、アメリカは嫌いだ。

若い頃からアメリカに憧れ、何回となくその大地に足を運び、幾多の心を許せる友に恵まれた。それでも、アメリカが嫌いだ。

アメリカがアメリカであるうちは、本当の意味で真実が明かされることはない。永遠に。神の意志による奇跡でも起こらぬ限り。

濃い朝靄《もや》の中で、東の空が白みはじめた。待ちかねていたように、森のあちこちで小鳥がさえずりはじめた。道平はボトルの底の最後の一滴をグラスに注ぐと、それを口に含み、古いソファの上に体を横たえて目を閉じた。

その日、道平は彩恵子の夢を見た。

やがて本当に奇跡が起きることなど、知る由《よし》もなく。

第四章　復活

1

二〇〇一年九月一一日——。

人類は新たなる十字架を背負った。

米東部標準時間午前八時四五分、テロ組織アルカイーダのメンバーによってハイジャックされたアメリカン航空一一便が、ニューヨーク・マンハッタン島の世界貿易センター北側タワーの八七階部分に突入した。これが人類史上最悪の航空機テロの幕開けとなった。

さらに同九時〇三分、今度はユナイテッド航空一七五便が南側タワーの九三階部分に突入。

世界経済の中枢は瞬時にして機能を失い、黒煙と炎に包まれて地獄絵図と化した。

米国防総省情報局極東第四課文民スタッフのリーマス・ボーマンは、その光景をワシントン郊外の通称ペンタゴン（国防総省ビル）西側二階にあるスタッフルームのモニターで見ていた。現実とは思えない光景だった。いったいこのアメリカに、何が起ころうとしているのか。

周囲では普段は冷静な軍人やスタッフが完全に平常心を失っていた。ある者はそれが唯一の解決策であるかのようにパソコンに向かい、ある者は電話でヒステリックに叫び、またある者は呆然とモニターの前に立ち尽くしていた。

その時ボーマンは、突然腹の底から沸き上がるような不安に襲われた。貿易センタービルの次は、ペンタゴンではないのか――。

予感は的中した。間もなく大型航空機特有のうなるようなエンジン音が上空に迫った。デスクの上のコーヒーカップが音を立てて揺れ始め、スタッフルームにいた全員の動きが止まった。次の瞬間、轟音と共に巨大なペンタゴン全体が震撼した。九時四五分だった。

ボーマンはデスクの陰に吹き飛ばされた。室内に黒煙が広がり、消し飛んだドアから炎が吹き込んできた。周囲は完全にパニックを引き起こした。

だがボーマンは、自分でも意外なほど冷静だった。デスクの陰から立ち上がると、怪我をしていないことを確かめ、右往左往する人の波を掻き分けて廊下を走った。途中でロッカールームに寄り、中から目出し帽を取り出した。いつかこのような時のために、用意しておいたものだ。

一階に降りると、人の波は逃げまどいながら外へと向かっていた。ボーマンはあえて黒煙の中を逆走し、非常ドアを開けて階下へと降りた。

地下の廊下には、まだそれほど煙は立ち込めていなかった。非常灯だけを頼りに奥へと進み、『部外者立入禁止』と書かれたドアの前に立った。ビル全体のセキュリティシステムが切れているために、鍵は手動で開いた。

すぐ左手のセキュリティ・ステーションに人影はなかった。どうやらすでに避難したらしい。ボーマンはコンピューター・ルームを通り抜け、さらに奥へと進んだ。廊下を走り、突き当りの鉄格子のはまった鉄のドアを開けた。

暗がりの中に、野戦服を着た男が座っていた。

「ロブ。だいじょうぶか」

ボーマンにロブと呼ばれた男は、振り向きながらゆっくりと立ち上がった。身長二メートルを超す巨漢だった。

「いったい、何があったんだ……」

男が言った。

「旅客機が落ちた。このペンタゴンに」

「なぜ？」

「おそらく、テロだ。アメリカが崩れ始めた」

「何てこった……」

そう言って、男が巨大な手で頭を抱えた。

「チャンスだ。とにかくここから逃げよう。顔を見られるとまずい。これを被れ」

ボーマンが目出し帽を投げた。

「わかった」

男は帽子で顔を隠すと、ボーマンと共に炎の中に走り出した。

地を這うように、異臭が漂ってくる。

2

栄華と文明、数千人の命と妄執《もうしゅう》を荼毘《だび》に付した異臭である。

九月一八日夕刻、道平は通称グラウンド・ゼロにいた。いたる所に銃を持った州兵や憲兵が立ち、プレス関係者も現場の一ブロック手前までしか入れない。

前方に、見上げるほどの巨大な瓦礫《がれき》の山があった。砕けたコンクリート、熱で曲がった鉄骨、デスクやコンピューターの残骸が摩天楼《まてんろう》の谷間を埋めつくし、ちりばめられたガラスの破片が午後の斜光を反射して輝いていた。

テロから一週間が過ぎたいまも、周囲には煙と灰が立ち込めていた。その中で何台もの大型の重機が瓦礫の山を崩し、黄色い服を着た無数の作業員が蟻のように這い回っていた。壮大で無秩序な地獄の光景だった。

「ここに居ても何も変わらない……」

道平の横で、APマンハッタン支局のジム・ハーヴェイが言った。

「どうする？　モルグに行ってみるか」

「そうだな。もうすぐ午後五時になる。ＯＣＭＥ（主任監察医事務所）の早番の連中をつかまえれば、何かネタが拾えるかもしれん」

グラウンド・ゼロを後にし、道平とハーヴェイはダウンタウンの方角に向かった。一番街通りから先は、軍と警察以外の車輌の乗り入れは一切禁止されている。モルグは、その半ブロック手前の三〇丁目にある。

途中で何回も検問を受け、州警にプレスカードとパスポートの提示を求められた。イーストリバーに向かって通りを歩いていると、時折パトロールカーや州兵のトラック、遺体を乗せた冷凍運搬車が粉塵を巻き上げて猛スピードで走り抜けていった。

ロワー・イーストサイドで最後の検問を受け、バリケードの中に入った。OCMEの前の広場に無数のテントが張られ、広大なテント村になっている。ここが現在のマンハッタンのモルグだ。テントの間を無数の警官、州兵、消防隊員、全米から集まったボランティアが行き来している。

冷凍車が一台、到着した。後部ドアが開き、中から星条旗に包まれた死体袋が運び出される。その光景を、何人もの警官と消防隊員が整列して見守りながら、敬礼を送った。袋の中の遺体は、もしかしたら、彼らの元同僚であるのかもしれないのだ。

どこからか屍臭《ししゅう》が漂ってくる。ここが、本当にマンハッタンなのだろうか。道平は、かつて幾度となく経験した戦場の風景と重ね合わせた。

食堂のテントに立ち寄り、そこでOCMEの顔見知りのケイト・キャンベルという監察医を見つけ、ハーヴェイが声を掛けた。ケイトは乱れた白髪まじりの髪をかまいもせず、憔《しょう》悴《すい》しきった顔でコーヒーを手にしていた。

「ハイ、ケイト。今日の首尾は?」

「焼けただれた肉片がひとつ。脇腹のあたり。朝からそれに掛かりっきりだったわ。性別は不明……」

「それで? DNA鑑定に回すのか」

「いいえ。午後になって電子顕微鏡が空いたんで、細胞の目視検査で解決したわ。ポークチョップだった……」

「ポークチョップ?」

「そう。レストランで出すポークチョップだったのよ。どうりでよく焼けていたはずだわ」

ケイトはそう言って、笑いながらコーヒーをすすった。

それから何時間も、二人は食堂のテントで粘った。早番の監察医がバスに乗ってホテルに引き上げ、次のバスが遅番の監察医を運んでくる。その間にも、冷凍車や救急車が次から次へと遺体——もしくはその一部——を運び込む。

そのたびに道平は、屍臭を嗅いだ。この街は二四時間眠らない。地獄の不夜城だ。

深夜を過ぎて、二人はモルグを後にした。一番街に来た時と同じ検問所に寄り、ここでプレスカードを提示して名簿にサインする。ダウンタウンに出ると、やっと屍臭から解放された気分になった。

ここはいつもと変わらない。何事もなかったかのように店が営業し、人が歩き、タクシーが走っている。

七番街まで歩き、タイムズスクエアに面したトニーノという軽食堂に入った。窓際の席に座り、朝食とも夜食ともつかない料理を注文した。二人ともすでに二四時間以上も一睡もしていない。食事も一五時間振りだった。だが、モルグの異臭を思い出しながら眺めるベーコンエッグや冷めたマフィン、油臭いハッシュドポテトは、とても人間の食べ物とは思えなかった。

ハッシュドポテトの小さな塊を苦いコーヒーで呑み下すと、ハーヴェイが言った。

「これを食っちまったら、とりあえず支局に戻ろう。お互いに原稿を入れて、ホテルに帰って少し眠ろうじゃないか」

「そうだな。おれたちがここにいたって、生存者が発見されるわけじゃない」

道平はベーコンエッグからフライドエッグだけを選《え》り分け、口に入れた。ベーコンは人の皮膚が焼ける臭いがするようで、口に入れる気になれなかった。

「ところでいつまでこっちにいるんだ」

ハーヴェイが言った。

「さてね。とりあえず後で東京に連絡を入れてみる。本当はアフガニスタンに入りたいんだけどな……」

「変わらないな、お前も。結婚して子供でもできれば、とてもそんなことは考えられなくなる」

ジム・ザ・ジープと呼ばれ、兵士よりも先に最前線に飛んでいくといわれた男も変わったものだ。以前のジムならば、道平が言うまでもなくアフガニスタンに入る手段を模索していたことだろう。

五年ほど前に一四歳も年下の女流カメラマンと突然結婚し、二年前に子供ができた。確か、女の子だった。何度も名前を聞かされていたはずなのに、思い出せない。

ニューヨークは不思議な街だ。なぜ自分はこんなところにいるのだろう。ニューヨークに来ると、道平はいつも同じことを自問自答する瞬間を経験する。自分自身の存在に違和感を覚えるのだ。今回は、特にその症状が重い。道平には、このニューヨークという街が、どうしても同じ地球の一部とは思えなかった。

九月一一日の午後一一時少し前に、道平は那須の自宅でテレビ朝日のニュースステーションを見ていて、マンハッタンの同時多発テロを知った。信じられない映像が、幾度となくテレビの画面に流れた。アルカイーダの犯行であることは、直感ですぐにわかった。ウサマ・ビンラディンはいつかまた何かをやるとは思っていたが、まさかこれほど大胆なことを計画していようとは……。

二機目が突入した映像が流れた直後に、電話が鳴った。中央通信の菅原からだった。半年間の連載が終わり、道平の手が空いていることを菅原は知っていた。道平をアフガニスタンに行かせないために、先手を打つという意味もあったのかもしれない。用件はニューヨークの現場への派遣要請だった。

道平は翌朝成田へ向かい、指定されたシカゴ行きの便に乗った。ニューヨーク直行便はすでに欠航していた。シカゴでレンタカーを借り、現地時間の一三日夜にニューヨークに入り、APの支局でジム・ハーヴェイと落ち合った。以来、昼も夜もなく、二人は情報収集に現場を奔走し続けている。

食事をなんとか腹に詰め込んで、同じ七番街の数ブロック先にあるAPのマンハッタン支局まで歩いて戻った。ここ数日間、支局は本当の意味で二四時間態勢で稼動している。早朝七時にもならないのに、すでに二〇人以上の記者やカメラマンが走り回っていた。

編集室の片隅に間借りしているデスクに座り、馴れないノート型パソコンを開こうとすると、顔見知りのサラ・ジョンストンという女性記者がやってきた。サラはいつものように道平の前で大きな胸を一度揺すり、デスクに肘をついて谷間を見せつけながら言った。

「ケイ。手紙が来てるわよ。ガールフレンドからかしら。でも今時、紙に書いた手紙なんて珍しいわね」

サラは封筒を道平に手渡すと、巨大な尻を振りながら歩き去った。横にいたジムが、それを見て小さく口笛を吹いた。

「お前もそろそろ結婚したらどうだ。サラなんていいじゃないか。あの娘だって五〇ポンドもダイエットすれば、ソフィア・ローレンみたいになる。ところで手紙、誰からだ」

「ちょっと待ってくれ。いま開けてみる」

ふと小さな疑問が脳裏を過《よぎ》った。いったい、誰からだろう。まったく心当たりがない。道平がAPのマンハッタン支局にいることを知っているのは、中央通信の人間かAPの一部の者だけだ。だが、もし彼らのうちの誰かが道平に連絡を取ろうとするならば、電話かメールを使う。手紙に頼らなくてはならない理由が思い当たらない。

手紙はAPのワシントン本部から送られてきたものだった。最初の封筒を開けると、中からもうひとつの封筒が出てきた。今度はニューズウィークの編集部のものだ。さらにその中にも封筒が入っていた。どうやら手紙は道平の所在を追って、転々とたらい回しにされてきたらしい。

最後の封筒の裏を見た。差出人の名前は書いていない。消印は九月一一日、ワシントン本局になっている。

封筒を開けると、中に小さなレターペーパーが二枚入っていた。上の一枚に、わずか数行の素気ない手書きの英文が書いてあった。読み進むうちに、道平の顔色が青ざめていった。

〈――親愛なるミチヒラ様。

ニューズウィークの記事、拝読しました。つきましてはサエコ・カビラの消息と〝TENGU〟について私の知っていることをお話ししたく、ペンを取りました。もし興味がおありならば、九月二五日から三週間の間に、別紙の地点に必ず一人でお越し下さい。もし期間中にいらっしゃらない場合、もしくは同行者が確認された場合には、本件に関して興味のないものと判断いたします。お互いによき会見とならんことを――〉

文面の最後に、署名がしてあった。

署名は〝ケント・リグビー〟となっていた。

道平は、自分の手が震えていることにも気付かずに、食い入るように文面を見つめた。もう一枚のレターペーパーには、手書きだが丁寧な地図が書いてある。蘇った亡霊が目の前に立っているような気がした。

「どうしたんだ、ケイ。なにかあったのか」

ジムの声に正気に返った。訝《いぶか》しげに道平の顔を覗き込むジムに、手紙を渡した。

「読んでみろよ」

最初は眠そうだったジムの目が、見る間に鋭くなってくる。

「いったいこれはどういうことなんだ。ケント・リグビーっていうのは、まさか……」

「どうやらそうらしいな」

「しかし、彼は死んだはずだ。一九七五年の八月に、故郷のフラッグスタッフに戻って自殺した。軍の恩給者リストを調べたんだから、間違いない」

「おれにだってわからんよ」

ホテルで数時間眠った後、貿易センタービルの倒壊現場、通称グラウンド・ゼロに向かった。午後の暑い日差しが照りつける中で、異臭はさらに濃度を増し、行き交う人々の表情にも焦燥の色が深まっていた。

道平とジムはあまりにも広漠とした悲劇を前に立ち尽くしていたが、書くべきことも見付からず、ただ自分たちの無力を思い知らされただけだった。その日の夜は早めに切り上げ、ブロードウェイのリッキーズという名の静かなバーに逃げ込んだ。二人とも無口だった。一杯目のビールが空になるまで、会話らしい会話は何も交わさなかった。

「人間の命なんて、はかないものだな」

二杯目のビールをプエルトリコ系のバーテンから受け取りながら、ジムが人目をはばかるように呟いた。

「確かに、な……」

「カール・ユンゲルスを憶えているか。奴が昔、おれに言ったことがある。どんな人間だって死んじまえば、最大公約数にすぎないんだとね」

カールはドイツ系アメリカ人のフォト・ジャーナリストだった。九四年にスロバキアを取材中に誤殺された時、彼のカメラの最後に撮影されたカットには、血を流してもがき苦しむ自分の姿が写っていた。

「結局奴は、最大公約数になりたくなかったのさ」

道平がビールを飲みながら言った。

「そうかもしれない。もしそうだとしても、それがジャーナリストの本性なのさ。常に好奇心をぎらつかせて、常に他人とは違う特別なものを追い求めている。そのためには、自分の命さえ顧《かえり》みない。優秀なジャーナリストほど早く死ぬのは、そのためだ」

「はっきり言ったらどうだ」

「例の手紙だよ。行くつもりなのか」

「一応東京には電話を入れておいた。こっちの現場はいつ上がってもいいそうだ。いまの二ユーヨークにいても、自分の居場所が見つからない」

「なにか裏があるように思えてならないんだがね」

「わかってる。しかし裏があるならば、それを探り出すのがおれたちの仕事だ」

「正論だな。しかし、せめて誰かを同行させるわけにはいかないのか」

「それなら最初から行かない。先方は一人で来いと言ってるんだ」

しばらくは二人とも何も言わなかった。客が疎《まば》らな店内にエリック・クラプトンのノーリーズン・トゥ・クライが流れていた。道平はビールを二杯空け、三杯目にジャック・ダニエルズのオン・ザ・ロックをダブルで注文した。それを一口含むと、席を立った。

「ちょっと電話をかけてくる」

ジムはラム・トニックのグラスを持ったまま、黙って頷いた。

バーテンに五ドル札を一枚握らせ、日本の電話番号をメモして渡した。指定された電話ボックスの前に立って待っていると、間もなくベルが鳴った。受話器を取ると、交換手が対応し、事務的な声で日本の回線につながったことを伝えた。

間もなく千鶴の眠そうな声が聞こえてきた。

――もしもし……――

「ああ、おれだ。起こしちゃったかな」

――慶さん？　どうしたの、こんなに朝早く。どこに行ってたのよ。二週間も電話もくれないで――

「いま、ニューヨークにいるんだ。それはまあいい。ところで店のこと、どうなった」

——予定通りよ。今月で出るわ。もう市内に安いアパートも見つけたし。落ち着いたらとりあえず昼間の仕事を探すつもり——

「そのアパート、キャンセルできないか」

——まだ契約したわけじゃないからだいじょうぶだけど……。でも、なぜ?——

「那須に来ないか。鍵はポーチの右から二本目の柱の裏に、釘で止めてある。二階の東側の部屋が空いてるから、そこを使っててくれ」

——ちょっと待ってよ。いったい、どういうことなの——

「結婚しよう。そういうことだ」

——いきなり、どうしたのよ。二週間振りにニューヨークから電話してきて、急にそんなこと言われたって——

「いやなのか」

——いやじゃないよ。いやなわけないいじゃない。うれしいよ。だけど……——

「それじゃあそうしよう。あと三週間、いや、二週間ほどで帰れると思う。それまで家で待っていてくれ」

カウンターに戻ると、ジムがグラスに伝い落ちる水滴を眺めながら言った。

「長い電話だったな。どこにかけてたんだ」

「日本だよ」

「ほう……。バーから国際電話をする奴も珍しいな。何か大切な用か」

「いや、たいしたことじゃない。ただ、生きて帰らなくちゃならない理由を作った。それだけさ」

道平はスツールに座り、ジャック・ダニエルズを口に含んだ。

3

ひび割れたハイウェイの路面に、陽炎《かげろう》が揺らいでいた。

周囲には赤い土の上に黒い岩をちりばめたデザート（荒地）が延々と続いている。

旧ルート66号は、歴史の中に忘れ去られたハイウェイである。シカゴからロサンゼルスのサンタモニカまで、かつては大陸横断の大動脈として発展した道に、だがいまはその面影はない。三〇マイルほど手前で寂れたロードハウスに停まり、ガソリンを入れると、その後はほとんど人家を見なくなった。ごくたまに乾ききったデザートに影を落としているのは、静かに風化するのを待つ廃墟だけだ。

九月二六日、西部標準時間午後三時――。

すでにこの五日間、道平は一夜限りの宿のモーテルのベッドで眠りを貪《むさぼ》る以外の時間を、ほとんどステアリングを握り続けていた。同時多発テロ以来、アメリカの空の国内便はまだほとんど麻痺していた。アメリカは、元来が車の国だ。いつ飛ぶかわからない空の便をあてにするよりも、思い切って車で移動してしまった方が早い。

シカゴで借りたレンタカーのクーガーは、低く、軽やかに、退屈なエンジン音を響かせて淡々と走り続けていた。

まだこのハイウェイが現役だった頃のクーガーは、その名の通り猛獣のような車だった。だが現在のクーガーは、飼い猫のようにおとなしい。少なくともジョージ・マハリスの歌の歌詞のようにルート66を蹴り飛ばすほどの野性は、古き良きアメリカの栄光と共に過去の神話となった。

地図に記された地点は、カリフォルニア州の東端にあるゴーファスという小さな町の近くだった。旧ルート66をアローヘッド・ジャンクションでルート95に分岐し、二九・七マイルの地点にあるベークド・カフェというロードハウスを示している。

アローヘッド・ジャンクションは、デザートの真ん中で二本の旧ハイウェイがぶつかっただけの何の変哲もないT字路だった。道平はこれを右に折れると、右側の路肩にクーガーを停めた。ここでオドメーターをゼロに戻し、また走り始めた。

しばらくは廃墟のようなさびれた町並みや、古い農場と瘠せた牧草地の風景が続いた。だが最初の一〇マイルを過ぎると人の痕跡はすべて消え去り、また茫漠としたデザートが地平線まで広がった。

ケント・リグビーが――もし彼が本当に生きているとして――なぜこの場所を指定したのか理解できるような気がした。すでに一時間ほど前から、行き交う車には一台も出会っていない。もし道平に同行者がいたとすれば、どこからでも知ることができる。

地図はきわめて正確だった。ほぼ〇・一マイルの誤差もなく、道の左手にロードハウスの建物が見えてきた。道平はその敷地にクーガーを乗り入れ、錆び付いたテキサコの給油機の前に車を停めた。

車を降りると、容赦のない灼熱の陽光が肌を焦がした。建物を見上げた。ここも廃墟だった。乾ききり、白銀色に色あせたダグラス・ファーの外壁はいたるところがめくれ上がり、穴が開いていた。ガラスは割れて落ち、ドアは持ち去られ室内は荒れるにまかせられていた。傾いた看板にはまだうっすらとペンキが残り、『ベークド・カフェ』の文字が読み取れた。

道平はもう一度、リグビーからの手紙を確かめた。場所も日時も間違いはない。だが、人の気配はなかった。

足元に熱風が吹き抜け、赤い土埃が舞った。道平はクーガーのトランクを開け、アイスボックスからクアーズを取り出し、建物の日影にあるベンチに座った。

ここでいつまで待つことになるのだろうか。数分か。数時間か。それとも数日か。ケント・リグビーは本当に来るのだろうか。

雄大な風景に見とれているうちに、一時間以上が経過した。その間に目の前のルート95を通過した車は、牛を乗せたカミオンと地元の農夫のくたびれたピックアップだけだった。

だが道平は、少し以前から小さな異変に気が付いていた。東の地平線に午後の射光を浴びて横たわるテーブル状の低い岩山の頂上で、時折何かが反射するように光っている。誰かがいるらしい。道平を見張っているのだろうか。

それからさらに時間が過ぎた。夕刻のデザートは神が演出した雄大なパノラマを見るようだった。黄昏の淡い光が忍び寄るように地平線を染め上げ、時間は一瞬たりとも止まることなく、その色を奪い去っていった。

周囲は透明な闇に包まれた。日没後は、一台も車は通らなかった。そしていつの間にか、岩山の頂上の光も消えた。

時計を見ると、西部標準時間の午後七時を過ぎていた。あと一時間ほど待って誰も姿を現さなければ、一度引き揚げて出直すつもりだった。ルート66まで戻り、ゴーファスの町まで出れば、安いモーテルかロードハウスくらいは見つけられるだろう。

だがその時、東の空が光った。先程の岩山の辺りだ。突然現れた光は鋭い二本の光軸となって闇を裂き、前後左右にゆれながら断続的に向きを変えた。

車だ。こちらに向かっているようだ。

道平はベンチを立った。車はデザートを地平線に沿って走り、数マイル先でハイウェイに出ると、そのまま一直線に迫ってくる。間もなく、強いヘッドライトの光が道平の姿を捉え、停まった。

巨大なダッジ・ラムのピックアップから、男が降り立った。身長は約一七〇センチ。ライトの光を背にしているために顔は見えない。

「ミスター・ミチヒラか?」

男が言った。しわがれた、白人の声だった。

「そうだ。あなたは、ミスター・リグビーなのか?」

「いまはそういうことにしておこう。ともかく、一人で来てくれたことに感謝したい。車で、私に付いて来てくれ」

男がダッジ・ラムに戻った。道平もクーガーに乗り、エンジンを掛けた。

ピックアップのタイヤが巻き上げる土埃を追いながら、デザートの中を延々と走った。轍《わだち》が深くえぐれ、石と岩が露出したひどい道だった。クーガーは幾度となく腹をこすり、サスペンションが悲鳴を上げた。

三〇分ほど走ったところで、薄暗いヘッドライトの光芒の片隅を古い牧柵の影がかすめたような気がした。そこからさらにしばらく走ると、小高い丘の上に一軒の家が建っていた。リグビーは家の前で大きくステアリングを切ると、ダッジ・ラムを崩れかけた納屋の中に入れた。

道平もその後に続いた。納屋の中にはミュージアムで見るような初期のフォードのトラクターや錆びた農機具が埃を被っていた。

月明かりを浴びて母屋《おもや》に向かって歩きながら、男が言った。

「この辺りは昔、開拓村だったんだ。開拓村とはいっても、一九四〇年代の大恐慌の年にオクラホマから流れてきた連中さ。ポンコツのフォードのトラックに、家財道具から家畜まで一切合切を積み込んでね。彼らにしてみれば、こんな荒れた土地でも新天地に見えたんだろうな。結局牧草も農作物も育たずに、いつの間にか誰もいなくなってしまった。しかし、隠れ家にはちょうどいい」

「なぜこんな場所を知ってたんだ」

「私は、この農場で生まれたのさ」

家はひどい有様だった。寄せ集めの木材で作られたバラックのような建物が、長年の風雨にさらされて朽《く》ちかけていた。屋根の落ちたポーチの片隅で、ホンダのジェネレーターが規則正しく鼓動を刻んでいた。ダブルハングの小さな窓から、弱い明かりがもれている。

室内はいくらかましだった。ダイニングには手作りのテーブルがひとつに、不揃いの椅子が四脚。リビングには布地がやぶれた大きなソファとコーヒーテーブル、白いペンキが塗られたリビングボードがひとつ。家具らしきものはそれだけだ。

天井から下げられた裸電球の光で、初めて男の顔を見た。髪は白く薄くなり、日に焼けた頬には深い皺が刻まれていた。だがその穏やかで物静かな笑顔は、まぎれもなくケント・リグビーに他ならなかった。

男が手を差し出した。

「ミスター・ミチヒラ。会いたかったよ。改めて名乗ろう。リーマス・ボーマンだ」

道平はその手を茫然と握った。

「あなたは……。ケント・リグビーではないのか……」

「リグビーという男は、死んだよ」

「ちょっと待ってくれ。私には何がなんだかまったくわからない。確かにリグビーは、一九七五年に故郷のアリゾナ州で自殺したと聞いているが……」

「そうじゃないんだ。リグビーは一九七〇年の二月に、ベトナムで戦死した」

「すると、一九七四年に日本の沼田で事故を起こした陸軍曹長のケント・リグビーは、いったい何者なんだ」

「事故を起こしたのも、その後にワシントンポストの記者として鹿又村で行動していたのも私だよ。つまりケント・リグビーは、私のカヴァー（架空の身分）だったのさ」

「いったいどういうことなんだ」

「その前に夕食にしないか。君もまだだろう。ここには時間だけはいくらでもあるんだ。ゆっくりと話そうじゃないか」

夕食はチリビーンズの缶詰を温めたものと、チーズ、それに乾いたパンを添えただけの簡単なものだった。

家に冷蔵庫らしきものはなかった。道平は車からアイスボックスを運び、冷えたクアーズを供出した。ボーマンの顔がほころんだ。少なくともボーマンは、道平に危害を加えるつもりはないようだった。

ビールを飲み、食事を口に運びながら、ボーマンが話し始めた。

一九六九年当時、ボーマンはＦＢＩの捜査官としてある〝事件〟を担当していた。捜査が進むうちに、事件は意外な展開を見せはじめた。発端が、一九六六年のベトナムにあることが明らかになった。

「事件とは、アイスマンだな」

「そうだ。しかしそれについてはもう少し待ってくれ。順を追って話すよ。ともかく私は、ベトナムに調査に入らなければならなくなった」

当時のFBIは、国内の連邦犯罪のみを扱う組織だった。国際犯罪やそれに類する情報収集は、CIAの管轄だった。FBIとCIAは、国の内外という線引きで完全に棲み分けがなされていた。

ところが事件の発端となった軍部は、CIAの介入を歓迎しなかった。当時の国防総省とCIAは、ベトナム戦争の情報活動を通じて表向きは強固な協力関係を築いていた。だが実際には、お互いに手柄を取り合う敵対関係にあったと言ってもいい。

ひとつ情報を提供されれば、ひとつの借りができることになる。借りは、何らかの方法で返さなくてはならない。軍部の不始末にCIAが介入すれば、力関係が崩れかねないほどの借りができることになる。最悪の場合には、軍上層部の誰かの首が飛びかねない。結局軍部はCIAに情報を伏せ、FBIと協力する道を選んだ。

いくら軍の協力を得るとはいえ、連邦犯罪を担当するFBIの捜査官がベトナムで活動するのは越権行為になる。そこで何らかのカヴァーで身分を隠す必要が生じた。それに利用されたのが、七〇年の二月にベトナムのダナンで戦死したケント・リグビーという兵士の経歴だった。

「私は彼に会ったこともない。しかし私のカヴァーとしては、理想的なキャリアを持っていた。まず同じアイルランド系アメリカ人だということ。出身地が近いということ。身長は二人とも一七〇センチ前後。年齢も近かったし、どことなく顔も似ていた。それに何よりも、彼には身寄りがなかったんだ。わかっているのは名前だけで、アリゾナ州の孤児院で育ったらしい。まったく天涯孤独の男だった」

「それであなたは一九七五年の八月まで、ケント・リグビーとして行動した」

「そういうことだ。正確には、リグビーとボーマンを使い分けていたというべきかな。そしてリグビーの身分が必要なくなった時点で、ＦＢＩと軍が彼を自殺として処理した。アメリカでは特に珍しい話じゃない」

「なるほど……それで納得がいったよ。ところであなたのベトナムでの任務は、いったい何だったんだ」

ボーマンは空になったクアーズの缶を握り潰し、しばらくそれを見つめていた。そして言った。

「ビールが切れちまったな。話の続きは明日にしないか。今夜はもう遅い」

「あとひとつだけ教えてくれ。彩恵子は、いまどこにいるんだ」

「彼女はアメリカにいた。私の妻として、ワシントンの郊外で暮らしていた」

「暮らしていた？」

ボーマンが、手にしていた空缶をキッチンの前の段ボール箱に投げ入れた。

「死んだよ。昨年の一二月にね。まだ、五一歳だった」

「どうして……」

「彼女は、C型肝炎に感染していた。数年前から症状を悪化させて、最後は肝硬変を併発して肝機能が停止した。私に力がなかったばかりに、助けてやれなかった……」

「彩恵子は、幸せだったのか」

「もちろん、幸せだったさ。少なくとも私はそう信じている。彼女を、心から愛していた。純真で、美しく、本当に素晴らしい女性だった……」

ボーマンはそう言うとリビングボードの引き出しから赤い物を取り出し、それを道平に手渡した。

見憶えがあった。それは二七年前、道平と彩恵子が迦葉山を訪れた時に持ち帰った、あの天狗の面だった。

4

体は泥のように疲れ果てていた。

だが道平は、重い闇の中で幾度となく寝返りをうちながら、いつまでも寝付くことができなかった。

彩恵子は、死んでいた。予想はしていたし、覚悟はできていたつもりだが、反面どこかで期待を持ち続けてきたことも事実だった。現実をつきつけられてみると、受け入れ難い違和感があった。

不思議と悲しみは感じなかった。涙もこぼれなかった。ただ胸の真ん中に大きな空白ができたように、虚《うつ》ろなだけだった。

むしろ、昨年の一二月まで彩恵子が生きていてくれたことを神に感謝すべきなのかもしれない。もしこの世に神が存在するとするならば。

ボーマンは、彼女は幸せだったと言った。その言葉に嘘は感じられない。いまはそれだけが、心の救いだった。

彩恵子との数々の思い出が頭の芯に浮かび、声を聞いた。そのたびに幾度となく眠りの淵《ふち》から現実の世界へと引き戻された。

時に目を見開いて闇を見つめ、時に目を閉じて二七年前の鹿又村の風景に誘《いざな》われながら、長い夜が過ぎていった。気が付くと道平は、いつの間にか彩恵子の家の中にいた。屋根裏部屋を徘徊する天狗の足音を聞きながら、彩恵子の白い体を抱き、怯《おび》えていた。

夜明け近くになって、体が少し軽くなったような気がした。そのうちに意識が遠くなり、浅い眠りに落ちていった。

カリフォルニア内陸部特有の熱い陽光で目が覚めた。

時計を見ると、すでに針は午前九時を回っていた。気だるい体をベッドに起こし、窓の外を見た。

荒れ果てた大地にわずかばかりの緑がしがみつき、風になびいていた。故郷を追われた者につかの間の希望を与え、やがてすべてを奪い去り、失望を味わわせるには十分な緑だった。

ドアを開けて居間に出ると、ラードの焦げた芳ばしい香りが鼻をついた。テーブルの上に、ハムとフライドエッグの朝食が一人分並んでいた。

「お早う。よく眠れたかい。疲れているみたいだったんで、起こさなかった。食事、冷めちまったかな。コーヒーはレンジの上だ。適当にやってくれ」

ボーマンはソファに足を投げ出して、本を読んでいた。

「何を読んでるんだい」

「メルビルの〝白鯨〟さ。ここにはいくらでも時間があるからな。こいつとスタインベックの〝怒りの葡萄《ぶどう》〟さえあれば、永遠に時間を潰すことができる。どちらも、長い物語だ。二冊を読み終える頃には、最初の一冊のストーリーを忘れている」

道平はレンジに火を点けてコーヒーを温め、テーブルについた。食事は冷めきっていたが、卵がうまかった。日本の卵のように薬臭さは微塵《みじん》もなく、大地と太陽の味がした。

食事を終えると道平はもう一杯コーヒーを注ぎ、ボーマンの前に座った。ボーマンは本を閉じ、一度からだをほぐすように大きく伸びをした。そして言った。

「昨夜は、どこまで話したかな」

「彩恵子が死んだことは聞いた。そして、ケント・リグビーが君のカヴァーだったということも」

「さて。何から話すべきか。そうだな。まず、アイスマンについて説明しておかなければならない……」

5

リーマス・ボーマンは、ＦＢＩ捜査官としては特殊な経歴を持っていた。

一九六二年、ウィスコンシン大学の生物学科卒。主に霊長類分類学を専攻し、卒業後は大学院に残って研究を続けた。将来は当時注目を集め始めていた遺伝子技術を取り入れ、フィールドワークを主体に霊長類の進化の分野で研究を続けるつもりだった。

だが化石標本の観察や地道なデスクワークに追われる毎日は、若いボーマンの理想とはあまりにもかけ離れた世界だった。さらに当時の保守的かつ柔軟性に欠けた学閥制度にも、限界を感じ始めていた。

そんな時、ボーマンの目に止まったのがＦＢＩ職員の採用試験だった。一九六一年にアメリカが事実上ベトナム戦争に参戦し、若者の多くが国家のために何をすべきかを考えていた時代である。ボーマンもまたその例外ではなかった。当時のアメリカの若者にとってＦＢＩは、ある意味で理想的な職場のひとつだった。

ＦＢＩは、それまでボーマンが経験を積んできたキャリアとはまったく異なる世界だった。期待はしていなかった。だが気楽な気持ちで試験を受けてみると、当時のＦＢＩがあらゆる分野から積極的に人材を登用していた背景もあってあっさりと採用が決まった。一九六五年七月のことである。ボーマンはその年の九月一日付で、ＦＢＩワシントン本部捜査課の情報局に配属された。

だがFBIもまた、ボーマンが思い描いていた世界とは大きく異なっていた。捜査官とはいっても、情報局はきわめて地味な部署だった。結局、大学の研究室にいた時以上にデスクワークに縛られ、書類の山の処理と退屈な会議に追われる日々が続いた。

そのボーマンに転機が訪れたのは、FBIに入って四年後、一九六九年四月のことである。ある朝ボーマンがいつものようにオフィスに出勤すると、思いがけない辞令が待っていた。いきなりミネソタ州ミネアポリスFBI支局捜査課への転任を命じられたのである。

任務は急を要した。ボーマンはその日のうちにミネアポリスに飛び、チームのメンバーと合流した。まだ二九歳の彼を待ち受けていたのは、ある重大事件の捜査主任補佐という信じ難いポジションだった。

その理由はすぐにわかった。ミネアポリス支局が追っていたのは、当時全米で話題になっていたアイスマンだったのだ。いわば、この事件はかつてのボーマンの専門分野である。ミネアポリス支局の捜査チームは、すでにその時点でアイスマンの写真まで入手していた。

以来、ボーマンはチームの一員として、アイスマンの所有者とされるフランク・ハンセンと名乗る男を追った。だがハンセンは、神出鬼没だった。アイスマンを乗せたトレーラーを引きながら、全米各地のみならず時にはカナダの国境を越えて逃げ回った。情報を得てチームは幾度となく現場に急行したが、ハンセンは常に姿を消した後だった。

一九六九年九月二日、ついにシアトルの郊外でハンセンの捕捉に成功した。初めてアイスマンを目の前にした時の身の毛がよだつような高揚を、ボーマンはいまもはっきりと憶えている。氷に閉ざされた、異臭を放つ巨大な〝男〟の死体。それはまさに、この世に存在しないはずの未知の生物に他ならなかった。

「実際に見るまでは、信じられなかった。しかし私は確かにこの目でそれを見たし、自分の手で解剖まで行ったんだ」

「しかしハンセンという男は、どうやってアイスマンを手に入れたんだろう」

道平が訊いた。

「君の記事に書いてあったとおりさ。アイスマンは、一九六六年にベトナムで殺された〝巨大な類人猿〟だった。当時ベトナムで輸送係の軍曹だったハンセンは、アイスマンの死体を見てアメリカに持ち込めば金になると考えたのさ。そこで米兵の死体に紛れ込ませて死体袋で本国に送り、除隊した仲間に引き取らせた。冷凍保存は、葬儀屋にやらせたらしい。しかし、巨大な猿の死体を買うような物好きは、アメリカにはいなかった。まさか公開のオークションに出品するわけにもいかないしな。結局ハンセンはアイスマンを売ることをあきらめ、氷漬けにしたまま見世物にして全国を渡り歩くはめになった」

「その後、アイスマンはどうなったんだ。どこかに消えてしまったと聞いているが」

「わからない。私はＦＢＩがまだどこかに持っていると思っている。組織標本や骨格の一部はペンタゴンの研究室にも保管されていた」

「それでわかったよ。なぜあのタイミングでアイスマンのＤＮＡ情報がネット上に流出したのか。ミスター・ボーマン。あなただったんだね」

「ミスターはやめてくれ。これからはファーストネームで呼び合おうじゃないか。我々は同じ秘密を共有する仲間なんだから。そのとおりだよ、ケイ。あの情報を流したのは、いかにも私だ。ワシントン市内のネットカフェを使ってね」

「しかし、いったい何のために」

「君に、真実に気が付いてもらいたかった。それだけだよ。今回、君にここに来てもらったのも、サエコからの伝言を伝えるためだった。サエコは、君のことを愛していた。君にいつかは真実を話すと言った約束を果たせなかったことを、死ぬまで悔やんでいた。サエコに代わって、私がその約束を果たそうと思った」

ボーマンの表情は、穏やかだった。だがその言葉は辛辣《しんらつ》に道平の胸中を抉《えぐ》った。

彩恵子は昨年の一二月にこの世を去ったという。振り返ってみると、道平が二六年振りに鹿又村を訪れたのもちょうどその頃だった。同じ日に大貫と再会し、事件の渦中に連れ戻された。そしていま、こうしてここでケント・リグビー、いや、リーマス・ボーマンと話している。すべては彩恵子の意志による巡り合わせだったとしか思えない。

「危険はなかったのか」

「確かに危険はあった。アイスマンの所有者だったハンセンの例もあるしね」

「ハンセンがどうかしたのか」

「あれ以来、我々のチームの手を離れてからまったく消息が摑めない。ＦＢＩの記録ではハンセンにいくらかの金を払い、司法取引で決着したことになっている。しかし私は、ハンセンは消されたと思っている。確証はないがね」

「なるほど。アイスマンは確保できた。ハンセンは消された。本来はアイスマンの事件はそこで終わっているはずだった……」

「ところが終わらなかったのさ。ベトナムに、第二、第三のアイスマンが現れたんだ……」

一九六六年一〇月に最初のアイスマンが射殺されて以来、ベトナムのカンボジア国境付近周辺で巨大類人猿の目撃例は後を絶たなかった。当時の軍人会報『アーミー・リポーター』の報告もその一例である。軍部が巨大類人猿の存在を第一級秘密事項に指定していることを知らなかった若手の編集部員が、ずさんなチェック体制のもとにうっかり記事を掲載してしまい、後にあわてて回収されたという逸話が残っている。その他にも数件の射殺例と、また逆に兵士が巨大類人猿に惨殺されたという記録もある。

正体不明の巨大類人猿の噂は、瞬《また》く間にベトナムに駐留する兵士たちの間に広まった。噂が噂を呼び、偽情報や怪情報が飛び交う中で、いつしか巨大類人猿の存在は暗黙の既成事実と化していった。やがて兵士間の恐怖が作戦行動に支障をきたすまでに発展し、軍上層部は何らかの調査を行う必要性に迫られるようになった。

だが当時の軍部には、このような奇妙な事件を調査する組織も人材も存在しなかった。MP（ミリタリーポリス）はあくまでも兵士の犯罪を取り締まるための組織であり、軍情報局は作戦行動にかかわる情報や政治的情報を収集する機能しか持っていない。さらに巨大類人猿の存在を科学的に検証するためには、同様の生物に関する専門知識を持った人間が必要になる。そこで目をつけられたのが、アメリカ本土でアイスマンの事件を解決したFBI捜査官リーマス・ボーマンだった。

一九七〇年二月、ボーマンはベトナムで戦死したケント・リグビーのカヴァーを得て、特務曹長としてカンボジア国境付近に駐留する歩兵部隊に潜入した。

ボーマンが現地に赴任した後も、アイスマンに関する事例は頻発した。前線から何らかの報告を受けると、ボーマンは自らが組織した一個小隊を率いて現地調査を行った。小隊の隊員の中には鹿又村で行動を共にしたエリクソン・ガーナーや黒人兵士のセラム・ジャクソンらがいた。

小隊は軍上層部によって特権を与えられ、ほぼ自由に作戦行動をとることができた。その中でボーマンは、足跡や体毛、現地住民の目撃例など、数多くの巨大類人猿に関する痕跡を発見した。元来がフィールドワーク主体の生物学者を志したボーマンにとって、ベトナムでの経験は、大学院時代に夢にまで見た理想的な研究活動に他ならなかった。

ある時には、実際に類人猿の射殺死体に遭遇する好運にも恵まれたこともある。ボーマンが目にした死体は、出産歴を持つ中年期の〝牝《めす》〟だった。身長は約一七七センチ、体重は約一二〇キログラム。彼女は全身に十数発の二二三口径のライフル弾を受けていた。

だが残念なことに彼女の死体は、ボーマンが必要最小限の観察調査と組織採取の後、軍上層部の命令により焼却処分された。ボーマンの手元に残ったのはわずかな体毛と皮膚、そして焼け爛《ただ》れた頭蓋骨だけだった。

ところが一九七〇年九月、ボーマンがベトナムに赴任してから半年が経過したある日のこと、調査に劇的ともいえる進展があった。

その朝、ボーマンはいつものように朝食を終え、自室でインスタントのコーヒーを飲んでいた。そこにエリクソンが、一人の南ベトナム軍の将校を連れてやってきた。その将校の話によると、前夜作戦行動中に、「生きている巨大類人猿を捉えた」というのである。

「報告を受けた時には体が震えたよ。ベトコンのブービートラップ（落とし穴）に落ちてたんだ。それを南ベトナム軍の偵察隊が発見した。現場に駆けつける時には、息が切れるほど走ったよ。もう誰かに殺されてしまったんじゃないかと、気が急《せ》いてね。しかし、そいつは生きていた。古い穴で、中に立てられた竹槍が腐っていたんで助かったんだ。五メートルも掘られた深い穴の底で、溜まった泥水の中に座り込み、そいつは虚ろな目で私達を見上げていた」

「それが、鹿又村の天狗だったのか」

「結論からいえば、そうだ。我々はそいつに麻酔銃を打ち込み、捕獲した。これまでの私の人生で、最もエキサイティングな瞬間だった。彼……つまりそいつは牡《おす》だったんだが……まだ若い個体だった。おそらく一〇歳か、せいぜい一三歳といったところだろう。しかしそれでも身長は一八六センチ、体重は一四〇キロを超えていた」

「それを育てたのか……」

「そうだ。我々はそいつをロクニンの村に運び、トムソンという名前をつけた。トムソンというのは朝鮮戦争時代まで米軍が使っていたサブマシンガンの名前でね。大きくて、扱いにくいことから現在のM16にとって換わられた。そいつに、ぴったりの名前だった。ともかく我々は物資が豊富なロクニンに連れていき、古い政治犯用の牢の中で飼育してみることにした。劣悪な環境ではあったが、トムソンは育ち盛りだったし、体も健康だった。野菜や果物が好きだったが、肉もよく食べた。体が、見る間に大きくなっていった」

「その類人猿、つまりトムソンだが、アイスマンとは親子か兄弟だったんだろうか」

「私は親子だったと考えている。一九六六年に射殺された時点で、アイスマンはすでに中年期に差し掛かっていた。年齢的に矛盾はしない。それに君もすでに知っていることだが、DNAの配列がきわめて近い。さらに、牝の射殺体もそうだ。後に、アイスマン以上にDNAが一致していることがわかった。彼女は、おそらく母親だったんだろうな。しかも三人は、すべてロクニンの近くのソン川流域で発見されているんだ。わずか半径一〇キロ足らずの狭い地域の中でね」

「その三人は家族だったわけか。なんともやるせない話だな……」

「しかし、トムソンと生活した日々は言葉では言い尽くせないほど素晴らしいものだったよ。彼は、まさしく人間だった。体型そのものが人間に近いだけでなく、完全な二足歩行ができたし、それに第一、知性を持っていた。初めて彼に会った時から私はその目の中に知性の光を感じていたんだ。最初のうちはひどく警戒して怯《おび》えていたが、馴れてくればむしろ従順でおとなしかった。道具も使えた。我々と暮らし始めてしばらくすると、クレヨンで人間や動物の絵を描くようになったんだ。それだけじゃない。私が話しかけると、トムソンもなんとか言葉で応じようとした。しばらくすると、簡単な単語や自分の名前を発音できるようになった」

ボーマンは、いつの間にか学者の顔になっていた。それまでとは違い、トムソンの話になると急に声に熱を帯び始めた。だが実際に当時のトムソンを知らない道平には、信じ難いような話だった。

「しかし、どうしてそんなにおとなしいトムソンが、鹿又村であれほど残虐な殺人事件を起こしたんだろう」

「おそらく、銃だろうな。トムソンは異常なほど銃や火薬の臭いを嫌っていた。近くに銃を持った人間が来ると、気が狂ったように暴れだすんだよ。幼い頃に父親や母親が銃で殺されるところを目撃したのかもしれない」

それで理由がわかった。なぜ狛久峰男の一家三人が、あれほどひどい殺され方をしたのか。峰男はあの日、猟銃を持っていた。

さらに杵柄誠二や狛久清郎も同じだ。彼らはみんな、猟をやった。事件があった冬場は、一般猟期に当たる。射撃場や山で日常的に銃を扱う彼らの体に、硝煙の臭いが染み付いていたことは十分に考えられる。

「トムソンは、どの程度言葉を話せたんだ」

「話せる、という表現は大袈裟かもしれない。彼が発音できる単語はほんのわずかだったからね。しかしこちらの言うことは、ほとんど理解していたと思う。トムソンは、本当に頭が良かったんだ。少なくともオランウータンやチンパンジーとは比べものにならない。私は、彼との生活を楽しんだ。しかし、ある日突然に、我々の関係に危機が訪れた」

「米軍か」

「そうだ。正確には、米政府というべきかもしれない。奴らは、私のトムソンを殺して処分しろと言ってきたのさ」

道平は、いつの間にかトムソンに親しみを感じている自分に気が付いた。心の中で、すでに鹿又村の天狗とトムソンはまったく別人になっていた。そのトムソンを殺すという状況を想像した時、抑え難いほどの怒りがこみ上げてきた。

「しかし、なぜ米政府はトムソンを抹殺しようとしたんだ。考えるまでもなく、トムソンの存在こそ人類史上稀《まれ》に見る大発見じゃないか」

「普通に考えれば、そうさ。しかし国益のためなら世紀の発見すら闇に葬《ほうむ》るのが、アメリカなんだよ。そうやってアメリカは、世界唯一無比の超大国の座に君臨してきたんだ。考えてみてくれ。あの時代のアメリカが世界の中でどのような立場に置かれていたか。わかるだろう」

「ベトナム戦争。環境破壊……」

「そのとおりさ。特に象徴的だったのが、ベトナムの熱帯雨林を破壊しつくしているナパーム弾と枯葉剤だった。そのためにヨーロッパ諸国の間では、アメリカ製品の不買運動まで起きていたんだ。その悪いイメージを払拭するのに、政府は必死だった。一九六〇年代の終盤から七〇年代の中頃に起きた環境問題に関する世界的な動向をよく思い出してみたまえ。IWC（国際捕鯨委員会）でアメリカが捕鯨の全面禁止を提案したのがあの頃だった。アメリカは自分達の国益を守るために、日本やアイスランドなどの捕鯨国の立場をまったく無視した。サイテス（ワシントン条約）も同じことさ。一九七三年に開かれた第一回締結会議を、アメリカは大金を投じて首都ワシントンに誘致した。条約に〝ワシントン〟の冠《かんむり》をかぶせるためにね。当時のアメリカは、環境問題に対するイメージアップに必死だったのさ」

「そこにアイスマンが現れ、トムソンが捕獲された……」

「政府は天地をひっくり返したような大騒ぎになった。なにしろトムソンが棲息していたソン川の流域は、ナパーム弾や枯葉剤の集中投下地域だったからね。学術的にきわめて貴重な生物の唯一の棲息地を米軍が破壊しつくしていることが公になれば、どうなると思う。環境問題のイメージダウンだけではすまない。貿易収支に試算すれば、その損失は年間数百億ドルにものぼっただろう。それならば、〝猿〟の一匹くらい殺してしまえというわけさ。米政府だけじゃない。トムソンの抹殺は、大統領の至上命令でもあった」

「しかし、そんな状況の中でどうやってトムソンの命を助けることができたんだ」

「必死だったよ。FBIの上官を通じて、政府と直接交渉した。私はすでにトムソンに関する基本的なデータは得ていたし、写真や、体毛、爪などの組織標本も採取していた。もしトムソンや私に危害が加えられれば、すべてが自動的に世界のマスコミや研究者にばらまかれると脅したのさ。トムソンは、人間だ。猿じゃない。その人間を国益のために抹殺すれば、環境問題ではすまなくなる。今度は人権問題にまで発展するとね」

「人権問題か。確かにそれも、アメリカの永遠のウィークポイントだな。しかし、よく政府や大統領が引き下がったな」

「簡単にはいかなかったよ。政府はもしトムソンが人間だとするならば、それを科学的に証明しろと言ってきた。期間は三年。もし証明できなければ、トムソンはすべてのデータと共に抹殺される。しかもその間、我々は厳重な軍の監視下に置かれる。条件を呑むしかなかった……」

ボーマンはそこまで言うと口を閉ざしてしまった。テーブルに肘をつき、手で顔を覆い、大きく一度溜め息をつくと動かなくなった。道平は、待った。だがボーマンは、いつまで経っても話を続けようとはしなかった。

道平は、なぜかボーマンが泣いているように思えた。口元が、震えるようにかすかに動いていた。その呟くような小さな声が、神への祈りにも聞こえた。

「リーマス、少し休もう」

道平が言った。その声に、ボーマンがゆっくりと顔を上げた。目が赤かった。

「そうだな……。そろそろ昼食の時間だ。サンドイッチでも作るよ。君は外でも歩いてくるといい……」

道平は、ボーマンを一人にして外に出た。腐って穴の空いたポーチから降りて、荒れた大地の上を歩いた。いたるところに、錆びた農機具や壊れた馬車の車輪などが散乱していた。目の前を小さなキングスネークが横切り、岩と岩の隙間に姿を消した。

空は、抜けるように晴れていた。だが遠くに見える山に、わずかに白い雲がかかっていた。子供が絵の具で描くような、綿のような雲だった。

手頃な岩を見つけ、腰を降ろした。暑い陽光が心地良かった。

ポケットから、天狗の面を取り出した。手垢で汚れた面に、彩恵子の体温を感じた。迦葉山の天狗の面は、それを持ち帰ることにより願いがひとつ叶うという。彩恵子はこの面に触れながら、何を願ったのだろうか。

道平は、ボーマンに聞いた話の内容を整理してみた。彩恵子の死。ケント・リグビーの正体。アイスマン事件。そしてベトナムでの出来事。おそらく、すべて真実だ。少なくともボーマンは嘘をついてはいない。

だが、小さな違和感があった。自分は、なぜここに呼ばれたのか。なぜボーマンは、アイスマンのDNAの情報をネット上に流したのか。その理由をボーマンは、彩恵子との約束を守るためだと説明した。

それがわからない。死んだ妻の意志のために、自分の命を危険にさらしたりするものだろうか。

しばらくしてボーマンが、サンドイッチとコークを二本持ってやってきた。

「あり合わせだけどね」

そう言ってボーマンが道平の横に腰を降ろした。

「広々とした、いい所だな」

道平が、何気なくそう言った。

「そんな甘いもんじゃない。ここで生まれ、育った者にとっては、ある意味で地獄さ。それがアメリカの光と影の現実なんだよ」

レタスと缶詰のミートローフをはさんだだけの、簡単なサンドイッチだった。パンはカリフォルニアの大地のように乾いていたが、野菜は新鮮だった。

「なあ、リーマス。本当のことを教えてくれないか。君はなぜ、私をここに呼んだんだ。彩恵子の約束だけが理由ではないはずだ」

「ケイ。私は少し疲れたみたいだ。今日は、もうこれ以上は話す気になれない。続きは、明日にしないか」

ボーマンがサンドイッチを食べながら言った。

「私はかまわない。君が言うように、時間はいくらでもあるんだ。話す気になった時に話してくれれば、それでいい」

「ここには、冷蔵庫がない。氷も、食料も底をつきかけてるんだ。町まで買い出しに行かなければならないんだが、私のダッジは目立ちすぎる。できればあまり使いたくない。ケイ、君の車で付き合ってもらえないか」

「わかった。午後は町に出かけよう。できれば冷えたビールも手に入れたいしな」

昼食の後で少し休み、クーガーで町に向かった。日中に改めて走ると、レンタカー屋が青くなりそうなひどい道だった。運転席には、道平が座った。ボーマンは助手席で腕を組み、ただ道順を指示するだけでほとんど何も話さなかった。

一番近い町まで、五〇マイル近くあった。ボーマンの家は、まさに砂の中の一粒の米にすぎなかった。小さな食料品店で食料を仕入れ、氷とクアーズ、そして〝天国の丘《ヘブン・ヒル》〟という名の安物のバーボンを一本、買った。少なくともいまのボーマンには、強い酒が必要な気がした。思ったとおりボーマンは、帰りの車の中で天国の丘の封を切った。

ボーマンはしばらくの間、無言で飲んでいた。やがて意を決したように、しかし小さな声で言った。

「ケイ……。君はサエコを愛していたのか……」

「愛していたよ。君と同じようにね。彼女が姿を消してから何年もの間、私は廃人も同然だった」

「それでもすべてを知りたいと思うか」

ボーマンがそう言って、天国の丘を口に含んだ。道平がステアリングを握るクーガーは、時速六〇マイルで淡々とひび割れたハイウェイを走っていた。

「知りたい。知らなければならないんだ。私には、知る権利がある」

「サエコは言っていたよ。君に、すべてを話してくれと。それが君とサエコの意志ならば、神もお許しになるだろう……」

ボーマンはそれ以上バーボンを口にしなかった。ただ静かに、黄昏に染まりはじめた地平線を眺めていた。

「明日は、雨になりそうだ」

置き忘れてきた時間に語りかけるように、ボーマンが言った。

6

道平は、リーマス・ボーマンという男に親しみを感じ始めていた。

できればもっと早く話し合えていたらと思う。昭和四九年、事件のあった鹿又村で、もし道平がボーマンにぶつかっていく勇気があったとしたら。二人の人生も、彩恵子の運命も、まったく異なるものになっていたかもしれない。

二日目の夜は、ひたすらに酒を飲んで過ごした。事件の核心に触れるような話にはならなかった。どちらからともなく、避けていたのかもしれなかった。

それでかまわない。道平は、気長に待つつもりだった。だが、ひとつだけ、道平は当時の疑問をボーマンにぶつけてみた。

「なあ、リーマス。あの事件があった一二月のことだった。私は天狗、いやトムソンに殺されかけたことがあった。彩恵子の家の二階でね。ところが気を失って、朝になって気が付いてみたら、松下旅館の自分の部屋にいたんだ。もしかしたら、助けてくれたのは君じゃないのか」

「多分、ね。そんなことがあったような気もするよ。しかし、誤解するな。助けたわけじゃない。もし自分の女の家に他の男が寝ていたら、どうする？　おれはそいつを引きずり出して、遠くに捨ててきただけさ。その間男が君だったとは、気が付かなかったな」

二人はクアーズの缶を合わせ、腹の底から笑い合った。

一ダースのビールと、一本のバーボンが底をつくまで長い夜が続いた。何気ない世間話や、二人の生い立ちや、他愛もない文学論がとめどなく続いた。そのうちに酔いが回ってくると、どちらからともなく彩恵子の思い出話になり、子供が母親に悪戯を告白するような懺悔《ざんげ》が始まった。彩恵子の白い肌や、形のいい乳房や、彼女を愛したことのある男でなければ知り得ない場所の黒子《ほくろ》にまで話が及んだ時には、彩恵子が聞いていたら怒るのではないかと少し気が咎めた。

いや、彩恵子は怒ったりはしない。彼女はやさしい女だった。愛すべき、可愛い女だった。きっと彩恵子はいまこの部屋の中にいて、天使のように笑っている。

翌日は、北からの冷たい風が吹いた。

暗い空に重く低い雲がたれこめ、間もなく大粒の雨が降りはじめた。雨は灼熱の大地を冷まし、乾いた草木に潤いを与え、眠りについていた様々な野生の命を呼び覚ました。

頭が痛いと言いながらも、ボーマンの機嫌は悪くなかった。心の中で何かが吹っ切れたような表情をしていた。ボーマンは二つのマグカップにコーヒーをなみなみと注ぎ、テーブルの上に置いた。

「なあ、ケイ。君はオランウータンの人権を認めるかね」

「人権だって？　しかし、オランウータンは猿だろう」

「そうだ。確かに、猿だ。ばかばかしいと思うかもしれないけど、これは実に重要な哲学なんだ。私は大学院生の時に、半年間オランウータンと生活して行動学についての論文を書いたことがある。彼らは、猿というにはあまりにも頭がいい。人間の平均的な四歳児と同等の知能を持っているだけでなく、感情も、行動も、すべてにおいて人間そのものなんだ。ところが彼らには、人権は存在しない」

「当然さ。オランウータンは、動物の分類学上明らかに猿だ」

「確かにね。しかし、本来人権とは種に対してではなく、人格をもってして与えられるべきではないのか。人間の四歳児に人権があるとするならば、同等の人格を有するオランウータンにも人権を認めなくてはならない。ところがオランウータンは人間よりも一対《つい》余分に染色体を持っているがために、人権を与えられていない。理不尽だと思わないか」

「君の言うことは確かに正論だよ。しかし、誰も認めないだろうな」

「そのとおりさ。トムソンは、オランウータンよりもはるかに知能が高かった。感情も豊かだったしね。しかし軍も政府も、トムソンの人権を認めようとはしなかった。トムソンの命を助けるためには、彼が我々と同じ人間であることを生物学的な根拠に基づいて証明する必要があった」

「人間であることを証明しろといったって、どうやって……」

「まず私は、自分の専門分野である動物行動学による立証を試みた。つまり、トムソンの行動を一定基準に基づいて観察を続け、統計を取り、それをチンパンジーやオランウータン、さらに人間など他の動物の行動パターンと比較検討するという方法だ」

「しかし、政府は認めないだろうな」

「ある程度、予想はしていたがね。トムソンは穴の中で発見された当時、下半身に鹿皮の下着のようなものを身に付けていた。もちろん研究中も、野戦服などを着せていた。人間以外の動物は、絶対に自分から服を着用しない。さらにトムソンは言葉も話そうとした。絵も描いた。特にその絵は見事なものでね。チンパンジーの描く絵とはまったく次元が違う。トムソンの描いた動物の絵などは、抽象的でありながら確かに写実的で、ある意味芸術的ですらあった。私はそれらの行動をこと細かく観察、分析し、大学院の論文にも匹敵するような報告書に仕上げた。それでも政府は、まったく相手にしてくれなかった。すべて捏造だというんだ」

「認めるわけはないな。彼らの目的はトムソンが人間であることを証明することではなく、むしろ猿である確証だ」

「そのとおりさ。つまり我々が政府を納得させるためには、さらに物理的な根拠が必要だった。そこで私は、遺伝学的な方法を試みた。当時はまだ細胞内のアミノ酸を抽出してDNAの塩基配列を解析する技術などまったく実用化されていなかった時代でね。せいぜい赤血球に含まれるアルファ鎖の差から分子レベルの進化速度を推察するくらいが限度だった。もちろんそれでも、ある程度の種の特定は可能だ。私はトムソンの血液サンプルを、以前に籍を置いていたウィスコンシン大学の研究室に送って解析を依頼した。結果は、予想していたとおりだった。トムソンと人間の遺伝的な距離は、チンパンジーよりもはるかに近いことが証明された。さらに、染色体の数だ。通常人間は二三対《つい》四六個の染色体を持っている。これに対してチンパンジーなどの類人猿は、それより一対多い二四対四八個の染色体がある。そしてトムソンの染色体は、人間と同じ二三対四六個だった……」

「それでも政府は認めなかったのか」

「そうだ。チンパンジーよりも人間に近い、新種の猿であることは認めたがね」

「染色体の数は？　それこそ絶対的な証拠だろう」

「突然変異だといわれたよ。確かに、その可能性がまったくないわけじゃない」

「つまり、トムソンを助けるには方法はひとつしかないことになる……」

「そういうことさ。ケイ、君にはもうわかっているはずだ。結局私は、悪魔の実験に手を染める決心をした……」

　ボーマンは冷めたコーヒーを飲み、タバコに火を点けた。そのまましばらく無言で、天井に立ち昇る煙を視線で追っていた。

　道平が言った。

「人間の女性に、子供を産ませようとした。そうなんだな、リーマス」

「それしか方法はなかった。人間の母親が生んだ子供は人間だ。当然その父親も人間だということになる。アメリカは憲法で、アメリカ人が両親の場合、その子供もアメリカ人だと認めている。拡大解釈をすれば、同じ理屈になる……」

ボーマンのやったことは、まさに人体実験だった。

高額の報奨金を設定し、ベトナムで被験者を募《つの》った。当時のベトナムには戦火によって一家の主を失い、子供や家族の生活のために身を投げ出す女はいくらでもいた。ボーマンはその中から出産経験のある売春婦を中心に何人かを選び、実際に性行為を伴う実験を開始した。

だが、なかなかうまくはいかなかった。話の段階では子供を生むことを承諾していても、いざトムソンを目の前にすると彼女たちは一様に怖気《おじけ》づいた。

ベトナム人の女性は、小柄だ。それに比べて、トムソンはあまりにも体が大きすぎる。さらに体毛が異様に濃く、顔も人間とは思えないほど醜かった。一度でも実験を経験した女は、その後二度とボーマンの呼びかけには応じなかった。

「なぜ人工授精にしなかったんだ」

「無理をいわないでくれ。当時は人工授精なんて、まだ成功例があるかないかの高等技術だったんだ。戦下のベトナムの、まともな医療設備もないような田舎の村でどうやってそんなことをやれというんだ。確かにあの頃の私の心には、悪魔が棲み付いていたのかもしれない。しかし、罪の意識はまったく持っていなかった。なぜなら私は、トムソンを人間だと確信していたからだ。私達がやろうとしていたことは、現在の代理母の行為とまったく同じじゃないか」

道平はいたたまれないほどの吐き気を覚えた。人間の尊厳。社会の倫理。人権。これまで絶対的なものと信じてきたものが、心の中で音を立てて崩れ始めた。

だが、ベトナムでの実験は失敗に終わった。その後一九七一年三月、ロクニン周辺に北ベトナム軍の侵攻が激しくなると共に、ボーマンの小隊も後方への移動が命じられた。ボーマンとトムソンは、サイゴンを経由して沖縄のキャンプハンセンに運ばれた。トムソンの新たな住まいと実験室には、基地内の古い倉庫を改装した一室があてがわれた。以前よりもかなりスペースが広くなり、環境は格段に改善され、実験は沖縄でも続けられた。

「我々は、ベトナムで失敗を経験した。しかしその結果、多くのことを学ぶことができた。ただ無差別に適当な女性を連れてきても、決してうまくはいかない。そこで沖縄では、トムソンの相手を探すにあたっていくつかの条件をつけた。まず、被験者が若く健康であること。身長が一六五センチ以上あること。これはトムソンの子供が母体内で通常よりも大きく育つと予想されたからだ。さらに、身寄りがないこと。そしてできれば、目が見えないに越したことはない……」

「それが、彩恵子だったわけか……」

「そうだ。それでもまだ話を続けるか。私はここでやめてもかまわない」

ボーマンが、探るような目で道平を見つめた。

「いや、続けてくれ……」

道平は、自分の気息が乱れていることに気がついていた。落ち着かせるために冷めたコーヒーを口に含むと、胃が喉元まで迫《せ》り上がってくるような不快感に襲われた。

「私はサエコに会ったときに、二つの点で驚きを覚えた。ひとつは、我々の条件をこれほど完全に満たす女性が日本にいるとは予想していなかったからだ。彼女は当時、病気の母親を抱えていた。それで大金が必要だったんだ。その母親は、間もなく亡くなったがね。そして母親が死ねば、彼女にはまったくといっていいほど身寄りがなかった」

「彼女の生い立ちについて、なにか知らないか」

「ある程度は知っているよ。サエコの本名はサチコ・カビラだった。父親は日系二世の米兵だったと聞いた。しかし、純粋な日系ではないだろう。彼女の体には、明らかにアングロサクソンの血も流れている。二歳か三歳の時に、なんらかの病気で失明したらしい。母親が病弱で、一五歳の時にはすでに金武町のバーストリートで体を売っていた。目が見えないので、どんな客でも嫌がらないと評判だった。米兵に徹底的に仕込まれた、セックスドールさ。母親側の親族とは、第二次世界大戦中にほとんど死別していた」

「彩恵子には兄がいたはずだ。チャーリーと呼ばれていた男だ」

チャーリーの名を聞いて、ボーマンが一瞬驚いたような顔をした。道平は、チャーリーに関してはまったく記事に書いていない。

「あの男を知っていたのか。本名は、確かタケシ・カビラといったと思う。ひどい男だよ。奴は子供の頃から、目の見えない妹を米兵に抱かせて小遣いを稼ぎ、自分でもオモチャにしていた。サエコをバーストリートで働かせていたのも、我々の前に連れてきて売ったのもチャーリーだった」

「チャーリーに、いくら払ったんだ」

「一万二千ドルだった。サエコの話だと、母親の入院費にそれだけ必要だということだった。しかし金は、おそらく母親のためには使われていないだろう。その後、チャーリーが金武町でフォードのマスタングを乗り回しているのを見たことがある」

「買う人間がいるから、売る奴がいるんだ」

ボーマンが大きく一度、息を吐いた。そして言った。

「確かにね。しかし私の本当の罪は、別のところにあった。さっき、私は二つのことで驚かされたと言っただろう。もうひとつは、サエコの美しさだった。彼女が初めて私の前に立った時のことを、今でもはっきりと思い出すことができる。あれほど美しい女性を見たのは、生まれて初めてだった。まるで、女神だった。どんな花よりも、可憐だった。この女神のような女が体を売っていたなんて、とても信じられなかった。そしてそのサエコの美しさが私の罪を生み、心の中に棲みつく悪魔の存在を浮き彫りにした……」

ボーマンは、両手を強く握り締めていた。体が、かすかに震えていた。

「リーマス、少し休んだ方がいい」

「いや、私ならだいじょうぶだ。このまま続けさせてくれ。もしいま話さなければ、私は一生このことを心に仕舞い込んで死ななくてはならなくなる。ケイ、私は君に聞いてもらいたいんだ。サエコとのことは、私と君にしか理解できない……」

「わかった。続けてくれ」

ボーマンは心を落ち着かせるように一度、目を閉じ、そしてゆっくりと開いた。青い目で道平を見据えた。その視線の中を、かすかな狂気が一瞬かすめたように見えた。

「サエコは、完璧だった。トムソンを、まったく恐れなかった。当時のトムソンはすでに身長二メートル強、体重は一六〇キロ近くにまで成長していた。そのトムソンを、サエコはむしろ積極的にリードした。最初はトムソンのほうが戸惑っていたほどだった。我々の実験は、初日に第一段階を超えた。つまり、トムソンは日本人の女性に性的な欲望を表現し、あれだけの体格差があるにもかかわらず性交が可能であることを証明したんだ」

「彩恵子には、なんと説明したんだ。いくら目が見えなくとも、トムソンが普通の人間ではないことくらいわかっていただろう」

「ベトナムで発見された、少数民族の最後の生き残りだとね。もしサエコの協力がなければ、彼の民族は絶滅すると」

「信じたのか」

「もちろん、信じていたよ。それに私の言ったことは、ある意味では事実だ。だいたい彼女はバーストリートで特殊な客を相手にすることに慣れていた。客の中にはトムソンよりも大きな男もいたらしい」

「実験は、続けたのか」

「もちろんだ。私はサエコをトムソンに与え続けた。そうさ。与えたんだ。あの美しいサエコを、怪物のようなトムソンに。邪教の教祖が、美女を悪魔の生贄《いけにえ》にささげるようにだ。やがてトムソンも、サエコの体を楽しむことを覚えた。トムソンの行為は回を追うごとに激しさを増し、サエコの細い体が壊れてしまうのではないかと思うほどだった。サエコは、苦痛に泣き叫んだ。その残酷なショーを見ながら、私が何を考えていたと思う」

　ボーマンが縋《すが》るように道平を見た。

「わかるような気がするよ……」

「いや、君にはわかっていない。私は、喜んでいたんだよ。楽しんでいたのさ。科学者としてではない。一人の男としてだ。息を呑みながら、胸の奥に炎がくすぶるような暗い快楽に浸《ひた》っていたんだ。そしてある日、ついに理性が限界を超えた。トムソンの汗と精液にまみれ、ボロボロになったサエコを、私は犯したんだ……」

　ボーマンは両手の拳《こぶし》に力を込め、それを力任せにテーブルにたたきつけた。コーヒーカップが飛んだ。頭を掻き毟《むし》り、顔を伏せ、子供のように声を上げて泣き始めた。

　この男は、狂っている。確かに、狂っている。

　だが、いまはもうボーマンに対して違和感を覚えなかった。むしろ、一人の男として、ボーマンと同じ体温を共有している自分の分身のように思えてならなかった。

　道平には、わかっていた。自分もまた、狂っていることを。二七年前のあの日、彩恵子の家でなにが起こったのか。思い出してみるがいい。得体の知れない怪物に犯される彩恵子の体を眺めながら、道平はそれを美しいと感じた。薄れゆく意識の中で、ボーマンと同じように、性的な快楽を貪っていたのではなかったのか――。

道平は床からマグカップを拾い、キッチンで新しいコーヒーを満たした。

「飲めよ。少しは落ち着く」

ボーマンは黙って頷き、コーヒーを飲み、袖口で涙をぬぐった。苦しそうに、何度も大きく息をした。

「サエコが、初めてだったんだ。私の人生で、女性は、サエコ一人だけだった……」

「悪いことじゃない。男だって、その方が幸せな場合もある」

「サエコは最初、拒絶した。それを私は、暴力で奪った。他に方法を知らなかったんだ。しかしサエコは、やがて私を理解し、受け入れてくれるようになった……」

ボーマンの口調は、穏やかだった。すでに双眸《そうぼう》からは、狂気の色も失せていた。

「彩恵子は、やさしかった……」

道平が言った。

「しかし、私はその優しいサエコを、人生で唯一愛したサエコを、トムソンに与え続けなくてはならなかった……。毎日が、地獄だった……。しかし、その地獄も、間もなく終わる時がきた……」

原因は、チャーリーだった。

ボーマンは最初チャーリーに対し、彩恵子を自分の専属の女にすると言い含めていた。しかしそのために払われた金額があまりにも大きかったことや、彩恵子が基地から一歩も外に出ないことを不審に思い、チャーリーはボーマンの周辺を探りはじめた。金の臭いを嗅ぎつけたのだろう。そして彩恵子が来てから半年ほどたったある日、チャーリーは知り合いの米兵に小銭を摑ませてキャンプハンセンに忍び込み、そこで何が行われているのかを見てしまった。

チャーリーは、「情報を日本の新聞社に売り渡す」とボーマンをゆすった。代償として、さらに二万ドルを要求してきた。だが、一度でも金を払えば、チャーリーは永久にゆすり続けてくるだろう。仕方なくボーマンは、軍の上層部に相談し、トムソンを安全な場所に移す手配をした。実験は、中断した。

一九七一年の秋、ボーマンはトムソンを東京の横田基地に移送した。彩恵子は連れて行けなかった。自分の金で名護市にアパートを借りてやり、当座の生活費を渡し、近いうちに必ず迎えに来ると約束をした。

事実、ボーマンはそのつもりだった。だが沖縄の米兵の間で顔が広かったチャーリーは、間もなく彩恵子の居所を突き止め、ボーマンとトムソンの行方を知ってしまった。

「サエコは、あれほどひどい仕打ちを受けながら、私のことを頼っていたんだ。チャーリーは、そのサエコをまたしても騙《だま》した。待っていても、ケント・リグビーは二度とお前のところには戻らないとね。それなら自分が横田に連れて行ってやるといって、サエコを沖縄から連れ出した。そして、地方の温泉街を連れ回し、実の妹を見ず知らずの町で売り飛ばした。その金を手にして横田基地の周りをうろつき回り、私とトムソンを探したんだ。あとのことは君も知ってのとおりだ」

「彩恵子の亭主の慎一を憶えているか。彼は、猟銃の事故で死んだとされている。しかしその裏で、チャーリーが手を引いていたという情報もある」

「可能性は、あると思う。実は一度、横田でチャーリーと会った時に、金がほしければサエコを連れて来いと言ってやったことがあったんだ。おそらく、チャーリーは亭主が邪魔になったんだろう。だとすれば、責任の一端は私にもあることになる。それに、少なくともサエコはそう信じていたよ。しかしシンイチが死んだ後で、奴は地元のギャングを刺し、あの町にしばらく近寄れなくなった」

「ひとつだけどうしてもわからなかったことがある。事件の前の九月末の事故のことだ。なぜあの時、トムソンを連れて沼田に行ったんだ」

「すでに政府と約束した三年という期限は過ぎていた。しかし我々の試みは成功していなかった。大統領がニクソンからフォードに替わっていたためか、即刻命令は下されなかったがね。いずれにしても私達は死刑執行を待つ囚人と同じだった。あの年の一一月、フォードが訪日することがすでに決まっていた。それを機に、何かが動き出す可能性もあった。それに沼田に向かった理由のひとつは、サエコだよ。彼女には、常に監視をつけていた。彼女からは定期的に電話連絡があったから、居場所だけはわかっていたからね。結婚したと聞いた時には、二度と会うまいと心に決めていたんだが。しかし、亭主は死んだ。私もトムソンも、サエコに会いたかったんだ。特にトムソンは、横田に来て以来一日たりともサエコの名を口にしない日はないほど恋しがっていた」

「それでMPの護送車を奪い、脱走したわけか。しかしその数日後には、あなたは鹿又村にいた。ワシントンポストの記者として」

「軍人にとって、脱走は重罪だ。不思議だろう。しかし、考えてみてくれ。脱走したのは、あくまでも陸軍曹長のケント・リグビーだった。FBI捜査官のリーマス・ボーマンは、事実上まったくの別人として身分が存在するんだ。私は、ボーマンとして行動した」

「なるほど。そういうからくりか。しかしよくそれを政府が認めたな」

「当然さ。なにしろトムソンは、私の言うことしか聞かない。あの山中で彼の行動を予測し、捕獲できる可能性があるのは私だけだった」

「厚田の役割は。沼田署の副署長だ」

「あの男は君が記事に書いていたほど多くのことは知らなかった。当時FBIは日本の警視庁の中に何人かのインサイダーを確保していた。その上司の命令で動いていたロボットにすぎない。あの男は事件の犯人を、完全に米軍の特殊部隊の脱走兵だと信じていたよ。自殺したらしいな。気の毒なことをした……」

　道平は、胸が痛んだ。あの厚田が、実は一連の事件の中で取るに足らない操《あやつ》り人形だったとは。むしろ実直に生きた人生を全《まっと》うする直前に、彼を死に追い詰めたものはなんだったのか。そしてその刑を下したのは、道平自身だった。

「どうしたんだ、ケイ。何を考えている」

ボーマンが、心配そうに道平の顔を覗き込んだ。

「いや、別にたいしたことじゃない……」

そうだ。確かにたいしたことじゃない。人間一人の命の重さなど、国家権力の前には一枚の紙切れにも相当しないのだ。

たいしたことじゃない。

7

午後になると、雨は一層勢いを増した。

透明度を失った窓ガラスに大きな雨粒が殴りつけ、山に岩が転がるような雷鳴が彼方から聞こえてきた。

ボーマンは二人分の昼食のサンドイッチを作ると、そのひとつを持ち、「しばらく一人にしておいてくれ」と言い残して二階に上がってしまった。

どこか、よそよそしかった。彩恵子の秘密をすべて打ち明けたことを、後悔しているのか。それとも、自己嫌悪にさいなまれているのか。いや、それだけじゃない。ボーマンはまだ何かを迷っている。

サンドイッチを片手に、道平はリビングの中を歩き回った。古びたソファの脇に、薄緑のペンキを塗った傾いた書棚があった。中には本が二冊だけ入っていた。ボーマンが読んでいたメルビルの『白鯨』と、スタインベックの『怒りの葡萄』だった。

道平は、『怒りの葡萄』を手に取った。

本は、おそらく一九五〇年代に再販された安物の特装本だった。表紙は長年の間に手垢《てあか》に汚され、角が擦り切れていた。だが黄ばんだページをめくってみると、スタインベックの力強い文体は風化することなく存在を主張していた。

道平は、しばらくサンドイッチを食べながら読みふけった。

「その本を、読んだことがあるかい」

気が付くと、階段の下にボーマンが立っていた。

「日本語訳なら、何回か読んだことがある。原文を読むのは初めてだけどね」

「いい本だ。私も、何度も読んだよ。しかし、最後まで読み通したのは最初の一回だけだった。それからはいつも、最後の数ページになると本を閉じてしまう。あのラストシーンを、読むことができないんだ」

「だいじょうぶさ。きっと、次に読む時には、読めるようになっている。おそらくね」

道平は本を書棚に戻し、コーヒーを注いだ。

「バーボンをもう一本買っておくべきだったな」

ボーマンが言った。

「買ってこようか。もう町の様子はわかっている」

「いや、コーヒーにしておこう。この雨で途中の枯れ谷に水が出ているはずだ。君のクーガーではその川を渡れない」

ボーマンは窓辺に立ち、錆び付いたダブルハングの窓枠を上げた。雨音と雷鳴が勢いを増し、冷たい風が部屋の中に吹き込んできた。

「ところで、例の事件のことだ。一連の殺人は、やはり彩恵子の復讐劇だったのか」

「ある意味ではそうだ。あの日、シンイチは自分で歩いてサエコの元に戻ってきたそうだ。血まみれでね。そして、仲間に撃たれたと告げた。死体を氷室に隠したのもサエコさ。しかしサエコのやったことは当然だ。彼女はそれまでの人生を、男達のセックスの道具として生きてきた。シンイチは、彼女を人間として扱ってくれた最初の男だったんだ。彼女を責めることはできない」

「彩恵子は、どうやってトムソンを操ったんだろう」

「最初の一家三人殺害事件に関しては、偶発的なものだったそうだ。トムソンは、私と事故ではぐれてから二日後にはすでにサエコの家を探し当てていた。彼の嗅覚の鋭さを考えれば不思議じゃない。トムソンは日中は山の中を飛び回り、夜になるとサエコの家に帰ってきた。そして深夜に近所のリンゴ園を荒らした。もし被害者の男が銃を持っていなければ、あれほど凄惨な殺し方はしなかっただろう」

「それで彩恵子は、トムソンを使って復讐することを思いついたわけか」

「トムソンは、サエコに夢中だった。一度私は、うっかりトムソンの前でサエコにキスをしたことがある。それだけでトムソンは、激怒した。私にでさえ、そうなんだ。もしサエコを抱いている男を見れば、殺すさ。あとはサエコがトムソンに命令し、死体を捨てに行かせた。

それだけの話だよ」

なぜ彩恵子が道平を家に泊めなかったのか。その本当の理由がやっとわかった。もし彩恵子を抱いている時にトムソンが帰ってきたら、道平は間違いなく殺されていた。

「それにしてもひどい殺し方だったな。顔を握り潰すというのは……」

「あれは本能なんだよ。チンパンジーやオランウータンなどの類人猿は、牡同士の喧嘩の時に相手の顔を握って押さえつける。人間だって同じだ。子供の喧嘩は殴り合いではなく、摑み合いだ。ところがあの頃のトムソンは、身長二メートル七センチ、体重は二四〇キロにまで成長していた。力が強すぎたのさ」

「三人の男が死に、慎一の復讐は終わった。しかし、リーマス。君達はすぐにトムソンを捕らえなかった。なぜなんだ」

「チャーリーだよ。サエコの復讐劇の最後の一人は、実の兄のチャーリーだったのさ。しかし我々の目的は別のところにあった。当時チャーリーは、鹿又村の犯行をトムソンだと気が付いてまた我々をゆすってきた。ところが向こうから一方的に連絡してくるだけで、所在が摑めなかった。それで、待ってみることにしたのさ。事件に関する決定的な証拠を手にするために、サエコの家に姿を現すかもしれないと思ってね」

「しかしチャーリーは八王子で射殺された。殺《や》ったのは、君だったのか」

「いまさら隠す気はない。命令を下したのは、いかにも私だ。しかしチャーリーは、殺されても当然の、最低の男だった。実際に手を下したのは、私の部下のセラム・ジャクソンだ。

そして翌日にセラムと合流し、エリクソンと三人でサエコの家に向かい、トムソンが山から戻るのを待った……」

「例の火事のあった夜か。あの日、彩恵子の家でいったい何が起こったんだ」

「我々は、トムソンを捕らえに行った。私とサエコが協力すれば、わけもなく事は運ぶはずだった。ストーブに火を入れて、トムソンを待った。ところがセラムが、重大なミスを犯した。いや、もしかしたら軍の上層部から命令を受けていたのかもしれない。セラムは私に隠して、銃を持っていたんだ。そしていきなり、帰ってきたトムソンに発砲した」

「当たったのか」

「当たったよ。腹にね。しかしトムソンは倒れなかった。セラムに襲い掛かったんだ。私は止めに入った。後のことはよく覚えていない。トムソンに弾き飛ばされ、気を失った」

「あの日、現場には死体が二つあった……」

「トムソンと、もう一人はセラムだよ。後からエリクソンに聞いた話だと、トムソンはセラムを振り回してストーブに頭を叩きつけ、一撃で殺したそうだ。それでストーブが倒れ、あっという間に火が回った。その時エリクソンは、私を助け出すのがせいいっぱいだった。サエコを家の外に投げ出して助けたのは、おそらくトムソンだろう。最後の力を振り絞ってね。トムソンとセラムの遺体は、米政府が警察に圧力をかけて回収した」

「私が彩恵子に会ったのは、あの夜が最後だった。彼女は、私の制止を振り切って、何度も火の中に戻ろうとした。あの人がまだ中にいると、そう叫びながらね」

ボーマンは天井を見上げ、額に深い皺を寄せた。そして言った。

「トムソンだよ……。サエコは、トムソンを弟のように可愛がっていたんだ……」

「彩恵子を精神病院に入院させたのは？」

「私だ。トムソンの死でショックを受けていたが、もちろん彼女は正常だった。しかし精神病院は便利なところでね。保護者の承諾がなければ退院も面会も許可されない。あの時、サエコを守るには、あの方法がベストだった」

「それが天狗事件の真相か……」

「いや、もうひとつ君に言っておかなければならないことがある。実は私達はサエコが入院中の一九七五年二月に、結婚していた。彼女は、最後まで迷っていたよ。君のことでね。しかし私達には、夢と希望があった。アメリカに行き、家庭を持ち、今度こそすべてを忘れて平和に暮らそうと誓い合った。田舎に小さな家でも買って、子供を育てようと。トムソンが死んだことで、すべてが終わったと思っていた……」

「しかしアメリカ政府は、それを許さなかった」

「私たちのささやかな夢は、実現しなかった。国防総省はトムソンの秘密の漏洩《ろうえい》を恐れて、サエコを人質にとった。表向きは、サエコの病気の治療と研究だった。私は、取り引きに応じるしかなかった。サエコの近くで暮らすために、私はＦＢＩをやめた。政府にいわれるがままに国防総省の民間職員になり、彼女が隔離されている研究室に通ったんだ……」

「それから、二七年か……」

「長かったよ。結局サエコは、実験動物のまま人生を終えた。もしこの世に神が存在するとするならば、なぜあれほどまでに過酷な運命を背負う者を作りたもうたのか……。私は、神々の気まぐれに怒りさえ覚える。これで、すべてだよ。私の知っていることは、すべて話し終えた……」

雷が、近くなってきた。窓に稲妻が走り、その直後に大きな雷鳴が響いた。

ボーマンはタバコに火を点け、煙を大きく吸い込んだ。右手で空になったマグカップを玩《もてあそ》びながら、そこに視線を落としている。道平は、静かにその様子を見守った。

確かにボーマンは、真実を話した。その感触は一貫して変わらない。だが……。

「なあ、リーマス。本当にあなたは、私にすべてを話したのか。まだひとつ、最も重要なことが残っているはずだ」

「君が何を言おうとしているのか、私にはわからない……」

ボーマンの表情が、急に険しくなった。だが道平は、臆することなくそれを受け止めた。そして、言った。

「それならば、言おう。トムソンとアイスマンの、本当の正体だよ。それをまだ、私は聞いていない」

「人、だ。彼らは君や私と同じ、人間だった。私にはそれ以上言いようがない」

「それでは説明になっていない。あなたは知っているはずだ。彼らの本当の正体を。なぜアメリカの政府があれほどまでにして隠し通そうとしたのか。なぜその秘密のためにあれだけの人間が死ななくてはならなかったのか。すべてを話してくれ」

「話したとしても、どうせ君は信じはしない……」

「彩恵子は、すべてを私に話すように言ったはずだ」

稲妻が光った。同時に、ボーマンが言った。

「ネアンデルタール人……」

しかしその声は、雷鳴にかき消された。

「いま、なんと言った？」

「ネアンデルタール人さ。彼らは、ネアンデルタール人だったと言ったんだ」

「なんだって……」

瞬間、頭の中が真っ白になった。道平は、ボーマンの表情に見入った。だが、ふざけている様子はない。やがてボーマンが、重い口を開いた。

「そういうことなんだよ、ケイ。だから信じてはもらえまいと言ったんだ。アイスマンとトムソンは、ベトナムとカンボジアの国境周辺に棲む、ネアンデルタール人の生き残りだったんだ……」

「まさか、そんなことが……」

ネアンデルタール人――。

およそ二三万年前から三万年前にかけて、ユーラシア大陸の北西部に繁栄した典型的な古代人類群の総称である。一八五六年にドイツのネアンデル溪谷で発見された骨格化石に端を発し、その後ウズベキスタンのテシク・タシュ洞窟における幼児骨の発見など、現在までにユーラシア一帯で五〇〇体もの化石標本が確認されている。

これらの化石から、ネアンデルタール人は大型、小型の二大標準系統に大別され、さらに細分化すると数十種もの種族に分類できるといわれている。石器や火を使いこなし、洞窟に壁画を描くなど団体生活における独自の文化を形成していたが、公にはおよそ三万年前に地球上から姿を消したとされている。

だが、その原因は明らかになっていない。クロマニョン人（新人）との生存競争の中で絶滅してしまったのか。それとも独自の進化を遂げて現人類の一方の始祖となり得たのか。いまも多くの謎を残している。

「君が信じられないのも無理はない。私も初めてその事実に直面した時、愕然としたよ。なにしろ化石でしか存在しなかった古代人類の生き残りが、現実に私の目の前で笑い、泣き、絵を描き、話をしていたのだから。一人の科学者として、至福の時間だった」

「ちょっと待ってくれ。頭が混乱しているんだ。ネアンデルタール人は、三万年も前に絶滅しているはずじゃないか」

「ケイ、それこそ固定観念だよ。確かに三万年は膨大な時間だ。しかし、人類の進化の過程においてはほんの一瞬にしかすぎない。むしろ、こう考えてみてくれ。少なくともネアンデルタール人は、三万年前までユーラシア北部全域に繁栄していたことが化石によって証明されているんだ。その彼らが、一朝一夕にして絶滅したと断ずる方が不自然じゃないのか。実際にロンドン大学のクリストファ・ストリングスや、クライヴ・ギャンブルなど何人かの人類考古学者は近年、ネアンデルタール人は少なくとも二万年前までは生存していたと主張している」

ボーマンの言うとおりだ。すべての生物学に通じることだが、発見された化石の最終年代をもって絶滅時期とする〝標本絶対主義〟は、かねてから問題を指摘されてきた。

「しかし、それでも二万年だ。もしその間をネアンデルタール人が生き長らえていたとするならば、なぜいままで誰にも発見されなかったんだ。おかしいじゃないか」

「目撃はされていたんだ。ベトナムやカンボジアの現地人の間では、何百年も前から森に大型の類人猿が棲んでいることは周知の事実だった。生活痕や、足跡などの物証もあった。ただ標本が存在しないという理由のために、先進国の人類考古学者たちが認めなかったにすぎない。ベトナムだけじゃない。ネパールにはイエティがいる。中国にはイエーレンがいる。アメリカにはビッグフットだ。彼らはもしかしたら、ネアンデルタール人よりもさらに古い人類、ギガントピテクスの生き残りかもしれないんだ」

「可能性は認める。しかし……」

「わかった。それならばこう考えてみてくれ。三億年も前に絶滅したはずのシーラカンスが〝発見〟されたのは一九三八年だった。それ以前から、コモロ諸島の住民があの魚を日常的に食べていたにもかかわらず、だ。君たちの国にもあっただろう。イリオモテヤマネコのことを思い出してくれ。先進国日本の、しかもあれほど小さな島で、あの化石動物は一九六五年まで誰にも発見されることなく隠れ住んでいたんだ。ケイ、君はベトナムやカンボジアの熱帯雨林を見たことがあるか。広さも、密度も、人口の少なさも西表《いりおもて》島とは比較にならない。特に両国の国境周辺は、戦争が始まるまでは世界有数の人跡未踏の未開地だった。ましてネアンデルタール人は、人間だ。隠れようと思えばいくらでも隠れられる知能を持っている。以前に、日本軍の元兵士がグアム島に三〇年近くも身を潜めていたことがあったじゃないか。人間は自分の意志によって、あんな小さな観光地の島でもそれが可能なんだ」

稲妻が走り、激しい落雷が大気を裂いた。だが道平には、すでにその音さえも聞こえなかった。

「教えてくれ。なぜ彼らがネアンデルタール人だとわかったんだ。三万年も前の人間のDNAなど、残っていないはずだ」

「君は確かに混乱しているな。DNAだけが種を確定する基準ではない。もっと古典的かつ単純な方法があるじゃないか。我々はアイスマンをはじめ計三体のベトナムの類人猿の骨格標本を所有していた。それらの人類考古学上の根拠となりうる計測データを、すでに五〇〇体以上も現存するネアンデルタール人の化石標本と比較照合するだけで十分だった。特に三人は、一九五九年にイスラエルのアムッド洞窟で発見された個体とほぼ特徴が一致した」

「しかし、一〇〇%そうだとは言いきれない」

「ならば多少専門的な話をしよう。我々は現代人とネアンデルタール人を比較する時に、内耳骨迷路の解剖学的構造を基準にする。アイスマン、トムソン、そしてトムソンの母親。すべて現在の人類考古学上のネアンデルタール人の特徴を備えていたんだよ。それに、DNAだ。君は知らなかったのか。一九九七年にペンシルヴァニア州立大のマシアス・クリングスという分子生物学者が、ネアンデルタール人の右上腕骨からミトコンドリアDNAの一部の抽出に成功している。私はもちろん三人のDNAをそれと比較した。その結果を見れば、誰も三人がネアンデルタール人、もしくはその子孫であることを否定しないだろう」

道平はボーマンの言葉を理解し、現実を受け入れようと懸命だった。だが思考力はとりとめもなく揺れ動き、頭の中で事実関係を組み立てられなくなっていた。

「もしそれが事実だとして……おそらく事実なのだろうが……いったいどうやって証明すればいいんだ。骨格標本も、DNAも、すべてアメリカ政府に押さえられている」

「いや、証明することは可能だ……」

ボーマンはそこで言葉を切り、タバコに火を点けた。煙を大きく吸い込み、静かに目を閉じた。

何かを迷っている様子だった。道平は、待った。証明が、可能? いったいそれはどういうことだ……。

ベトナムへ行って、もう一人ネアンデルタール人を発見でもしないかぎり、不可能なはずだ。

いや、待て……。ひとつだけ、可能性が残されている……。

「リーマス、教えてくれ」

その声に、ボーマンが目を開けた。

「なんだい？」

「二階にいるのは、誰なんだ」

青い閃光が大気を割いた。道平の視界の中で、ボーマンの姿が音を立てるように崩れはじめた。表情に苦悶が浮かび上がり、皮膚は色を失い、深く、醜い皺の中で目が怯えている。そこに、かつてのＦＢＩ捜査官の面影はなかった。いま、目の前に座っているのは、小柄な、一人の初老の男に過ぎなかった。

「わかっていたのか。息子、だよ……。私とサエコの、息子だ……」

「彼の生年月日を知りたい」

「一九七五年の八月一五日……」

これで、すべての横の線がつながった。一九七五年の八月。ケント・リグビーの自殺。沼田署における天狗の遺留品の消失。すべては彩恵子の出産に帰結した。

「私をここに呼んだ本当の理由もそれなんだな。私に記事を書かせ、息子を助けるために。それならなぜいままで隠していたんだ」

「隠したんじゃない。そんなつもりはなかった。ただ君が本当に私達の味方なのかどうか、判断しかねていただけだ」

その時、家が揺れた。落雷ではなかった。音は、二階からだ。同時に、低く太い〝男〟の声が室内に響いた。

「パパ、もういいよ。あとはぼくが話す」

道平は、声のほうを振り向いた。階段の天井近く、最上段の影の中に、いつの間にか米軍の野戦服を着た男が座っていた。

男の影が、ゆっくりと立った。

大男だった。とてつもない巨漢だった。

身長は二メートルをはるかに超えている。体重は少なくとも二〇〇キロはあるだろう。まるで山のようだ。

道平は茫然とその光景に見とれた。戦慄《せんりつ》が全身を貫き、同時に昂揚にも似た感動が沸き起こった。

踏み板をきしませながら、男が階段を降りてきた。一歩ずつ、だが確実にその全貌を現し始めた。

夢を見ているようだった。これほど勇壮な体格をした人間に、道平はそれまで一度も出会った記憶はなかった。だがその体の大きさよりも、むしろ深緑色の布地の下で息づく絶対的な筋肉の質量に圧倒された。

前後に湾曲するように盛り上がる力強い太腿と巨大な尻は、まるで重労働で鍛え抜かれた農耕馬のようだ。丸く張り出した腹と厚い胸は、ヒグマの成獣にも引けは取らない。サッカーボールほどもある両肩の下で、一足ごとに、二本の丸太のように太く長い腕が躍動を繰り返した。

これが、人間なのか。本当に、彩恵子の息子なのか。もしこの男がその気にさえなれば、あらゆる分野のスポーツ選手として、間違いなく世界の頂点に君臨できるだろう。

そしてついに、頭部が光の中に現れた。胸が高鳴った。だが、見えない。そこにあるべき〝顔〟が存在しなかった。

男は目の部分に穴を空けた目出し帽のようなものを被っていた。

階下に降り立つと、男は立ち止まる気配もなく、二人が待つテーブルに向かった。

彼は、常に堂々としていた。何者にも怯えることなく。物静かでありながら、常に自信に満ち、むしろ自らの存在を誇るかのように。一歩一歩、力強い足取りで自分を待ち受ける運命に歩み寄った。

道平は、いつの間にか、無意識のうちに椅子を立っていた。奇跡の瞬間を迎えるために。足が竦《すく》んでいた。だが、運命から目を逸らすことはできなかった。

やがて、男は道平の前に立った。手の届くところに、三万年の使者が存在した。見上げると、目出し帽に空けられた二つの小さな穴の奥で、澄んだ双眸が深い光をたたえていた。

男が、厚く巨大な右手を差し出した。

「ミスター・ミチヒラですね。私は、ロバート・ボーマン。お会いできて光栄です」

その声は意外なほど穏やかで、暖かく、知性と威厳に満ちていた。道平は、差し出された手を握った。

「こちらこそ……」

「母はいつも、あなたのことを話してました。誠実で、やさしい方だったと」

「君は……。君は本当に、彩恵子の息子なのか？」

「はい、間違いありません。しかし、本当の父親はここにいるリーマス・ボーマンではない。そうだね、パパ……」

ロバートは道平の手を離し、視線をボーマンに移した。ボーマンは椅子に座ったまま俯き、無言で小さく頷いた。

道平は、体が震えて止まらなかった。想像はしていた。だが、まさか……。

そんなことが、本当にあり得るのか……。

ロバートが、静かに道平を見た。

「もう、おわかりですね。私の本当の父親は日本でテングと呼ばれていた男、トムソンです。つまり私の体には、ネアンデルタール人の血が半分流れている……」

ロバートはゆっくりと目出し帽をとった。

その時、三万年の時空を超えて、白い稲妻が光った。

本書は二〇〇八年三月に祥伝社文庫より刊行されました。

双葉文庫
し-33-05

TENGU《テング》

2020年2月15日　第1刷発行

【著者】
柴田哲孝《しばたてつたか》

【発行者】
箕浦克史
【発行所】
株式会社双葉社
〒162-8540 東京都新宿区東五軒町3番28号
［電話］03-5261-4818(営業)　03-5261-4840(編集)
www.futabasha.co.jp
(双葉社の書籍・コミックが買えます)
【印刷所】
大日本印刷株式会社
【製本所】
大日本印刷株式会社
【CTP】
株式会社ビーワークス

【表紙・扉絵】南伸坊
【フォーマット・デザイン】日下潤一
【フォーマットデジタル印字】恒和プロセス

落丁・乱丁の場合は送料双葉社負担でお取り替えいたします。
「製作部」宛にお送りください。
ただし、古書店で購入したものについてはお取り替えできません。
［電話］03-5261-4822(製作部)

ISBN978-4-575-52315-7 C0193
Printed in Japan

柴田哲孝

デッドエンド

長編ミステリー

ＩＱ一七二の脱獄犯対公安警察。ひとりの受刑者を日本中の権力者が血眼になって追う。息を呑むノンストップサスペンス！

文庫判・七二二円＋税